MINGUO TONGSU XIAOSHUO
DIANCANG WENKU

芳菲录

民国通俗小说典藏文库·顾明道卷

顾明道◎著

中国文史出版社

顾明道和他的小说（代序）

张赣生

在本世纪（指二十世纪）二十年代末，能与"南向北赵"并称的武侠小说作家只有顾明道。

顾明道（1897—1944），原名景程，江苏苏州人。他八岁丧父，自幼体弱，上学时膝部患骨结核（中医所谓骨痨）致残，行动依赖拄拐。他毕业于教会所办的振声中学，因学习成绩优秀，即留在该校任教，并受洗为基督教徒。1922 年，范烟桥移居苏州，范氏在辛亥革命的时候就曾与友人组织"同南社"，诗酒唱和；这时又于七夕会同赵眠云、郑逸梅、顾明道等九人组织"星社"，以文会友。顾氏由此结识了一批文友，他一生的文学活动大体未超出这个小团体的范围。顾明道因一直希望医好腿疾，所以结婚较迟，抗战爆发后，他和母亲、妻子全家移居上海，苏州的家产毁于战火，从此落入贫病交加的处境中。他一生以教书为业，战前一直在苏州振声中学执教，迁居上海后一面写作，一面仍自办补习学校，招生授课，直至肺结核把他折磨得卧床不起才停办。病重时生活无着落，全靠朋友周济，终年只有四十八岁，身后凄凉。

了解了顾明道一生的经历，有助于我们客观地认识和评价他的小说。

从顾明道一生经历来看，腿残、留校执教、参加星社，这三件事深刻影响着他一生的文学事业。民国初年的上海，盛行哀情小说，即文学史上称之为"淫啼浪哭"的时期。1912年，徐枕亚的《玉梨魂》和吴双热的《孽冤镜》在《民权报》同时连载，随即又连载李定夷的《霣玉怨》，流风所被，一片哀音。顾明道就在这种风气的影响下，开始试写小说，那时他只有十七岁，尚未成年。他的处女作是短篇言情小说，发表在高剑华主编的《眉语》月刊上，这是一份以知识妇女为读者对象的刊物，脂粉气很重，在该刊的创刊号上发表了一篇阐明办刊宗旨的《宣言》，其中说："花前扑蝶宜于春；槛畔招凉宜于夏；倚帷望月宜于秋；围炉品茗宜于冬。璇闺姐妹以职业之暇，聚钗光鬓影能及时行乐者，亦解人也。然而踏青纳凉赏月话雪，寂寂相对，是亦不可以无伴。本社乃集多数才媛，辑此杂志，而以许啸天君夫人高剑华女士主笔政。锦心绣口，句香意雅，虽曰游戏文章、荒唐演述，然谲谏微讽，潜移转化于消闲之余，亦未始无感化之功也。每当月子弯时，是本杂志诞生之期，爰名之曰《眉语》，亦雅人韵士花前月下之良伴也。"看了这篇《宣言》，读者当能了解此刊物的性质。顾明道在1914年左右开始写小说时，选中这样一个刊物投稿，也就表明顾氏本人的性格难免有些多愁善感的脂粉气。

我指出顾氏性格中的脂粉气，因为这决定着他文学作品的基调，丝毫也没有嘲讽顾氏之意，每个人都在一定的环境下养成他的性格，这没有什么可嘲讽的，我们要研究的只是事实。郑逸梅在《悼顾明道兄》一文中提到两件事，其一为："明道最初的作品，刊登在许啸天所辑的《眉语》杂志上，该杂志多载女作家的文字，他就化名梅倩女史，撰着短篇小说。有一位读者，是登徒子之流，写信追求他，缱绻缠绵，大有甘伺眼波之意。明道接到了信，大笑之下，用梅倩具名答复他。那个登徒子欣喜欲狂，寄给他一帧照片，请他交换'芳影'，并约他会晤某园。明道到这时，才用真姓名自行揭破。这一段趣史，明道时常讲给人听的。"其二为："《江上流莺》稿成，我曾为他写一小序，有云：'江山摇落，风雨鸡鸣，我侪丁斯乱世，应变无方，干禄乏术，臣朔饥欲死，乃不得不乞灵于不律，红茧缫愁，绿蕉写恨，借以博稿资而活妻孥。社友顾子明道固与予相怜同病者也。'明道读了，亦为之感喟百端，不能自已。"当时正值日寇侵华，人民生活困苦，对此局面"感喟百端"也是情理中的事，我们不必咬文嚼字，过分挑剔；但达到"不能自已"的程度，就难免少些丈夫气了。以上两件事都可证明顾氏确有些多愁善感的脂粉气。

顾明道养成这样一种性格，固然与前述民初上海文坛的时尚有关，在当时一些人的心目中，唯其如此才配称为"才子"，少了贾宝玉味道就被视为粗俗；但是就顾氏本身的内因而言，腿残对他心理上的影响，恐也不容忽视。肢体的残疾不仅影响着顾明道的性格，也限制着他的行动。郑逸梅《悼顾明道兄》一文说："这时他在吴门振声中学担任教务，因不良于行，往返不便，所以他住在校中。"顾氏是一位多半生未离他那中学小天地的人，

3

缺少广泛的社会生活经历，在这方面，他既不能与同时的"南向北赵"相比，更不能与后来的"北派四大家"同日而语。对于这样一位学生出身，生活面狭窄，又多愁善感的作家来说，写言情小说自然是最方便的，他可以坐在家里凭自己的情感体验来打动读者，只要情感诚挚，哪怕写的只是他个人的小天地，也总会有其可取之处。但自向恺然《江湖奇侠传》引起轰动之后，报刊编者和出版商均热心于武侠一途，顾明道为适应这一潮流，便也改弦易辙，于1923年至1924年在《侦探世界》杂志发表武侠小说。1929年，他由杭返苏，途经上海，与当时主编《新闻报》副刊《快活林》的星社文友严独鹤相会，恰逢《快活林》需要连载长篇武侠小说，严约顾撰写，这就促成了他一生的代表作《荒江女侠》的问世。

《荒江女侠》刊出后竟大受欢迎，同年冬，上海三星图书局向新闻报馆购买版权出版单行本，至1930年8月已翻印四版，1934年11月更达到十四版，这在当时是很可观的销行数。可见其轰动的程度。由于此书畅销，顾氏也就续写下去，共出版了六集，并被友联公司改编为十三集连续影片，上海大舞台、更新舞台也改编为京剧连台本戏，风靡一时，大有凌驾《江湖奇侠传》之上的势头。这部小说之所以能取得如此出人意料的效果，今天的读者或许很难理解。当时最著名的武侠小说，是"南向北赵"的作品，向恺然连缀民间传说，自有其吸引人的一面，但却少了点爱情纠葛、哀感顽艳；赵焕亭的《奇侠精忠传》据说原有不少狎媟的描写，因而触犯禁例，出版时经过删削。顾明道于此际把武侠、恋爱、探险等成分捏在一起，就给读者一种新鲜感，满足

4

了十里洋场那特定读者群追求新奇、热闹的要求，正如严独鹤在《荒江女侠序》中所说："以武侠为经，以儿女情事为纬，铁马金戈之中，时有脂香粉腻之致，能使读者时时转换眼光，而不假非僻之途，不赘芜秽之词。是以爱读者驰函交誉。"

顾明道用以吸引读者的另一个办法是写"冒险"，他在谈及自己的作品时说："余喜作武侠而兼冒险体，以壮国人之气。曾在《侦探世界》中作《秘密之国》《海盗之王》《海岛鏖兵记》诸篇，皆写我国同胞冒险海洋之事，与外人坚拒，为祖国争光者。余又著有《金龙山下》一篇，可万余言，则完全为理想之武侠小说也，刊入《联益之友》旬刊中。又曾写《黄袍国王》长篇说部，记叙郑昭王暹罗之事，曾刊《大上海报》，后该报停版，余亦中止，他日拟出单行本以飨读者矣。又新著《龙山争王记》，则方刊于《湖心》周刊中，该刊为西湖小说研究社出版者也。曩年余为《新闻报·快活林》撰《荒江女侠》初续集，尚得读者欢迎，今由三星书局出单行本，三集亦在付梓中矣；又为《小日报》撰《海上英雄》初续集，则以郑成功起义海上之事为经，以海岛英雄为纬，以上两种皆由友联公司摄制影片。又尝作《草莽奇人传》，则以台湾之割让，与庚子之乱为背景也。"（转引自郑逸梅《悼顾明道兄》）所谓"冒险体"或"理想小说"，显然是接受了西方的小说观念，是指类似斯蒂文生《宝岛》或斯威夫特《格列佛游记》的体裁，譬如他所著的《怪侠》，写一个身负绝技的革命者，失败后率党徒逃亡海外，去非洲探险，与当地土著争斗，称雄异域，即是一例。

就顾氏的为人来说，他是一个正直、爱国的书生。"一·二八"日寇进犯上海，顾氏写了《国难家仇》《为谁牺牲》等小说，表示了他作为中国人的同仇敌忾之心。顾氏一生写过五十多部小说，以武侠和言情为主，也有社会、历史、侦探等作，他临终前，春明书店出版了他的最后一部作品《江南花雨》，这本小说具有自述的性质。

目　录

妒 与 爱

上　部

　　一钩凉月，高悬在天空，如美人淡扫蛾眉，清丽无比。淡淡的白云，似轻烟般在月下掠过。那月儿笼着轻绡雾壳，更显得绰约可爱了。银光下照大地，一片清凉。树影在地上斑斑驳驳，只要微风吹动，便摇曳不停。于是这个秋之夜，多么恬静，多么清澹，一切的景色沉醉在月光里，见得自然界的美了。

　　此时远远地有一对青年男女，践着地下绿褥也似的芳草，并肩走来。银色的月光映在二人脸上，眉目如画，更见可爱。那女的穿着一件石青色哗叽旗袍，足上白色长筒丝袜，踏着黑色高跟革履，走在草地上，声音自然很是微细。但和那男子的脚步走得很匀，如合节拍。头上短发披到颈后，御着一条白丝巾，在月光下望去，宛如一条玉带。一个鹅蛋圆的面孔，眼泪眉黛，没一处不生得娇媚可人，而柳腰一捻，更是纤丽。手里还挟着一本小册子。那男的穿一身西装，眉清目秀，斯文得很。

1

两人且走且说，声音很细，使远处的人听不出他们说什么话。好在这是一个静寂的秋夜，在这广大的校园里，除掉他们两人，更没有第三者了。两人抬头望着天边的明月，一阵阵的凉快的秋风吹来，白丝巾便微微飘着，鼻管中还闻着幽静的花香，花香中似乎又有些粉香，远远地又瞧见东边一排洋楼，一盏盏的电灯如明星般亮着，隐隐有些琅琅的读书声。

两人走到一株大槐树下，恰巧有一只长椅，遂一同轻轻地坐下。月光从疏朗的枝叶中漏下来，映在二人身上，好似一个个小银圈儿，荡漾不停。远处又有叮叮咚咚的钢琴声，风送前来，悠扬婉转，足以激动人的心弦。无论是谁，若处身这个美妙的幽静的环境里头，他的心总要沉醉在自然的美中了。

白门大学在石头城边，是很负盛名的学校，而徐俊是白门大学里很有声誉的学生。自从在去年秋季江南大学演讲竞赛会得到第一名荣奖后，徐俊两个字大名在南京学生界里无人不知了。实在他的文学和美术两项已得到高深的程度和相当的价值，非一般时髦学子妄窃声名的所能望其项背。校中的同学和教授，都对他赞美、羡慕和景仰，许为将来有用的人才。而徐俊自己也淬厉奋发，不厌不倦，向成功的路上追求。校刊社、戏剧社、文艺社、演讲会、青年会，种种校中学生的组织，都要他加入，而且是很负责的。好似不论一个会或是社的里面，若没有徐俊一分子的参加，便要减少精神，减少兴味。除此以外，他又很会摄影，有精细的研究、审美的观念，所以他的同学都嬲着他去代他们摄影或作速写画，好似他有一种魔力，自然而然地可以吸引人家的。尤其是一般异性的同学，对于徐俊人人芳心中都不知不觉地起了敬爱之心。因为徐俊不但才学优美，道德高尚，而他的风姿和态度又是清秀，又是温文尔雅，翩翩然不愧是一个擅长美术的好青年。因此徐俊在全校里有一个别号，就是美少年。人家一提起美少年，便知是徐俊了。

像这样的优美人物，自足以颠倒一切异性的同学，为男同学中的明星。可是徐俊却洁身自爱，没有一些沾惹。虽有许多女同学和他接近，和他厮缠，竟有写信给他，愿为好友的，他却始终不即不离，处之淡然。有许多同学也很奇异他的为人。

有时在课余之暇，绿荫之下，席地谈天，讲起恋爱问题来，大家以为爱情这个东西，一触即发，有弹力性的。但其性一过，爱情自会渐渐懈弛而归于澌灭。世上有许多情死的青年男女，他们正在弹力性丰富的时候，双方的情感十分热烈，异常浓厚，不幸而一旦发生重大的挫折和破坏，足够置他们爱情的死命的，便要生出绝大的痛苦，使他们的神经甚至也要失常。初时未尝不思抵抗，后来勇气消减，充满着失望和悲伤，不得已而趋于第三条路，便是情死。往往有许多失败的情侣，相偕着投海服毒，以及种种的自杀。世间的人都同声太息，引为情场悲惨的事。情天缺陷，是古今第一大憾，却不知那些青年在他们爱情热烈的时候，假使情海不波，如愿以偿，所谓有情的成了眷属后，等到弹力性懈弛时，双方自会不期而然地发现各人的短处和不满的情形，乐趣也会减少了，见面时也许没有话可以讲了。有的中道仳离，有的一生隐痛。所以有人说恋爱是一时的冲动，不可常的。热烈的感情只适合于暂时，断不会永久的。什么举案齐眉、百年偕老等语，都是古人欺世罢了。

徐俊却很不赞成这些话，他说，爱情是神圣的、纯洁的，爱情也是恒久的。不过世人所用的爱情，都是轻浮的、假托的，所谓一时的冲动，即就是欲。欲与情是两样东西，不可不辨。你们眼光里只看见那些性欲冲动的，自然有这种议论了。性欲冲动当然是一时的，安能望其永久维持？根本上已是不对，若是有真正的纯挚的恋爱，两心相印，两情相洽，其间一些没有隙缝，所谓"君当作磐石，妾当作蒲苇。蒲苇韧如丝，磐石无转移"。任何阻力未能挠折，形体方面纵然受有极大的打击而破坏，但是精神方面始终固结而不解。天荒地老，海枯石烂，此情总是不可变易的。这才是至情，亘日月，泣鬼神，放之而弥六合，卷之则藏于密。

徐俊说到这里，众人都拍手笑起来道："好一个至情的人，发挥情的真谛来了。但是我们不明白你为什么至今还没有一个恋人。难道你所说的真正的纯挚的爱，还是藏于密么？"

徐俊摇头道："曲高和寡，落落难合。知友也不易得到，何况……"

众人笑道："何况什么呢？"

徐俊默然不语。这是以前的一回事，因此众人也知道他是藏着丰富的爱情，而不愿滥用的，并非抱着独身主义的唱高调了。

在春季学期中，校里忽然来了一位新生，大家注目。新生来得很多，何以这一位新生偏能使一般人注意呢？原来是一位女性，而又插入大学三年级，已足使一般同学惊异，况且伊又生得风姿美丽、态度婀娜，真是绮年玉貌、璧月琼枝。在全校女性的同学里头，可称得起天字第一号了。

三年级一共有三十二人，内中只有两位女生，一个姓朱的，是徐州邳县人，身躯肥胖得很，好似一只母猪。面上生得不少疙瘩，人家见了伊这副尊容，都要如尹邢避面，不愿相见。背后题着一个绰号叫作母夜叉。一位姓冯的，年纪已近三十岁，和姓朱的恰巧相反，十分清瘦，一副狭长的脸，常常惨白得毫无血色，好似有病的。每日随众上课，埋首读书，和别人没有来往，也不喜多说话。难得见伊面上有笑容的。有人知道伊身世的，说伊已是寡妇了。因为死了丈夫，才出外读书，努力求学，为将来自立计。大家又起了一个别号，叫作小孤孀。试想三年级里一共有三十二位学生，只有两个女生。在调和上已是很感缺乏了，而这两个女生的雅号一个是母夜叉，一个是小孤孀，其不受人欢迎可想而知了。现在来了这位出乎其类拔乎其萃的女生，端的能使三十位异性同学一齐拜倒石榴裙下，非常有兴味。

　　伊姓范，芳名湘雯，是吴王台畔人氏。据说从吴门大学里转学来的，才学很好，工诗善画，大家又代伊起了一个别号，叫作安琪儿。这三个字何等优美而雅驯，听在耳朵里，不期而然地会起了美感，于是同学们谈话的资料中，又平添安琪儿三字了。

　　湘雯的座位恰巧和徐俊相并，徐俊在上课时鼻子里时常嗅得一种玫瑰的香气，有时无意中偶然抬头，却有一双眼睛正对他凝视着。曼妙的目光射到他的眼里，好似有强有力的电，把他吸住，使他心神飞越。虽然没有一种勇气，作刘桢的平视，向伊人尽瞧，可是不由他不偷偷地看一看。等到他鼓励着勇气再瞧时，伊却低倒头在那里写字了。蜷曲的云发垂在颈后，鬓边微风吹着，向外边飘飘而动。又似乎那些一根根的青丝都化作情丝，要缠缚住世间一切有情的人。高傲的狷介的徐俊，到这时他的心已软化三分了。

一天课后，他和一个同学打了一刻网球，觉得有些力乏，遂到体育场东隅柳荫之下，坐着休息。忽听背后草地上沙沙作响，似乎有个人影姗姗走来，回头一看，那人已走到身边，乃是那位安琪儿范湘雯。手里正托着一本书，且瞧且走。见了徐俊，便点头微笑道："徐先生，你独坐在此么？"

徐俊连忙立起身来说道："密斯范，我方才打了一会儿网球，有些疲乏，所以独坐在此。听着树上黄莺儿一声声的娇啼，别自有一种静趣哩。"

湘雯听了他的说话，又对他一笑，举手把耳边短发向后一掠，说道："徐先生，今天午后上的人生哲学一课，邓教授讲解得很不清楚，我还有几处不能完全了解，你可能指点我明白么？"

徐俊道："同学之间，切磋琢磨，本无所不可。但我自问常识谫陋得很，没有胜人之处，而密斯范又是灵心慧根，十分有学问的人，恐怕我对答不来。不是问道于盲么？"

湘雯道："徐先生不要客气，我虽然是个新生，来校不久，然而已知道徐先生的学问为一样巨擘了，佩服得很。请你不必客气。"

徐俊两手搓着，微微一笑说道："那么请坐了，有何见教？"

湘雯遂一弯柳腰，向长椅上坐下。徐俊侧转身坐在一边，湘雯把纤手翻到一页，指着几行道："我对于柏拉图的宿慧说还有一些儿不明白，请你指教。"

徐俊想了一想，遂原原本本地把柏拉图的常说详细讲述一

6

遍，又把苏格拉底的哲学加以证明。舌底澜翻，滔滔不绝，非常明晰，非常扼要，反觉得比较那位邓教授讲得清楚了。这时湘雯的颊上现着两个小酒窝，很愉快地对徐俊说道："经过徐先生一番解释，我才完全明白。足见徐先生真才实学，名副其实。从此我要常常向徐先生请教了。"

徐俊道："密斯范，快不要说这种话，我有什么才学？不过大家同在一级里读书，自然应该互相帮助的。以后如蒙不弃，我们彼此文学商量，他山攻错，倒也是很好的事。"

湘雯道："是的，友直友谅友多闻，徐先生博学多能，可说是我的良友。"说罢，嫣然一笑。二人又约略谈些家世，很是投合。直到天色晚了，晚餐钟响，方才立起身来，各自回去。

从此徐俊和湘雯由疏而亲，时时一块儿细谈衷肠，研究学术。别的同学见了，艳羡的也有，妒忌的也有，在背后都说徐俊幸运真好，能得安琪儿的青睐，不是容易的事情啊。

本来白门大学的剧社在南京地方很有盛誉的，这次因为发起赈灾募捐，特演新剧，以娱主宾，请徐俊编剧。徐俊费了三个黄昏的心思，编成《柳暗花明》一剧，内容是把政治黑暗做背景，而以儿女言情为主体。主要人物是柳成和黄美娟一对青年，其中经过几多曲折，几多磨难，卒成良缘。徐俊自饰柳成，但是女主角一时很有才难之叹。在徐俊的心目之中，以为非湘雯不能胜任的，自己却嗫嚅着，难向湘雯而请。遂由女同学方面前去说项。初时湘雯犹豫不肯允承，后来大家对伊说，为了数百万灾民请命，千万不可推却。伊遂勉强答应了。徐俊大喜，便把剧情详细讲给伊听，又说道："黄美娟非婉娈温文的人不可，密斯范恰到

7

好处，所以不得不有屈你了。"

湘雯道："我是不会演剧的，全仗你导演吧。"

于是在演剧的前数天，两人用心习练。到得开会的那天，《柳暗花明》一剧博得来宾众口称赞，徐俊的柳成模拟神似，不愧为一英俊少年，而湘雯的黄美娟扮相既好，表情又是神妙欲到毫巅，两人在舞台上俨如一双多情眷属，深怜密爱，一班同学在旁看着，几疑徐俊已和湘雯结了婚了。其实在那个时候，二人已忘了自己，只知演剧。谁料壁上观者已妒煞辣羡煞了。

大凡情感的发生出于自然，不有自觉的。徐俊和湘雯二人性情，沆瀣一气，彼此又都是高才生，学问道德值得倾倒。演了那《柳暗花明》一剧以后，二人的感情更进一步，实在因为二人在剧中各把个性完全表现出来，不但是旁观的见了可敬可爱，他们自己也觉得可敬可爱了。休沐之日，徐俊常伴着湘雯出去，到北极阁燕子矶等那些名胜地方去散步游玩，目睹着天然佳丽的风景，又有素心人同游，清言娓娓，此时此景，教那一向含情不发的徐俊当作如何感想呢？爱神已张着双翼，在他们的顶上盘旋了。

徐俊携着照相镜，常代湘雯摄影，他的摄影术很精熟的，所以湘雯很喜欢留影。有一张在玄武湖摄的，背景非常清丽，湘雯独立湖滨，风吹衣袂，飘飘若仙。徐俊留下一帧，什袭而藏。对湘雯说道："我代密斯摄了许多照，只有这一张自以为摄得很好，所以大胆留下，作为纪念了。"湘雯笑笑。

放了暑假，二人各各回里，时常有尺素来往，或谈时事，或论诗词，借此为长日消遣。转瞬秋风乍起，玉露生凉，已到下学

8

期。二人束装来校，握手问安，絮絮谈别后的情形。都已升至大学四年级了，诸同学见他们这样的亲密，何况一个是美少年，一个是安琪儿，璧合珠联，堪称佳偶。以为他们俩已有固结不解的恋爱了。

有几个喜欢多事的，乘间来问徐俊说："你和安琪儿形影不离地天天在一块儿，不知谈些什么？三十二人里头要算你们俩一对儿最亲密的了。据我们旁观者的猜测，大概你们已有很深的爱情吧？这个哑谜何时揭晓？何时可以使我们喝杯喜酒？美少年，你不要隐瞒，快快明白告诉一下啊。"

徐俊皱着眉头答道："你们说的这些话，我实在莫名其妙。我和密斯范一样是个同学，不过因为彼此性情投合一些，所以时常谈谈，友谊稍稍密切而已。你们便有这种谬误的观察、似是而非的推测了。怎见得我和伊有爱情呢？岂非笑话？"

众人道："你不必抵赖。你们俩有爱情没有爱情，虽然也不关别人家的事，不过我们都为同级学友，自然而然要留意此事了。你说你和密斯范一样是个同学，但是在我们眼光里看来，却不是一样的啊。所谓当局者迷，旁观者清。美少年，你何必苦苦隐瞒呢？我们又不要来夺去你的恋人的。并且请你放心，你的恋人资格很高，我们自己省察，也没有这种资格和伊做朋友的。除非你美少年了。你说和伊友谊稍稍密切一些，这'密切'两字，不啻你自画的口供了。哈哈，你不要假撇清，谁也不能相信你们二人没有爱情的。"

徐俊听他们的说话，越说越不对，便冷笑一声，别转头走了。

徐俊有时和湘雯并肩散步，瞧着伊蝤蛴似的粉颈、樱桃似的朱唇、剪水似的双瞳、纤月似的蛾眉，可爱可爱，似这般娇态修容的少女，更兼着慧心粲齿的高才，实在一百二十分的可爱，自己情愿把整个儿的爱情献奉与伊。但有一事却使他很惝恍迷离的，几如堕身五里雾中，不能不疑惑。

原来有一天，恰逢星期日，湘雯忽然高兴骑驴子，他便陪伊出去骑一趟玩玩。谁知湘雯不济事的，跑了一大段路，气喘吁吁，面上涨得通红，回转头来，鼓起两个香腮，对徐俊说道："我看别人家有的出去驰马，有的出去骑驴，据鞍揽辔，顾盼自如，不愧木兰第二，良玉重生。新中国的女子，应当具有这种尚武精神，因此今天我也来试试，但是我的力气太小，控制不住，真累得疲乏极了。我不要再骑哩。"

徐俊也把骑的花驴收住，对伊微笑着说道："密斯芳体究竟娇弱，不要勉强，快下来吧。"

于是跳下花驴，过去把湘雯扶下。见伊额上已是香汗浸淫了。湘雯道："我自觉很惭愧的，惹你见笑。"

徐俊道："何笑之有？密斯今天还是破题第一遭呢，自然不惯。本来北人坐马，南人乘舟，即如我辈要骑马时，也有些驾驭不住呢。"遂和湘雯各牵着驴子回身走去。

湘雯在前，徐俊在后，刚转身时，徐俊瞥见湘雯衣襟牵动，有一个紫罗兰色的信封落到草地上。湘雯依旧没有觉得，望前走着。他便过去俯身拾起，正想交还伊，却见信封上用蓝色墨水笔写得很整齐而清秀的字，下署吴门殷缄，是男子的手笔。封口上贴着两个纸剪的红鸡心。他看了这两个红鸡心，不必看信中的内

10

容，便知这是一种很甜蜜的情书了，不由心中一愣，要想把这信藏起，以便一觇个中秘密。后想这是违背道德的，无论如何，我不该私看他人的信函，还是给伊吧，看伊如何。

想定主意，遂赶上一步，向湘雯说道："密斯范，你遗落东西了。"说罢双手将信奉上。

只见湘雯桃靥上忽地起了两朵红云，把信接过说道："谢谢，这是我的表妹写给我的。伊的小楷写得很好。"一边说，一边把这信很快地塞在怀里。

徐俊看了，更是疑惑，暗想你对我说的话，我总不信。明明是男子写给你的，却偏说什么表妹呢？但又不能直言质问，只得把这闷葫芦放在肚里，非常的沉闷。送还驴子后，双双回转校中。湘雯还微笑地感谢他费了半天工夫陪伴伊去骑驴。这时徐俊的心里罩着一层云雾，自思我和湘雯的感情不可谓不浓厚了，他们旁观的都生了一种猜测，教我也无从辩白。其实却是冤枉啊，我和伊相聚已近一年，只有一次在中山公园里，恰逢天雨，我们静悄悄地坐在一个轩里，谈起恋爱问题。伊虽很多感慨，并无什么表示。除了这一次，从没提起过。所以我们只有友谊，谈不到爱情两字。同学们未免观察不精了。我还以为湘雯用心在学术上，对于爱情深深密藏着，不欲轻露。谁知伊早已有了恋人，早已踏进了情场，我却瞒在鼓中呢。这样看来，湘雯这个人很是神秘的，也很狡狯的，一向对我隐瞒着，未免有意愚弄我吧。我不要着了伊的魔道，做伊手里的玩物啊。一个紫罗兰色的信封，多么香艳？一对红色的鸡心，多么神秘？其中的秘密，我却如何得知？但料这个人和湘雯已有很深的爱情了。"吴门殷缄"四个字，深深地印在我的脑海里，始终不会忘记的。我不知此事也罢，现在发现了这封神秘而有色彩的信，不得不急切地要求得一个明白，如盲人遇见光明一般，刻不容缓了，否则我的心永永不会安宁啊。

在这月明之夜，他们俩坐在校园里槐树之下，享受着秋夜的美景，心里自然觉得非常恬静。草间虫声如雨，似奏着天然的音乐。徐俊瞧着同坐的安琪儿，简直不是尘世间人，而为乐园中的安琪儿了。同时他心里的疑窦也急于得到解释，因为他自从发现了伊的秘密以后，对伊更是非常注意，暗地调查伊的来函。虽然这是逾越范围的，他也顾不得了。于是他才知道每星期差不多必有两个紫罗兰色的信封，也许是妃色的，很触目地安放在学生来函插信的所在。冥想在那些信中，一定有许多温柔的说话、缠绵的文字，但不知那姓殷的是个何许人，不便冒昧问讯。然若不问，那么这个闷葫芦无从打破，心里的沉闷不能消释。于是现在他大着胆，鼓励着勇气，要开口了。

遂向湘雯问道："我有一句话要问你，先请你的原谅。因为……"说到这里，觉得究竟难以出口。伊听了我的话，万一动怒起来，事情不是糟了么？

湘雯见徐俊这种神情，不由面色也微有些异样，将头一低道："徐先生，你有什么话要问我？因为什么，为何不说下去？"

徐俊道："我先请密斯的原谅，实在是不该我问的。密斯能够原谅我么？"

湘雯颤声答道："我情愿原谅你的。唉……"说罢叹了口气。其时月色映到湘雯的酥胸前，隐隐见伊一起一伏，似乎极受刺激

12

的样子。

徐俊重又鼓起勇气说道："密斯，我可以做你最知己的朋友么？"

湘雯点头答道："是的，我和徐先生相交年余，同处一校，声应气求，志同道合，确实你是我最知己的朋友了。你知道的，我在学校里能有几个朋友呢？我的性情是狷介的，只有徐先生能够知我。高山流水，你是我的知音。"

徐俊听了这话，心中异常感激，徐徐说道："多蒙密斯不弃，许我为知音，然而恐怕密斯的知音却另有其人吧？"

湘雯的蛾首益发低倒，伊自己也知道这个秘密要守不住了，遂又颤声说道："徐先生，我早知你要有这一个哀的美敦书了。我想若不老实告诉你，也许你的疑惑更深，而永久不能解除，断非我们友谊上的幸福。大概你总是为了那天的一封信，我也觉得近来你对我的行动好似侦探般更进一步地注意，是不是？"

徐俊面上一红，说道："密斯言重了，我何敢如此？务请密斯原谅。"

湘雯道："这也难怪你的。不但你一个注意我呢，有几位同学也激发了好奇之心。不过以前我很不愿意告诉人家，现在既然徐先生要来问我，那么我不能再守秘了。写信给我的人姓殷，是个男子，和我同乡。前次我同你说是我的表妹，这是一时搪塞的话，请你原谅。"

徐俊默然不语，静听湘雯说话。湘雯接下去说道："他也是个大学毕业生，曾到美国去读了一年经济学回来，在上海银行界服务。近来因为身体软弱，所以请了长期的假，在家里休养。他的面貌很像同学董君冷波，瘦长的身躯，但性子却是很活泼，喜动而不喜静的。照常例而论，性情活泼的人身子不大会瘦弱的，大约因他太喜活动之故了。"

徐俊道："我要斗胆再问一句，那个姓殷的现在和密斯是朋友呢，还是……"说到这里，却又不说下去。

只听湘雯颤声答道："他是我的未婚夫。"

这一句话对于徐俊不啻如当头一桶凉水，直浇到心里。四肢顿然麻木，失了知觉，看着湘雯，说不出话来。湘雯也低倒了头，依旧没有仰起。此时若有第三个人走来，从月光下望去，一定要以为大槐树下坐着两尊美丽的石像呢。

良久，徐俊才向湘雯说道："恭喜密斯，那位殷先生多才多艺，当然是很好的。密斯有此如意郎君，将来幸福无量。密斯若不直说，我怎会知道呢？"

湘雯颊上晕红，心里却不知是喜是忧。又很懊悔自己不该老实告诉徐俊知道。但是被徐俊逼得紧了，也不得不直说。至于徐俊呢？得到"他是我的未婚夫"这一句话，悬悬未解的疑案完全明白了，但是觉得这一位全校赞美的安琪儿，已有一个人把伊拥抱着去了。虽然目前明明仍和她坐在一块儿，可是这是暂时的，不能长久的。好像今后的湘雯和以前的湘雯大不相同，而自己和湘雯的友好之间，已有一种无形的界限了。可爱的湘雯已为他人爱去，自己没有爱也是无用，不能再托于伊的身上。这样看来，爱情仍带有一些专制的色彩吧。

他正沉沉地思量着，忽地清亮的钟声响起来，打破了他的思潮。遂微微叹了一口气，扶着湘雯立起身来道："睡钟已打，我

14

们进去吧。不然可厌的舍监又要多说话哩。"

湘雯点点头,二人依然并肩走出校园,说了一声晚安,各自分头走去。皎洁的月色已照到槐树上,校园里的夜景更是幽美,草际的秋虫唧唧地唱个不停,校舍里的电灯却都熄灭,人们各自入梦去了。但不知这夜徐俊和湘雯在睡乡之中的梦景又如何呢?

次日二人见面,湘雯对着徐俊一半儿腼腆,一半儿歉疚,但是徐俊却仍和伊说说笑笑,照常一样,绝没有什么变态。湘雯因此心里也觉稍安,更佩服徐俊的人格了。徐俊本来是个有道德有学问的好青年,一切都能自持的。他虽自和湘雯交友以来,一颗心常悬在湘雯身上,如醉醇醴,然而心地非常纯洁,绝没有狎亵的心肠。他爱伊的性情,爱伊的容貌,爱伊的才华,认湘雯为红粉知己。他虽未尝不想能和湘雯成为有情眷属、终身伴侣,享受人生美满的幸福,然而事实上已是不可能的了,他只叹自己的命运不佳,却没有别的侥幸心和野心。他以为我是爱湘雯的,那么须忠实地爱伊,对于任何事情,有不利于湘雯的,都要力求避免,情愿牺牲一己的幸福,不愿牵到他的好友走入歧途,去受种种的痛苦。所以他对于湘雯,安慰有加,欢乐如常,一些不把这事放在心上。同学们依旧没有知道他们的内幕,还以为他们游泳在爱河之中,徜徉在晴天之下,悠然自得呢。

"毕业了!毕业了!"这声浪喧传到徐俊和湘雯的耳朵里去,二人也自知快要毕业,行将和这可爱的白门大学告别,而换一处地方去了。按毕业两个字很不妥适,须知世界是一个大学校,造化者的神秘超出一切的一切,天地间的学识是无穷尽的,什么博士学士,都是一种骗人的头衔,和以前的秀才举人进士等名称,简直可以说是一样的作用。小学毕业，中学毕业，大学毕业，不过是证明在某种学科读罢，成绩是怎样罢了。古人所谓吾生也有涯而知也无涯，何时可以说一个"毕"字呢？在拟定这个名称的人，大概便是读罢某科学业的意思而已。后来学生们却以为毕了业，便有饱满的学问，什么书可以不必去研究，只要嫌钱。尤其是一般大学生，趾高气扬，不可一世，得了学士头衔，足以骄人了。岂不可笑？毕业礼式在英文里头便称"Commencement Exercise"，有起始的意思，恰和"毕"字的意义相反。英文又称毕业为"Gradmate"，此字从 Grade 化来，有等次的意思，也有递进的意义。都是向前进而没有终了的意思。比较华文来得恰当了。

可是毕业到底是一件快活的事，数载辛苦在这一天里取偿，也是学生们急切盼望的。所以白门大学在举行毕业礼式之前，许多毕业生兴高采烈忙着出级刊了、摄影了、聚餐了、开话别会了，一一举行。在话别会开后的晚上，同学们聚在一起，谈笑尽欢，专待明天行毕业礼式。可是他们分别的日子也快要到了，未免有些黯然魂销。其中自然要推徐俊和湘雯，心里更是感动了。

等到行过毕业礼式，大家得到一纸文凭，喜气洋洋，各自束装归去。徐俊虽得名列冠军，受着校中特别奖励，非常荣誉，可是他心里却充满着无聊和烦闷，一些不觉得快乐了。校长留了多住几天，要和他谈谈，因为难得有这个人才，很想资助他出洋留学，曾和徐俊有一度的谈话。徐俊的家中只有老母和一个妹妹，很简单的。有薄田百余亩，衣食可以无忧。他的妹妹也在本地女子中学里肄业，所以他也有乘风破浪之志，但须先得到老母的同意，方能决定。因徐俊很孝他母亲的，他为要等他母亲的回音，

16

依旧住在校中，没有动身。这时校中学生已去了一大半，只有十分之二三还逗留着未去，顿觉清静得多。

这天早晨，他正在科学馆楼前阳台上散步，望着东边朝旭上升，余霞成绮，阳台上已有一角金黄色的阳光照射着，勤忙的蝉已在大柳树上振翼而鸣了。夏天的早上充满着灿烂而有精神的彩色。忽然西北角上陡地涌起一大团乌云，很迅速地过来，把那红日遮得无影无踪。狂风大作，楼下的树木吹得东摇西摆，蝉声也停止了，许多蜻蜓在空中飞来飞去。急急有些雷声，像要下阵雨的样子。

徐俊瞧着又起了感慨，自己读到大学毕业，准备留学外洋，壮志奋发，不是宛如那朝日上升么？然而心里总觉得惘惘地如有阴霾掩蔽，不是和眼前的情景相仿佛么？真要学桓子野徒唤奈何了。微微叹一口气，忽听背后有鞋声响，回头一看，见是湘雯走上楼来。穿着一件印花纱的旗袍，袖子短短的，露出两只嫩藕也似的玉臂。胸前隐隐隆起着双峰，衬着雪白的粉颈，越显得清丽了。对他微笑道："徐先生，你早啊。"

徐俊道："密斯，你也早。怎会知道我在这里而来呢？"

湘雯道："科学馆楼上地方幽静，你不是常来散步的么？所以我寻到这里来，且和你告辞。因为今天我要坐十二点五十分的快车回去了。"

徐俊仰首瞧着天空说道："我也不久便要回乡。你不能多留一二日么？"

湘雯道："实在家中迭连来了两封快信，催我归去。所以我不能逗留了。"

徐俊听了点头道："很好，天下无不散的筵席，但是我们同学两载，朝夕聚首，从今后要长久分离了。这一别不知何日再能重逢?"

湘雯忽然低下头去，眼中的珠泪不由滚将出来。徐俊指着旁边一只长椅道："我们坐谈一会儿吧。这半天的光阴也很宝贵的。"

二人遂并肩坐下，徐俊看湘雯眼圈儿微红，颊上有几点泪珠，心中有些不忍。湘雯把足一顿道："人家为着毕业而快乐，我却很不愿毕业。"

徐俊点点头说道："密斯这话说到我心里来了。我和密斯虽然萍水相逢，而两年以来情感日深，我们也不必讳言。一旦分歧，能不依依? 自然愿意能够常相聚晤，可是事实上是不可能的，迟早有此一别。不过别离者形体，至于精神方面，我们固结着、默契着，敢说世间更没别的东西可以隔离我们了。所以请密斯不必悲伤，前途方长，我们各自奋勉，便不负彼此的期望了。"

湘雯听着点点头，似乎很赞同徐俊的说话，又向徐俊道："听说你要留学外洋，大丈夫志在四方，我深表同情，极盼望你的志愿可以实现。但不知你可决定了么?"

徐俊道："照我的家况而论，仅足敷衍衣食，读到大学毕业已非容易。然而我的志愿却不以为满足，学问是无穷尽的，西方的学术正宜前往研讨一番。校长又力劝我出洋留学，且许资助我。因此我想到英国剑桥大学去读书，但我不得不请命于母亲，现在正候母亲的回音。我母亲很依我的说话，大概伊若听得学费一项有人补助，便可应许了。"

湘雯道："剑桥大学是英国最高学府，我愿徐先生前程万里，将来学成回国，可以大大地做一番事业。我们同学也与有光荣了。"

徐俊强笑答道："多谢密斯美意，此后尚望密斯不吝珠玑，时时赐我教言，使我精神上得到安慰，才能鼓励我的雄志，向前进取。因为密斯好似我面前的一盏明灯，我享受了两年的光明，得到许多益处。现在这盏明灯将要弃我而去了，使我非常彷徨。但望密斯仍能分给一些余光，照耀在我的心田里才好。"

湘雯听着这话，把手指抿着樱唇，静默不语。这时大雨已倾盆而下，千万道雨丝洒将开去，跳珠溅玉，飞烟扑尘，数株柳树在风雨中摇摆着，好似在那雨里淋浴，炎威尽消，很有些凉意。湘雯的衣袖也被风吹得向上卷去，玉臂尽露，头上云发也吹得蓬松。二人出神地看着雨，静默了好一会儿，湘雯道："这雨下得好大，不知我今天可能回去呢？"

徐俊一看手表，答道："早哩，此刻不过九点钟光景，这雨最多下一个钟头，便要停止的。密斯放心。"

二人又坐着谈些以前在校中的趣事，要想解除烦闷。然而前尘影事，讲起了反多怅触，而别绪填胸，离魂踟蹰，心头的滋味，不知是甜是苦、是酸是辣呢。

果然不到一个钟头，云消雨霁，一轮红日依旧照临大地了。湘雯遂别了徐俊，自去收拾行李，特地吃了早饭动身。徐俊送伊到车站，当车没有开行时，坐在车上和伊絮絮谈话，好似有万语千言，倾吐不尽。等到摇钟时，车要开了，徐俊只得跳下车来，

19

立在车旁，看车开动。湘雯心中也很有桃花潭水之感。等到汽笛一声，二人各出白巾，互相招展，飘发的车轮，碾碎了二人的心，分开了二人的形，以前在白门大学里同窗的乐事，宛如一幕一幕的电影，已在银幕上映过，似梦又似幻，都成了追忆的资料。

下　部

海面上波平若镜，蔚蓝色的天空，和那万顷碧波相映着，渲染上黄金灿烂般的曝光，多么美丽。还有雪白的海鸥回翔着，绝妙一幅天然画图。维多利亚号的大商轮正向前疾驶而来，甲板上立着一个很俊美的少年，穿着一身簇新的西装，手握望远镜，凭栏远望，轮舟已进了直布罗陀海峡，两旁炮台和城堡，都占着险要的形势，一重重壁垒森严，好似代表着帝国主义者狰狞的面目，使人不寒而栗。他瞧着，再隔若干时日，便可回到祖国了。

他是谁？原来便是三年前白门大学的毕业生徐俊。他远离了祖国，辞别了朋友亲戚，远涉重洋，到英伦三岛去求学。进的剑桥大学，所有学费都是白门大学的校长设法资助的。在剑桥大学里读了三年，得到硕士博士的学位，成绩斐然，荣誉卓著。英伦学界多知道他的大名，称呼他为 "Chinese Beautiful Scholar"。曾有某女士是英国的文学家，代他作了一篇小传，和他的玉照刊在英国的礼拜六周报上。徐俊也足以自豪了。

在这初夏时期，他便束装返国。风平浪静，时常到甲板上来盼望，想起祖国，想起故乡，想起白门大学，想起他唯一的好友

20

湘雯。他的脑海中思潮奔腾，和那轰动的海浪同时打击着。在这三年之内，他也时常和湘雯通音信的，把许多摄影画片报纸杂志一批一批地寄给湘雯，因为他知道伊很喜欢阅读这种东西的。湘雯也时时以尺素相报，于慰问之外，大都研究一二学识。徐俊视为瑰宝，把来分开中西两部，装订成册，编了无数，什袭珍藏。无聊时取出展玩，足慰相思。因为湘雯用的信笺非常精美，小楷又写得匀静，文辞又十分清丽，而蟹行文字也写得娟秀无伦，别饶风韵。宜乎徐俊不忍轻弃了。

湘雯在毕业以后，回到吴门，隔了三个月，便和她的未婚夫殷奇龄在留园结婚，教育界、银行界前往观礼的不少，车马喧阗，十分热闹。婚后二人的爱情也非常甜蜜，曾到西湖去度蜜月，一双鸳侣很是使人艳羡。有许多同学听得这个消息，却很惊奇，想不到安琪儿已是罗敷有夫，嫁了姓殷的，那么美少年不是镜花水月，徒劳梦想，此时此情，其何以堪呢？

过了半年，殷奇龄仍回到上海银行界服务，偕着湘雯在静安寺路筑了一座小洋房，辟了一个小小园地，享那家庭之乐。不过殷奇龄是在外边很忙的，每天早上九点钟出去，直到深夜方才归家，星期日也是绝少闲暇，因此湘雯很感着寂寞。在家中除了读书看报，无事可为，很想出去做事，殷奇龄却不赞成。要伊在家做主妇，主理家务。有时也和伊一同去赴宴会，或是观电影，人家见了湘雯，没有不赞美的。说他天生福气，独得艳妇。殷奇龄很以此自傲，归家时常在湘雯面前说起，湘雯却嗤之以鼻。伊总以为在家闲坐着最是无聊，自己有了大学毕业的学问，应该出外去做些事业，也不负以前的一番苦功，偏偏殷奇龄把伊珍爱得如同价值连城的宝物一般，只是供奉着、珍养着，不放伊出去劳心劳力。有一次伊的同学请伊到天津去执教鞭，也被伊丈夫谢绝。湘雯不忍拂逆伊丈夫的心，只得很沉闷地蕴藏在心头。当伊丈夫出外时，伊唯一的消遣便是和徐俊通信了。因此徐俊虽和湘雯远隔重洋，而伊人的状况一一都知道的，很代伊扼腕。以为湘雯得的夫婿人品学问固然不错，可是这样铜雀春深般把伊藏着，未免埋没了伊的一生了。

此时看着海景，悠然远思，见千万波涛中好似有千万个湘雯的情影，仿佛依稀地涌现在他的目前。忽地鼻子里嗅着一种幽香，一只很柔软而温和的纤手，在他臂膀上一拍，不觉突地一跳，如梦初醒，回头一看，见有一位衣装雅丽的女学生立在他的身后，向他微笑说道："密斯脱徐，你独自在此痴痴地出了神，望着海中波浪做什么？手里的望远镜快要落去了，所以我拍你一下，唤醒你。幸恕冒昧。"

徐俊忙带笑答道："李女士，多谢你的好意。我正在胡思乱想哩。"说罢，便和伊并立着，指点远处景物。

原来徐俊所称呼的李女士，也是在船上认识的朋友。李女士名绮城，先前是在本国吴门大学里毕业，和湘雯曾同过学。后来留学英国牛津大学，研究教育学。此番也是学成回国，恰和徐俊同船。大家偶然问讯，谈起湘雯，彼此都是同学，因此感情更进一步。徐俊要船上有了这位伴侣，不嫌寂寞，而李女士也很钦佩徐俊的学问，情愿结个新交。但是李女士的性情活泼而又伉爽，却和湘雯不同了。

维多利亚号轮舟在上海进口时，许多回国的华人望着大陆上

22

的风景，一齐欢欣鼓舞。徐俊和李女士雇着苦力，搬运行李，走上码头时，已有李女士的家人前来迎接。徐俊忽见人丛中闪出一个穿着黑纱旗袍，携着蓝纱洋伞的少妇，向他身边走近前来，定睛一看，正是三年阔别梦想为之的湘雯。湘雯早扬着素巾喊道："徐先生！徐先生！"

徐俊要喊密斯时，喊出了一个"密"字，立即缩住，便道："湘雯，我在这里。"

湘雯如穿花蛱蝶般扑到徐俊面前，二人方握手问好，李女士忽然走上前向湘雯说道："湘雯妹，你可认识我么？"

湘雯道："呀，原来你是绮城姐，我们老同学，怎会不相识呢？别年音信不通，很是怀念。"

绮城遂把自己留学英伦的经过略述一番，并言此番回国，在船上遇见密斯脱徐，谈起湘雯来，才知彼此都是熟的。湘雯也向伊恭贺道："绮城姐乘风破浪，学成而归，使我不胜欢忭，不胜艳羡。"

李女士又和湘雯谈了几句，把自己的寓所告知二人，便向二人告别，自和家人去了。

徐俊和湘雯走出码头，湘雯道："徐先生，你在上海可有耽搁的地方？"

徐俊道："没有，我想就住大东旅馆，这里不是我们谈话之地，你能跟我同去么？"

湘雯点点头，徐俊遂喊了一辆汽车，先把行李搬上，然后和湘雯坐进车里，开到大东旅馆停住。早有人招接进去，开了三十六号一个很精雅的房间，二人坐定后，各问安好。徐俊瞧湘雯面庞比较以前胖了一些，湘雯也看徐俊英姿焕发，比较往日更有精神了。

徐俊道："我很感谢你，能够跑来码头上迎接我。我们的友谊不是巩固无变么？在这三年中，虽然和密斯隔离很远，而密斯的声容笑貌，依旧在我脑海中。尤其是许多来鸿，写得情意殷勤，使天涯游子得到不少精神上的安慰。我今日见了密斯，要面致话音的。"

湘雯嫣然微笑道："我也感谢徐先生，时时把海外的新闻以及学术上的心得，忙里偷闲地写来告诉我，使我减去不少寂寞。"

徐俊道："寂寞……"说至此略顿一顿，又道，"殷先生可好么？"

湘雯面上一红，答道："多谢，他近来很好，不过一天到晚忙得很，常在外边。"

徐俊道："能者多劳，佩服得很。"

湘雯道："只有我镇日价坐在家里，如笼中鸟一般，虚度三餐，辜负了一生，岂不可笑？"湘雯说时，很露出愤慨的样子。

徐俊道："密昔斯殷的学问我一向很赞美的，为什么不找些事做呢？只要密昔斯殷有意迁就，恐怕人家觅也觅不到呢。"

湘雯道："别说学问，我的一生不过如是而已。"

徐俊道："珠玉沉埋，可惜，可惜。密昔斯殷若有意的，此番我回国时，曾接到校长的电报，说杭州新创办一个新华大学，要我去担任校长一席。我还没有决定，须待到了南京，听校长详细说了，然后再取进止。但是我若往那边，想请密昔斯殷前去执教，好不好？"

24

湘雯道："徐先生，请你不要把密昔斯三个字来称呼我，你只唤名字便了，我听了怪难受的。"

徐俊笑道："你明明是个密昔斯，却不愿受此称呼，为什么呢？很好，我以后呼你芳名是了。"

这时天已近晚，湘雯道："徐先生恐怕肚里饿么？一向在外国吃西菜，今天可吃中菜？"

徐俊道："究竟中菜滋味佳妙，我们上哪儿去？"

湘雯道："杏花楼。"

徐俊点头，二人遂立起身来，出了旅馆，坐车来到杏花楼。拣一个精致的房间坐下，点了几样菜和酒，且吃且谈。那杏花楼是个有名粤菜馆，灯红酒绿，哀丝豪竹。徐俊喝了三杯酒，前尘影事，涌上心头，几疑此时是梦了。

直到八点钟后，二人吃罢，湘雯对徐俊说道："今天让我做了东道吧。"

徐俊点头道："叩领盛情，感谢之至。"湘雯遂付去餐资，二人立起身来，握手分别。

徐俊觉得别时容易见时难，很有恋恋之意，遂低低说道："你此刻回府吧，恐怕殷先生已在那儿等得不耐烦了。"

湘雯自从这一次和徐俊久别重逢后，心中时时要想起徐俊，虽欲强自抑止，也苦不能。一天接到徐俊从西子湖边寄来的琅函，展阅一过，方知他别后在上海勾留数天，便到南京母校去见校长。经校长的说明和一番劝驾，对于新华大学校长问题已有允意。现在已到杭州办理校务，经济充足，校址宽敞，他日尽有扩充地步。意欲携伊一同前去执教，但不知湘雯可有出外的志愿，而在殷先生前可能得到同意？

　　伊接到这封信很是愉快，因为伊的丈夫下月要到日本和英美各国去走一趟，调查各国银行团的组织和经济状况，附带几个金融问题，须等明年春天方能返国。本想带着湘雯同去，因有种种不便，未能如愿。湘雯曾对他说过，他若出去，自己不高兴独居家中，也要乘此时机出外做事。伊丈夫已微有允意，大概到杭州去执教鞭，总可成功了。遂等殷奇龄回来和他商量，殷奇龄因自己出去，需时半载，无法安慰他的爱妻，于是勉强答应了。

　　新华大学开学时，学生也有二百余人，气象很好，徐俊做了校长，学识丰富，擘画周详，大有突飞猛进之势。这时湘雯送别了伊的丈夫出洋去后，自己也把家务交给伊丈夫的尊长管理，一肩行李，翩然来杭。徐俊亲自到车站上去接伊至校，代伊接风。便请伊教授琴歌和西洋史。湘雯对于西洋历史很熟悉而明了的，伊的琴歌也是很好的，从前在白门大学里曾充当西乐团的副团和。新华大学因为男女兼收，故在女生课程中添设琴歌一科。湘雯担任这两项教科，很能胜任愉快。一般女生更是倾佩伊。

　　校中还有几位教员，也是白门大学里的老同学，徐俊请他们来的。所以声应气求，对于校务方面一致进行。每月又有聚餐会，快乐得很。不过还有几个同学听得这个消息，陆续赶到杭州，来作毛遂自荐，要想徐俊代他们在校内安排位置。可是供过于求，校中的预算一切均已决定，教他又哪里能够多请教员呢？只好婉言谢绝了。休沐之暇，常偕湘雯游山玩水，徜徉于六桥三竺九溪十八涧之间，精神上非常快活，旧梦重温，也非二人初时意料所及的。

有一天，正是国庆日，他们俩去游龙井理安寺一带名胜。到理安寺的途上，小径愈转愈幽，青山如含笑迎人，禽鸟引吭长鸣，幽阒清冷，不可名状，几疑不在人间境了。走到理安寺，却遇见几个女子在寺中白云谷饮茗休坐，内中忽然有一个妆饰很时髦的，立起身向他们招呼。二人立定一看，原来是李女士。大家握手道故，始知李女士现在上海妇女节制会里当干事，且在某某女学执教鞭。现乘双十节有暇，邀着几个同志来杭游玩。李女士也知道徐俊在新华大学做校长，遂说："我本想来拜访的，只因有伴同行，所以还没有来。"徐俊和湘雯遂请李女士明天光临新华，略尽地主之谊。李女士含笑答应，二人也由僧人献上香茗，坐着休息。停会儿，李女士偕伴告辞先走，他们还要去游九溪十八涧呢。

徐俊在法雨泉旁，倚栏看了一歇，也和湘雯出寺，走下石磴，来到九溪桥畔一个楠木造的小亭里。湘雯见四围都是楠木，参天绿云，下蔽小溪，匝地清响，风景幽绝，流连着不忍遽去，遂又和徐俊坐了一会儿。徐俊听着风声泉声，悄然不语。

湘雯忽然对徐俊说道："你看绮城这人可好？"

徐俊不懂伊的意思，便答道："也是一位有学识的新女子。"

湘雯道："绮城的才干比较我好，人也伉爽可爱。大概你和伊同舟归国的时候，已窥见一斑了。现在伊还是独身，未曾许人。前次我在上海去看伊时，曾经探伊的口气，也并非是抱着独身主义，想一辈子不嫁人的，不过有感于伴侣难得罢了。又和伊谈起徐先生，觉得伊对于你却很敬爱的，今天偏又奇逢，也许有缘。我想介绍给徐先生可好？徐先生也该及早组织一个美满的家

27

庭了。"

　　湘雯说时，弄伊盒中所携的摄影箱，静候徐俊回答。徐俊不防湘雯说出这种话来，遂答道："湘雯，你要代我做媒人了？我很感谢你的美意。李女士固然很好，但是我却志不在此，请你原谅了。"说罢，叹了一口气。

　　湘雯是个聪明人，已知道徐俊心里的意思，同时也很感激他，也很怜惜他。然而却不便说什么，对徐俊瞧了一眼，见他脸上欢容尽敛，深悔自己不该向他提起这件事来，使他伤怀。遂勉强带着笑说道："时候不早，我们走回去吧。"于是二人一路踏着山径而归，湘雯已是疲乏不堪了。明天李女士果然前来拜访他们，二人竭诚招待，尽欢而别，湘雯却不敢谈及伊所盼望的事情了。

　　光阴过得真快，一年容易，又是春风。殷奇龄已走通欧美大陆，写信给他的爱妻，说自己将于三月初启程返国。三月底可到上海了。湘雯虽然很欢迎伊的丈夫归来，但知道在伊的丈夫回来后，伊的教职问题或要摇动，恐怕不能仍在新华大学这样逍遥自在的了。遂告诉徐俊，徐俊道："殷先生将回国么？很好，大概你要去迎接哩。"

　　湘雯笑笑，到得将近三月底的前几天，湘雯遂告假十天，托人代课，别了徐俊，回到上海家里，重新布置一番，专候伊的丈夫回国。殷奇龄坐的法国邮船，到了香港，又拍发一电前来，说几时可到上海。湘雯至期换了一件新制的丝绒旗袍，淡扫蛾眉，轻施胭粉，临镜自照，更觉娇艳。遂开了家里的一辆汽车，前往迎接。殷奇龄和他的爱妻别离了半年多的光阴，渴念无已，见面时抱着湘雯便接了一个吻，同车而回。

殷奇龄的家人亲戚朋友，以及许多银行界报界商界里的人纷纷前来探望，有的设宴洗尘，有的请他演说，忙得殷奇龄应接不暇，连和他爱妻谈心的时候也绝少了。过了几天，殷奇龄方才有些空，便和湘雯讲些欧美各国的逸事，以及自己调查所得的实情。湘雯也把自己在新华大学执教的大略情形告诉他听。殷奇龄对伊说道："去年我离国远游，想你家居寂寞，因此愿意允许你出去服务。现在我已归来，你也不必再去教书，便请代课的代下去吧。"

湘雯摇头道："这个却不能够的，我已订下聘书，到暑假为止，至少要教罢这个学期，何可半途中辍，贻人讥笑？况且校长是我的同学，此番请我前往执教，也是美意，岂可令人家为难呢？"

殷奇龄一向知道他的爱妻有一个好朋友，便是那徐俊，他也曾读过徐俊的著作，也曾见识过徐俊的玉照，也为饫闻过徐俊的大名。当徐俊在英国留学时，和他的爱妻鱼雁往来，他也有些知道，不过因为近世社交公开，男女交友是一件绝平常的事，而徐俊和他的爱妻又是昔日同学，并非新进之交，同学间互通音讯也是很多的。自己又是个新人物，不便从中强行干涉，倒被他爱妻说他不漂亮。况两人信函他也有时看见过的，并无什么逾越范围的话，因此不说什么。后来他出去调查经济时，湘雯要去新华教书，他便有些不赞成，只因湘雯的态度很是坚决，自己又出行在即，不得已委曲求全，答允伊去。今番他已返国，当然不愿意伊的爱妻再到外边去了。岂知湘雯反说出这些话，便冷笑一声道：

"不错，人家的美意是不可辜负的。"

湘雯不觉面上一红，殷奇龄也不再多说，凑巧电话铃响，便走去接电话了。湘雯心里总觉得伊丈夫的说话含有骨子，或者猜疑伊什么，这却是不应该的。无论如何，新华的教务我至少也要做到暑假再说。伊虽是我的丈夫，男女平等，他总不能束缚我的自由啊。等到十天假期已满，伊便别了伊的丈夫，依然赴杭去。徐俊见伊假满重来，很是欢喜，但看伊的面色似乎深藏着不快活的事情，笑容也减少了。得闲向伊询问，湘雯却不肯直说。

这样过了一星期，湘雯忽然接到殷奇龄寄来一封快信，心里不由突地一跳，拆开一看，见上面写着刻因家有要求，且有要言面告，请伊见信之后，速即返沪。伊接到信后，正在忐忑，傍晚又来一个电报，催伊火速归去。于是伊把快信和电报递给徐俊看，说伊不得不马上动身了，想乘夜车回沪。徐俊也不明白什么意思，既然有快信电报接连而来，自然也教伊立即回家。当夜湘雯收拾行箧，徐俊亲自送到车站，珍重而别。

湘雯坐在车上，听车轮辘辘转动，自己的心里也是和那车轮一样跳动不已。到上海时天已大明，雇着一辆马车回到家中。下人们都很奇怪，怎么去得一个星期又回来了？伊把行箧授给一个小婢，随口问道："少爷在家么？"

小婢道："正在楼上，没有出去。"

湘雯忙走到楼上自己房里，见伊的丈夫正坐在沙发上看书，见了湘雯，把书抛在一边，便说道："很好，湘雯，你回来了。"

湘雯把足一顿道："家中有什么事？这样急于星火催我归来啊？"

殷奇龄淡淡地答道："没有什么事。"

湘雯道："既然没有事，为何拍电报要我归家？"

殷奇龄道："你不要焦躁，且安坐一下，待我讲给你听。"

这时小婢将行篋提进，湘雯回头说道："你放在桌上，退出去。"

小婢走了，湘雯坐下，殷奇龄对伊说道："我早教你不要到新华去教书，并非是我鳃鳃过虑，也是意料中事。现在弄得名誉很不好听。殊不值得。"

湘雯听了这话，不觉发急道："奇龄，你也是个新人物，我不明白你怎会产出这些话来。男子在社会上服务是应当的，难道女子却不能出外做些事业么？我不是自夸说，有了一些学问，也要为社会服务。那么我到新华执教，并无不当的理由，有什么事坏了你的名誉呢？你意料的又是什么事呢？"

殷奇龄冷笑道："不但坏我的名誉，须知你自己的名誉也不好听啊。美少年徐俊不是你昔日的同学么？不是你很知己的朋友么？大概你们二人的关系太密切了些……"

湘雯听了这话，不待他说完，早已粉面通红，急向他分辩道："我的名誉有什么不好听？徐俊的确是我的同学，是我的朋友，但我和他光明磊落，毫无不可告人之处。以前你也早知悉的，怎么说我们关系太密切了呢？"

殷奇龄道："这不是我一人说的，因为外面对于你们二人很多不好听的话，使我不得不向你直说，催你回家了。前天我连接到两封无头信，内中都说你和徐俊以前已有爱情，现在旧情复热，厮混在一起，同出同入，俨然和夫妇无异。且骂我枉自做了一个有名人物，却愿戴上一顶绿头巾。你想我气不气？你如不信，有书为凭。"说罢，便去抽屉里取出两封信，授给湘雯。

湘雯接过一看，气得全身索索地抖动，对伊的丈夫说道："奇龄，你也相信么？"

奇龄道："我若完全相信，也不这样待你了。但是空穴来风，必非无因。湘雯，你也是个聪明人，或者你们二人的形迹太亲近些，自然惹人说话了。所以瓜李之嫌，不可不避。无论世界怎样文明，女子的名节总是要紧的。我想徐俊也是个漂亮人物，何必要投入这个情网中来，害人而又害自己呢？"

湘雯颤声说道："我们结婚已有数年，你看我的人格究竟如何？我不是无学问的女子，名节也知保守，岂肯在外做什么暧昧的事？我与徐俊完全友谊上的关系，此心耿耿，可誓天日。难道你也要猜疑我么？"

奇龄道："若要杜绝谰言，使人不疑，唯有把新华的教务立即辞掉，此为先决问题。否则何以使人释疑啊？"

湘雯道："实则实，虚则虚，我为什么要辞去教职？善谤人的又要说我虚心了。"

奇龄咬紧牙齿说道："湘雯你不要如此固执，我是爱你的，无论如何，你须立刻把新华教职辞去，否则我的心再也不得安宁。况且你何苦为了徐俊而下这样的牺牲呢？你和我的爱情难道不敌你和徐俊的友谊么？"说罢，在室中踱来踱去，似乎蕴着许多怒气而忍住不发的样子。

湘雯听到伊丈夫说的"你和我的爱情难道不敌你和徐俊的友谊么"这一句话，不由眼眶里珠泪盘旋欲出，叹口气说道："你

32

既必要我辞去那边的教职，我也只有遵命是了。不过你不应该听信无头信中所说的诽谤之言。有道德的人岂有写这种信的呢？不是存心来伤害他人么？我若再力持前议，毅然不屈，那么你越是深信着而疑我到底了。然而我们是冤枉的，这一层还请你细细审察。”

殷奇龄听他爱妻肯辞去新华教职，心里也软了一半，遂霁颜说道：“你若能辞去教职，自然能塞人疑，以前的事我绝不介意，我深信你是贞洁的、纯洁的，是我独一无二的爱妻。湘雯，请你原谅我冒昧的说话。”

徐俊自湘雯去后，心里觉得非常牵挂，不知伊家中究竟有何要事，如此紧急。这天下午散课后，他正独自坐校长室里披阅公函，忽听门上轻叩两下，便道：“请来来。”室门开处，翩然而入的正是湘雯。连忙立起来，走去和伊握手道：“湘雯，怎么就回来了？府上可有什么事情？”

湘雯道：“徐先生，没有什么大事。”

徐俊道：“你不要瞒我，若没有紧要的事，怎么殷先生会发快函和电报来催你去呢？”

湘雯摇摇头，向椅上坐下。天气很是冰热，额上微微有些汗珠，把手帕拭着。徐俊在伊身旁坐下，见伊的面色很是惨淡，料想伊家庭里总有不快活的事情，却想不到就是为了自己。湘雯顿了一顿，才向徐俊道：“徐先生，我有一件事对不起得很，要先请你原谅。”

徐俊不由一呆道：“什么事啊？”

湘雯道：“这里的教职我不得不半途辞退了，因为我们沪上的家里没有人照顾，他必要我回去，苦苦逼着我要把教职辞去。我拗不过他，只好前来向你辞职并请罪。"

徐俊皱皱眉头说道："不能等到暑假再说么？"

湘雯叹口气答道："实在不能，请你原谅我。我真很惭愧告诉你这种话。且使你又要重请教员，多一重麻烦。"

徐俊道："麻烦是小事，我却觉得有些奇怪。殷先生竟有这等毅力，雷厉风行地强制你如此做法，他竟情愿你守在家中做主妇，对于他固然是满意了……"说至此略停一停，又说道："贤伉俪是很亲爱的，大家都能谅解。你不忍拂逆他的意思而顺从他的意思，他是再好也没有的事了，我要不愿你们为了这事而生意见，对于你的辞职引退，十二分地深表同情。不过此后我们相见之日却很少了。"

湘雯听了徐俊的话，不觉侧转着头，珠泪早已夺眶而出。想自己心里的委屈怎能老实告诉他？他若知道了内幕，一定要不知怎样的灰心，我何忍使他受这个打击，还是幽闭在我的心里吧。

徐俊见伊这个样子，遂道："很好，我一准另请人来瓜代你的教职，但是你想几时走呢？"

湘雯道："明天中午。"

徐俊道："那么我们还有一个很宝贵的晚上。我们几个老同学也要聚着痛饮一番。"

湘雯点点头，一看手表上正近五点，说道："天还没有晚，我们到白堤散步去。"

徐俊道："好的。"遂取了帽子戴上，和湘雯走出校门，向白堤行去。赏观山色湖光，湘雯觉得自己将和这个明丽的西子湖告别了，未免有些恋恋不舍。二人且行且谈，到傍晚始归。

徐俊遂命厨下端整一桌酒菜，又去邀了几个老同学，一共六人，在客室中小饮。大家知道湘雯要辞职归去了，都不明白缘故。湘雯托以他辞，都很怅惘。湘雯喝得有些醉了，见旁边有一架钢琴，遂过去奏一阕西方有名的《月光曲》，且曼声歌着。莺声妙曼中带着凄楚之意，余音袅袅，如泣如诉，虽非阳关三叠，而已足够使人黯然魂销了。尤其是徐俊心弦震动，不能自已，平添了不少的凄凉和怅惘。

湘雯返沪了，殷奇龄自己开了汽车到火车站去迎接伊回家，面上露出一团笑容，握住伊的纤手，絮絮地谈话。但是湘雯心中却有些不自在，觉得伊的丈夫接到了无头信，便会这样相信而猜疑伊，且用高压式的手段，强逼伊告辞职，男性的妒也是很厉害的。本来他一向知道我和徐俊交友，也有些不惬于心，现在当然他的时机来了，他的心非但要我辞去新华的教职，并且最好进一步要我和徐俊绝了交，才称他的心意呢。幸而徐俊是个有人格的学者，他对于我虽是亲近，别无野心，所以也劝我回家，希望我们夫妇的爱情不要为了一些事情而决裂。他真能体谅我的。还有这两封无头信，究竟是谁写来的呢？大概也是我们的同学某某几个人，他们不是到新华来谋事而被徐俊拒绝的么？因此造出蜚语来中伤我们了。人心鬼蜮，一至于此，真使人心灰。

晚餐后，殷奇龄走进房来，见湘雯正坐在妆台边，一手托着香腮，默默地出神。玫瑰紫色珠罩的台灯，映得玉颜更是娇艳，不觉过去抚着伊的香肩道："湘雯，你在这里想什么？星期六的晚上，赫立克夫妇在沙发花园夜宴，我们也在被邀之列。我要求你和我同去，到那里还有交际舞呢。明天下午我伴你先到云裳公司去挑选一件最新式的舞衣，好不好?"

　　湘雯对他微微一笑，也不说什么。殷奇龄把伊抱起，在伊的樱唇上接了一个热烈的吻，湘雯的蝤首倚在伊丈夫的肩上，全身好似遇着电流一般，默想伊丈夫所以生妒，也是出于爱心。那么到底伊丈夫爱伊呢，还是徐俊爱伊? 这一个问题，却不知聪明的湘雯怎样去解释了。

不结婚的恋爱

忏绮生是个多才多艺的少年，深喜研究美术，擅长文艺，尤擅西洋写生画，中西音乐都很娴熟。他是个浪漫派的人，家庭中只有一个老父和兄嫂，不大管他的事情。他在大学毕业后，便有友人介绍他到 W 城一个女子中学去当教员。教授的课程是自然科和图画。他为人好静默，带着女性。所以他在女学校里教书，一般女学生都喜和他亲近。有时请他画扇子，有时请他教丝竹，他都肯在课外时间尽这些义务。在春秋二季，常常伴着女生们出去旅行，游山玩水，把一处处的古迹讲给学生们听。大家因他性子和顺，代他起了一个别号，叫作"绵羊"。起先背后称呼，后来有一天他出去应酬，穿了一件新衣，有几个学生见他出去，便说道："你看今天绵羊身上换了一件美丽的皮了。多么美丽啊。"他听了有些稀奇，知道是说他，便回过身来问道："你们说谁？可是说我么？"一个女生笑嘻嘻地答道："程先生，我们是说绵羊啊，你难道自己承认是绵羊么？"大家拍手大笑，他也笑笑走了。从此当着面也有人叫他绵羊的了，他倒像郭橐驼般以谓"名我固当"，亦自称为绵羊了。

这校里有一位教务主任秦友兰女士，国学很好，写得好一手魏碑。年纪约莫在二十七八左右，在 SM 大学里毕业，妇女界上很负时名。伊一心一意服务教育，还是个老处女。有许多人要代伊做媒，伊都拒绝。大家认伊是一个独身主义者了。伊在校中艳如桃李，凛若冰霜，使人有蓬莱三岛，可望不可即的感想。伊很服膺西洋哲学家培根、笛卡尔一流人物，以为现世界有许多使人生活不愉快、不满意的地方，人类应当改去，使适应人类美满的生活。人定可以胜天，人类当战胜天然，进取勿懈。所以世界是进步的世界，人当抱积极的态度。伊的人生观既然是属于进步派的，自然伊对于校务极力整顿。

伊时常和忏绮生讨论课程，大凡一个人有了家室，免不了有许多负担，因之力分而气懈，不如独身的人毫无挂碍，专心致志，力图进取。他们两个人，一个是罗敷未有夫，一个是使君未有妇，所以一切都肯牺牲。大家是寄宿在校中，镇日价和学生们大西洋厮缠，一言一动，无非做学校的事，因此两人谈话和办事的时间比较多了。

一天，秦友兰女士为要调动课程，走到忏绮生房中去，见忏绮生正坐对画架，绘一个西方美人，极袅娜风流之致。忏绮生见秦友兰进来，连忙立起招待。友兰把调动课程的事和忏绮生交代过，于是他们闲谈起来。友兰带笑说道："程先生的写生画足见很有功夫了，这一幅画，此中有人呼之欲出，使我佩服得很。"

忏绮生见友兰忽然这般恭维他，好似受着九天纶音，受宠若惊，答道："胡乱涂鸦，恐怕污目吧。"

友兰道："不要太谦了，我很盼望程先生若有闲暇时，代我写生一下，也好作他日的纪念。不知道程先生有这种兴致么？"

忏绮生答道："秦先生既有此决，仆何敢辞？但恐唐突罢了。"

友兰道："很好很好，明天下午五时，我和你到顾氏花园里去。"

忏绮生点点头，答应一声遵命，伊就姗姗走出去了。

六角亭的东边，白石池畔，有一个女子穿着深黄色的夹丝毛巾纱旗袍，足踏雕花革履，两手反扶在石栏上，嫣然微笑。在伊的对面，有一个少年画师，对着画架，一头看了女子，一头写生，不消说得那两个便是忏绮生和秦友兰了。忏绮生自代秦友兰作画以后，时常到顾氏花园里来沦茗闲谈，园中风景绝佳，结构曲折，两人研究些文学，谈谈新闻，非常投契。渐渐感情融洽，意气相投。

有一次忏绮生发寒热，睡倒在宿舍。可怜他游子他乡，举目无亲，谁来顾惜他呢？幸亏友兰时常到他房间里视疾，代他另请有名的医生诊治，才知道生了湿温伤寒，夜间寒热在一百零三度以上，早晨稍觉减低，口渴唇焦，精疲力倦。友兰吩咐下人煎药服侍，但在夜间各人归各人的房，只有病人一个，沉沉睡着，友兰看不过，吃了晚饭，常常来床前陪伴，直到更深始去。在友兰完全为怜惜起见，并没有其他心肠，也不避什么嫌疑。因为伊的脾气，心中想着怎么样，便要怎么样地做，若然不做，心中总不会快活。但在旁人看来，以为秦友兰待这位图画教员程先生过于亲密些了。

忏绮生在清醒时，见友兰这般地对待，真是心中说不出的感激。向伊表示谢意，觉得很对不起伊。友兰说道："程先生，这是人类应尽的义务。程先生在这里执教，并没有一个亲戚，一朝生了病，当然免不了要人烦心去照顾。学校中谁人来尽这种义务呢？我也是作客他乡的游子，自幼伶仃孤苦，知道其中苦况，疾病相扶持，人类理当互助。所以我不顾什么，常到你房间里来。不过行我心之所安，你也不必道谢。"

忏绮生听了这番话，更是使他感佩得五体投地。但有一次昏迷时，他握住友兰的手，称呼伊姐姐。友兰要想缩转去，怎奈忏绮生的力大，握住不放，并在玉腕上接了一个吻。友兰又惊又羞，不知所可。后来在忏绮生清醒时，友兰想再问他，又不便启齿。忏绮生却说："我以前有个姐姐，很和秦先生相像。可惜在十六岁上就故世了。我的母亲也早已不在人间，我没有什么亲爱的人了。"友兰才知道他在发热时误认伊是姐姐，并无他意，心中稍安。

后来忏绮生病好了，照常授课，大家都说他好福气，有教务主任这样的体贴温存。忏绮生听在耳朵里，也觉得友兰待他十分真挚，不像普通泛泛的同事。人非木石，孰能无情？一颗心不由得热烘烘起来。况且忏绮生絮泊萍飘，形单影只，没有一个能够安慰他的人。心无寄托，一旦遇到这位红粉知己，自不免由感生爱。

可是友兰对他似乎是纯粹的友谊，并没有什么恋爱的表示。忏绮生碍难开口，又不好向伊探问，无端开罪于人家。所以忏绮生有几次在那园中散步，亭边谈心的当儿，很想发问，然而一想，倘是落花有意，流水无情，伊岂不要责我妄想，从此鄙薄我的人么？所以竭力缩住。友兰并不知道忏绮生的心思，仍和平常一样。

校中有一个女教员姓赵，伊很喜欢做介绍人。见他们两人很有结合的希望，遂想自己做个撮合山，两边探探口气，觉得忏绮生很有意思，而秦友兰却绝无表示，仍愿抱独身主义。并说女子结婚后有怎样不便、怎样不好的地方。赵先生一想，我这个撮合山做不成了，只索罢休。赵先生虽做不成撮合山，然而大家都认为他们两人是未来的伉俪了。

暑假将近，教务主任秦友兰忽向校长辞职告退，大家都很疑讶，后来知道伊已另受了 H 城女子师范的聘书，将到那边去做教务主任了。于是大开欢送会饯行，热闹了一阵。忏绮生听得友兰要离开此地到 H 城去，心里哪里舍得下呢？十分难过。

临行的前几天，友兰约他到顾氏花园里去叙谈，忏绮生如约而去，友兰对他说道："近来我觉得我不宜在这校中服务了，因为我们两人友谊很深，关系渐密。旁人不察，或将发生蜚语，使我们名誉上要受损失。瓜李之嫌，不可不避，所以我情愿另换到一个学校里去，也出于不得已。我很愿常和你相聚，但是事实上不能。我们要从远大处着想，切莫要走到不能解脱的道路上去。程先生，你以为如何？"

忏绮生道："不错，君子爱人以德，秦先生深谋远虑，如此办法最为合宜。可惜我们俩因此也不能朝夕聚首，研究学术。此后江云陇树，望美人兮天一方，未免使人恋恋不舍罢了。"

友兰听了，低着头多时不语，后来说道："可离者形，不可离者心。我等既然彼此知心，无论到哪地方，精神合而为一，当

41

然不会相忘。况彼此可以时常通信，互相安慰，请你不要放在心上。后会有期。"

友兰的话似乎很伉爽的，但伊的芳心中也非常难过，只是说不出罢了。忏绮生又请友兰到一家菜馆中去，作为个人的饯行，友兰本不多喝酒的，那夜尽量畅饮，梨涡上陡地泛起红云，更觉妩媚。忏绮生带着一只梵哑铃，饮至半酣，遂起立奏一曲西方的名歌《别矣吾友》。起初声调和悦，如流水淙淙，然又间关莺语，轻圆流利。末后渐渐掩抑，凄凄恻恻，好像阳关三叠，不忍卒听。友兰正襟危坐，不觉泪承于睫。忏绮生奏至最凄越处，慢慢停住，余音袅袅，恍惚在耳。

友兰悄然道："你奏的曲儿，使人听了要哭出来的。我心里难过得很。"

忏绮生长叹一声，于是两人洗盏更酌，友兰竟喝得酩酊大醉。忏绮生雇了车子，伴伊回校。明天早上，忏绮生和几位同事一齐送友兰到火车站。南浦遽别，黯然销魂。忏绮生看友兰上了火车，车儿开了，把草帽高高举起，不住地挥动。友兰探首窗外，也把白丝巾临风招展，一霎时火车奔雷掣电般远远去了，忏绮生直望到影儿不见，只见一缕白烟，在林中袅袅地移动，还立着不去。直等烟也看不见了，才惘惘然地回来。许多同事都好笑他，说绵羊失乳了。

友兰去后，时时信札来往，每星期至少有一封信来的，总是紫罗兰色的信封，用蓝色墨水写着，笔迹娟秀。忏绮生视为唯一的安慰品，朝晚要奔到门房那边去看可有来信。后来忏绮生竟大胆地向伊乞婚，伊却婉言回答说，现在不情愿和人订婚，实因自己性情孤僻得很，并且闲云野鹤，自由已久，不惯家庭生活。愿和忏绮生始终做个良好朋友，精神恋爱，不求肉欲上的恋爱，请忏绮生要原谅伊的苦衷，千万不要芥蒂。忏绮生无可如何，空自太息。以后仍和伊鱼雁常通，很有慰藉的话，但是婚姻两字绝不敢提起了。

这样过了一年，忏绮生的校里新来了一个女教员徐稚英女士，娇小玲珑，活泼泼的宛如一只百灵鸟，令人可爱。伊来教授音乐和跳舞，因为忏绮生精通丝竹，且会奏梵哑铃，徐稚英便时时请忏绮生和她合奏。他们两人在梵哑铃钢琴合奏，很有名的，开会时常要请他们合奏。徐稚英又请他教授箫和琵琶，忏绮生详细教导，两人见面时多，感情自然增厚。徐稚英又教忏绮生跳舞，所以忏绮生自和徐稚英交际后，顿觉比以前活泼得多了。他既不得志于秦友兰，自然钟情于徐稚英。两人都是美术家，更是性情相合，半年后，爱情成熟，徐稚英的家长已知道了，很中意忏绮生的人品学问，更请冰人来说合。忏绮生回首前尘，还不能忘掉秦友兰，遂写封信去告知伊，探探伊的意思。

友兰回信前来，十分赞成，也说忏绮生年华渐大，室家之好断不容缓，好使他漂泊的心有了归宿。听得徐女士才貌都好，真是佳偶，切莫错过这个机会。至于友兰自己呢，愿效北宫婴儿的不嫁，矢志教育，没有二心。

忏绮生见友兰如此坚决，对于他和稚英订婚很表同情，遂答应了，择吉和徐家文定。校中同人很奇怪，忏绮生和秦友兰的婚姻没有成功，却来了个徐稚英，一说便成。这其中想有天缘了。

忏绮生自和稚英订婚后，二人爱情日笃，踪迹更密。但和秦友兰仍旧函牍往还，与前无异。徐稚英也知道其中事情，伊却深信两人的人格，因此也没有说话。直到两人结婚过后，秦友兰和忏绮生的感情始终如一。过了一年，秦友兰升任了校长，写信来请忏绮生去做教务长。忏绮生和稚英一起去，稚英见了友兰也很敬爱。忏绮生自然更觉快慰。

再隔一年，稚英因有了身孕，告退教职，临盆时生下一个男孩，忏绮生很心爱，友兰也常到他们家中来吃饭谈话，好像自家人一样。不过忏绮生很代友兰的终身忧虑，一天两人谈话时，稚英恰正走开，忏绮生便和友兰谈起人生问题，要劝友兰取消独身主义而去嫁人。友兰知道他的含意，对他笑了一笑，说道："人各有志，各行其是。你已享着闺房幸福，好了，使我也放心。至于我呢，早已情愿牺牲，请你不要再提起吧。我若要嫁人，前次你向我乞婚时，岂不好答应么？为什么要使你难过呢？"

忏绮生也不好再劝，精神上两人仍恋爱着，稚英不免有些醋意，可是伊也捉不出两人的破绽，而且知道两人断没有歹意的。忏绮生也不是负心的人，所以安心让他们两人交友。这样他们两人的情形在恋爱程式中，可算特殊，我称为不结婚的恋爱。至于要问这种恋爱是否正当，却是一个可以讨论的问题了。

吃父亲的喜酒

橙黄橘绿，天高日晶。九月里的天气真好，明天便是陈贻谋博士和密斯裘的婚期了，晚上陈家悬灯结彩，十分热闹。许多亲戚都从远处早来道贺，陈博士忙得很，一面布置新房，一面晋接宾客，累得他头上汗珠直流。但他眉宇间喜气洋溢，听着人家许多祝颂的吉语，以及赞美新妇的谀词，很自得意，恍惚这是他一生最快乐的日子，虽然以前也有这么的一天。

一个年轻的女佣手携着一个三岁的小儿走来走去瞧热闹，那小儿生得很美丽的面庞，玉雪可念，态度非常活泼。有一个妇人，也是陈家的亲戚，握住小儿的柔软的手掌，很温和地说道："馨官，明天你要吃你父亲的喜酒了。"

馨官很天真地答道："爹爹应许我有果子吃的。"

这时恰逢陈博士跑过，馨官便奔上去喊道："爹爹，我要吃果子。"

陈博士回身立定，把这孩子抱起，和他接了一个吻，说道："你要吃果子么？明天才有。"便把他放下，自己匆匆地走向外去。

馨官又喊了一声爹爹，哭将起来。但是陈博士在这个时候哪里有工夫来和小儿周旋呢，女佣遂抱着他到祖母房里。陈老太太问他为什么哭，女佣说了，陈老太太遂取出两个鸡蛋糕给他吃，馨官吃着糕，扭转身又要出去，女佣遂又抱他到新房里来瞧看。

馨官看着房间里绚烂簇新，一种华丽色彩，和以前大不同了。所有在他旧的脑海中刻着的印象，已一变而为模糊了。只有壁橱的顶上，本来挂着他可爱的母亲的一张半身小照，现在都换了一幅法国裸体名画。虽然他还仿佛记得照上的母亲，温和的目光向下一直注视着。因为自从他母亲离开世界后，他不能再见他母亲的慈容，却还可以从那照片上得睹他母亲的遗像。他的祖母和小姑常要抱他来看的，而且还指给他看道："这是你的母亲。你看伊正在瞧你哩，快些叫伊一声吧。"馨官果然很柔和地叫一声母亲。现在已不知搬到哪里去了，恐怕他连照上的遗容也很少机会看见了。

那女佣见他照常紧瞧着，便戏指亲睹裸女，要他叫声母亲。馨官很聪敏的，知道不对了，摇摇头一定不肯叫，却扑向他父亲处去。陈博士正伴着两个穿西装的朋友，指点谈笑，那两个朋友也极口称道妆奁的精美、新娘的才貌。陈博士便把脚一蹬，向女佣叱道："你不知道我今天非常之忙么？快些抱他出去，不要来与我纠缠不清。"女佣吓得连忙抱着馨官退出新房。

明天馨官的祖母代他换上一件新制的袍子，穿上一双小皮鞋，套上金项圈，面上敷着一些粉和胭脂，娇滴滴越显得红白。吩咐女佣好好留心着，不要使他哭。馨官虽然不懂什么，但他见家中这般热闹景象，似乎知道这几天有什么快活的事情，自己身上又装饰得上下一新，所以他也很有兴趣，瞧着他父亲——陈博士换上一身簇新的大礼服，胸前悬着一个花球，便对人啧啧地称美他的父亲道："爹爹真美丽。"人家也问他道："今天你吃谁的喜酒？"馨官很直率地还答道："吃父亲的喜酒。"

乐声靡曼中，陈博士和密斯裘并立华堂，举行婚礼。司仪员高声喝着新郎新妇对面立行二鞠躬礼——一鞠躬，二鞠躬，馨官见他的爹爹俯身鞠躬，他也跟着折转小身躯，依样画葫芦地鞠了几下，引得旁人都笑起来，说道："馨官也要学做新郎了。这却要至少再等十余年哩。"婚礼过后，又要行见面礼，女佣遂牵着馨官的手上前见礼，教他向他的爹爹和新娘密斯裘行个三鞠躬礼，他也很有样地行了三个鞠躬，又教他向新娘叫声母亲。但是他却摒住了，不作一声。任众人催逼，只是不肯。两只小眼睛睁圆了，注视着这位新娘，好似他心里正想我的母亲究竟到哪里去呢？为什么还不回来？现在哪里又来了新的母亲，看伊的容貌并不像照上的母亲，为什么他们都要教我唤母亲呢？难道伊果真是我的母亲么？不，伊是一个陌生人。

他这样狐疑地倔强地立着，陈博士却再也忍不住了，面上顿时露出严厉的神色，对馨官说道："你快叫声母亲啊！"

馨官被他父亲的目光所慑，便勉强叫了一声母亲，那位密斯裘也微微点头，这时众人的背后，有一个十七八岁的女郎，正把手帕揾着伊眼角中的珠泪，悄悄地走开去。原来这位便是馨官的阿姨，伊触景生情，止不住代伊的亡姐悲哀了。

馨官究竟不懂得的，要了许多红蛋喜果梨橘等物，放在女佣衣袋里，做他的临时储藏所。他的阿姨抱着他置在膝上，相着他

47

的面貌，觉得眉目之间酷似伊亡姐的容貌，想不到伊的姐姐生了这个宁馨儿，不到一年，便会撒手人世的。我姐夫自以为多情人，当初他和我姐姐结合时，如何先从朋友而成恋爱，而为夫妇，可说两情缱绻，如胶似漆。他们俩同出同进，鹣鹣鲽鲽，真是有情眷属。无奈造物多忌，把我姐姐夺去，抛下了伊的丈夫、伊的爱子。我姐夫当我姐姐临死时，抱着我姐姐放声痛哭，自誓终身不娶，将披发入山林了。谁知曾日月之几何，而鹍弦重续了。听说现在这个裘女士曾从美国留学回来，和我姐夫同在一个学校内执教鞭，不到半年，便有了热烈的爱。遂由校长为媒，玉成这段姻缘。可怜我姐姐坟土未干，我姐夫前盟已寒了。唉，这真是从哪里说起呢？

不过馨官是我亡姐遗下的一块心头肉，我姐姐初生他时，定要自己乳养，不肯雇用乳母，恐怕乳母不会爱护小儿，反使小儿吃亏，所以自己终日抱持，不离怀抱。但我姐姐到底丢了他去，顾不得了。现在来了后母，不知那位裘女士的性情可如姐姐一般爱惜小儿的，会把馨官爱护么？若是伊以后有虐待他的情形时，我姐姐地下有知，也不瞑目了。

伊正在默默地思想，馨官却很兴奋地对伊说道："阿姨，今天晚上要做大木人头戏哩，你不要回去，和我一同看戏可好？"

伊听了他断断续续地说话，便勉强对他一笑道："好的，我同你看戏，今天你也觉得快活么？"

陈老太太见过礼后，坐在室中，一众女宾围绕着伊讲话。内中有一个姓邹的妇人，大家都称呼伊邹少太太的，首先对陈老太太说道："伯母好福气，娶得这位媳妇，我是知道裘家内容的。

他们确有二三十万家产，裘家小姐只有两个哥哥，现在国民政府颁布新律，女子得和男子一样，都有承继财产之权，那么裘家小姐至少有十万金带来呢。况且伊自己又是个多才多能的新女子，每月也要赚到百十块钱，所以伯母的家里真如锦上添花，可喜可贺。"

陈老太太笑了一笑，旁边坐着的唐太太接口说道："一样是个媳妇，便觉今胜于昔了，以前的少奶奶哪有这样丰富的陪嫁呢?"

陈老太太道："以前的人品却很温柔，虽然母家平平，我却不想这个。因为我家虽不算富，衣食两字可以无忧。可惜伊薄命早天，只剩下三岁的馨官。那小孩子也很可爱的，我儿本来不想再娶，不过我以为内中总要有个人相助，他年纪又轻，如何能一生做鳏夫?况且我年纪渐老，将来一家事情要人主持，所以两三催逼他续娶。现在所说那媳妇十分能干的，也是陈家之幸……"

陈老太太说到这里，却见馨官的阿姨抱了馨官走进来，陈老太太介绍给众人道："这就是廉家二小姐。"

馨官很恋恋于他阿姨的，众人看廉二小姐的容貌上部很像伊姐姐的，所以馨官的面貌也和伊相像。唐太太向馨官问道："今天你有新的母亲来了，新母亲可生得美丽么?"

馨官点点头，此时馨官忽然嚷着要看爹爹，他的阿姨遂又抱着他走出室去。陈老太太却皱着眉头说道："他一直和他的父亲睡的，今宵却不能了。我又不喜和小儿同睡，只好使他和女佣一起睡吧。好在他和那女佣也很亲近的。"

酒席散后，大厅上的提线戏正上场，锣鼓盈耳，看客云集。

馨官看了一歇，不要看了，便拖着女佣的手，走到新房中，见新娘正端坐在那里，和几个女宾讲话。女佣便叫馨官叫母亲，馨官尽对新娘注视，口中嗫嚅着。密斯裘知道他是前妻的小儿，便拉着他的小手，问他几岁。馨官是素来教熟的，便伸出三个指头说道："三岁，属老虎。"大家都笑了。密斯裘又取了几个蜜枣给馨官吃，馨官渐渐活动起来。

这时陈博士跑进新房，对密斯裘说道："外面正做《洛阳桥》，今晚的提线很是好看，你们坐在房里不是呆么？快出去看。"

密斯裘笑笑，随即和众女宾立起，陈博士把馨官抱在肩头，回身便走。家人跟着出来观看，也有许多人走拢来看新娘，都说比以前的好。馨官坐在他父亲的膝上，又看了一刻钟，不知不觉地睡着了。陈博士便吩咐女佣把他抱去，好好伴他同睡，不要使他啼哭。女佣答应了一声，抱着馨官望里面去。可怜的馨官，今天他吃了父亲的喜酒，便不能再和他父亲同睡一床了。

过了几天，馨官的阿姨有些不放心，走到陈家来探望。见馨官已依依在他新母亲膝下，母亲两字也肯叫了。这孩子很可人怜的，馨官的阿姨却坐得片刻，忍着珠泪回去了。

春　宵

日里和煦的太阳过去了，还觉得暖烘烘的，春意盎然，天上的明星一颗颗显耀在蓝色的幕上，春月溶溶地照到庭院里来，墙上花影斑驳，越觉得这个春之夜多么绮丽、多么可爱，足以荡漾一切青年男女的心魂。

程意之从友人处回来，小婢阿芸开了门，意之走上扶梯，匆匆来到自己房中，见室内开着一盏杏黄色纱罩的台灯，他的夫人若兰女士正坐在沙发中，蝾首仰后倚着，蒙眬睡去。一只雪藕也似的粉臂，垂在沙发旁边。地毯上掉着一本书，距着他夫人的镂花革履不过四五寸远，肉色的长筒丝袜齐到膝上，似乎显出肉色的美来。妆台上翠石钟嘀嘀地走着，长针正指着七点四十分，意之过去，拾起了那本书一看，是本龚定庵的诗集，不觉含笑点点头，放在正中的百灵台上。那台上白玉瓶里供着一丛玉兰花，雪貌冰姿，真如缟衣仙子，不染尘埃。

回过头来，见他夫人仍自睡着，鼻息微微，便轻轻走过去，俯身凑到伊的樱唇上接了一个吻。若兰忽然醒了，星眸微飏，打了一个呵欠，对意之说道："今天到哪里去了？这样归家得晚。

我等得好不心焦，看看书不觉睡去。"

意之握着若兰的纤手道："我到彭明家里去下围棋的，他要留我吃夜饭，一同去看影戏，我恐你等得不耐烦，便推辞了赶紧回来。"

若兰冷笑道："放了春假，每天出去，不知到哪里去的，问问你吧，总是说下棋，一天到晚弄棋子，不怕烦的么？既有人请你去看戏，请去看便了。"

意之道："我不去，明天晚上要和你到卡尔登去看跳舞。春假中没有陪你出去游玩，真是对不起。"

若兰道："你不要假献殷勤，你同你的意中人去吧。"

意之道："什么意中人不意中人？若兰你总是这样多疑的。"

若兰也把纤手反握着意之，将头一侧道："男子的心大半中活动，容易受了诱惑，往往不知不觉要做薄幸郎。我听说你另有一个女友，和你很是投契的，虽没有什么证据，我的心里总是怀疑着。"

意之道："你不要冤枉人。我的一颗心完全爱你，难道你还不知道么？我在外面文字或者有时也和女子信札来往，可是心地光明，没有一点儿邪意的。此心可誓天日。"说罢，像要起誓的样子。

若兰笑道："我相信你好了。"

这时小婢阿芸走来问道："少爷少奶，要用夜饭么，早已烧好了。"

若兰道："开吧。"又对意之说："我也饿了。"

两人又挨磨了一刻，若兰遂从沙发上立起来，和意之下楼到

52

客堂里。见菜肴已摆好，王妈搬出饭来，两人相对坐下，若兰指着正中一碗鲜鲫鱼汤，对意之说道："我知道你喜吃鲫鱼汤，特地命王妈去买的，要值八百铜钱呢。还加些火腿、香蕈，你试喝喝汤，看鲜不鲜。"遂把那只碗移到意之面前。

意之取匙喝了两口，道："很鲜很鲜。"

两人一路吃，一路讲，吃完晚饭，洗了面，漱了口，重又上楼。意之把绣帷揭开，见窗前明月似乎也含着笑，报告这个春宵是一刻值千金的，人们快快享受快乐吧。若兰走到意之身边，并肩立着说道："今夜的月色非常光明。"渐渐把香颊依傍到意之的颊上，上下厮磨着，意之不觉俯首在伊香颊上吻了一下，回过身来，把正中一盏粉红色珠罩的电灯开亮了，把台灯闭没，走到东边一座留声机器橱边，开起唱片来。大半是外国的歌曲，两人并坐着听，听了一刻，才停止了。

若兰忽然走到沿窗一张书桌前，开了抽屉，取出一本习字簿来，说道："你来看吧，我写得可好？"

意之道："想着了，我没有看你的功课哩。"

此时阿芸送上两杯香茗，意之喝着茶，把若兰的写字簿翻开来看，看见写的何绍基的《赤壁赋》，意之笑道："你喜欢写他的体，倒也有几分神似。待我来圈圈看。"一边说，一边坐下，磨墨濡笔，代若兰圈了八个字，说道："很好。"

若兰见一个"兰"字，自以为写得很好的，意之却不加圈，便道："桂棹兮兰桨的兰字，是我擅长写的，为什么不圈？"

意之道："不十分好。"

若兰一定要圈，意之不肯道："没有你做主的。"

若兰夺过笔，便在"兰"字上加了一圈，意之笑道："不算数不算数。"

若兰便把写字簿放到抽屉中去，又道："请你教书吧。"

意之道："今夜先生放假不教了，那篇《沈云英传》你还背不出来哩。"

若兰笑道："背得出的，我背给你听。"

意之道："那么你背。"

若兰遂朗声背诵道："云英者，沈将军至绪女也……"背至"二贼竖，四讧"背不下去了。意之道："不是你嘴硬么？要打手心。"

若兰带笑伸出纤手来道："请你打吧。"

意之刚要打时，若兰缩去道："你真的要打么？"

意之道："你背不出书，自然要打。"遂过去硬把若兰的手拉出来，轻轻地打了三四下，便搔着伊的手心。

若兰笑得弯了腰说道："好哥哥，你饶了我吧。"

意之道："你既然讨饶，便饶你吧。"

两人回到沙发旁，一同坐下，喁喁私语了一刻。意之才道："时候不早了，我倦欲眠，明天还要起早，莫辜负香衾。"说罢，笑了一笑，过去把门关上，又把正中的电灯熄了，开亮了床上的一盏绿色罩的电灯，照得床上鸳枕锦被，都有艳意。若兰把皮鞋换去，趿上绣花睡鞋，走到床边，把玫瑰紫色的绣被铺好，脱下耳环，放在妆台上。

此时意之去了马褂，要脱夹袍时，忽地落下一个紫罗兰色的信封来，若兰眼快，疾忙从地上拾去，说道："什么信？"

意之要抢已不及，便道："没有什么的，你看吧。"说时面色微有些异样。

若兰抽出信笺一看，不由满面怨恨之色，说道："我不要，你这个人实在没有良心。当着我面说得如何恳挚、如何规矩，背地里却和人家去通信。那个曾安珠到底是谁？莫非就是你的意中人？"

意之道："哎哟，不要胡说，伊是和我文字之交，你看信上有什么不可告人之处么？"

若兰冷笑道："休要辩饰。信中言辞十分恳切，你们总有了爱情，还要来瞒我。"

意之道："天在头上，你不要这样疑心人家，我们都是守礼的，怎可以武断说是有爱情呢？真笑话了！"

若兰道："不错，真笑话了。无论如何你背着我和别的女子通信，便是我们爱情上不能融洽的明证。你是个薄幸郎，已想抛弃我么？"说罢掩着面哭起来了。

意之再要分辩时，若兰把信向衣袋中一塞，和衣倒在床上，只是哭泣。意之道："你不要执之一见，伊是要和我文字商量，没有他种歹意。你何以硬要说我与伊有暧昧的事情呢？天下岂有如此不讲理的？"

若兰接嘴道："我不管，这封信便是铁证。你既娶我，不该再和人家通信。"

意之道："那是不能的，我自有几个朋友要通信，须知通信自通信，恋爱自恋爱，绝对不是一件事，总要弄个明白。"

若兰不答，只是啼泣。意之也十分懊恨，叹了一口气，望沙发上一横。于是一个在床上，一个在沙发上，室中变得寂静无声，不似方才的笑语了。

娟娟明月从那绣帷之隙里透进光来，好似窃窥他们正在演那滑稽的一幕。钟声嘀嘀地走着，一刻也不等人。不多时窗上微现鱼肚色，天色已明，大好春宵轻易过去了，但是他们还在误会之中呢。

二十四小时的离婚

此篇小说有继续性，可与《春宵》同读。——著者志

陶诗"春秋多佳日"，人在春秋二季，出外游山玩水，更饶乐趣。而秋天尤其山光明静，天际清辽，红枫如醉，渲染着大好秋景，使人神清气爽。

程意之同他的爱妻若兰到梁溪去游鼋头渚，徜徉烟波之中，其乐何极。次日决定乘午车返家，二人坐车到得车站，将车票买好，看看时候还早，火车还没有来，便在站上散步。凑巧若兰遇见一个昔时的同学拖着伊坐到女客房中去谈话。若兰心里急欲回家，又因伊的丈夫一人独守在月台上，恐怕他要觉得寂寞，所以没有心思多谈。伊的同学却握着伊的纤手，絮絮问别后状况。若兰只得勉强敷衍，暗暗叫苦。不多时听外面当当地响起来，若兰借此立起身来说道："这是第二次响了，恐怕车要来哩。我们改日相见吧。"

那个同学是等候上行车的，道不同不相为谋，所以不跟伊走，也说道："若兰姐，我们以后再见，前途珍重。"笑了一笑。

若兰匆匆走出女客房，跑到月台来看伊的丈夫，不料视线接触时，伊好似触电一般，周身麻木起来，立了脚步，尽瞧着那边，不出一声。

这时车快要到，月台上的人更多了。但是若兰的眼光何等敏锐，早已一眼望见伊的丈夫和一个女子面对面地立着讲话。那女子截发新妆，穿着一件紫色水浪毛葛的夹旗袍，踏着一双高跟革履，年纪和自己不相上下。面貌生得也很清丽，不过略觉瘦些。手里挟着一个皮包，好似一个女老师模样。若兰的眼光中看得要出火了，急切地要明白这女子是何许人，和伊的丈夫可有什么关系。略一转念，竟放开脚步，叽咯叽咯地向伊丈夫处走去。

意之也瞧见若兰来了，面上不觉一红，便代她们介绍。指着那女子对若兰说道："这便是曾安珠女士。"又指着若兰对曾安珠说道："这是内子若兰。"

曾安珠先向若兰点头为礼，若兰却很冷淡地不去敷衍伊。其时火车已到，曾安珠也就回身走去了。二人随即挤上二等客座。坐定后偏偏那曾安珠也坐在前面，若兰坐着，态度很是严肃，绝不和伊丈夫谈话，双目只凝视着曾安珠的背影。幸亏曾安珠不是和他们相对坐的，否则四道目光你看我我看你，更使意之难过了。

意之知道若兰见了曾安珠，所以心中不乐，大有妒意，此时在火车上也不便说什么，又见曾安珠坐在前面，低倒头一手支颐，不知伊心里转什么念头，自己碍着若兰的面，又不便过去和伊清谈。本来这次在车站上邂逅，也是出乎意外的事，我也知道我有若兰同在，断乎不能和伊相见的。可是伊独自姗姗前来，向我招呼，我哪能不睬伊呢？像现在的情景，恐怕伊也要怪我冷淡了。伊的脾气也是很大的，适才若兰一种拒人于千里之外的样子，伊是兰心蕙质的聪明人，如何不觉得呢？但幸伊和我是心神相契的，或者能够谅解我，也未可知。

其实若兰的醋意也是无谓，伊不知曾安珠和我文字相交，只有友谊而别无其他，并没有什么暧昧的事情呢。然而女子的心肠总是狭窄的，伊认为伊的理想是不错的，任你如何说法，伊一定不肯相信。自从前次春宵归来，漏露了那封信后，伊好似得到了什么铁证一般，问我现况不休，闹得二人险些失和。我因为爱伊之故，十分让步，极力想法把这风波平息过去。现在偏偏被伊亲自遇见，恐怕归家之后，又要和我缠绕不休了。我将如何对付呢？

又想曾安珠还是不明白其中的内幕，伊见若兰对伊冷淡，一定也要怀疑，最好以后我要写封信去道歉。又想到今春自己和曾安珠踪迹较密，有一次我到苏州去探望伊，伊伴我坐着汽油船，到天平山去遨游。回来又在阊门宴月楼小酌，畅叙幽情。次日又到城内盘桓一天，才坐着晚上的快车返沪。伊送我到车站上，情意殷挚。以后伊因为有了肺疾，教鞭也不执了，曾到莫干山肺病疗养院去就医，住了两三个月，才回家乡，病也告愈。我和伊虽然时时通函，可是一直没有见过面。此番我游梁溪，恰巧伊也来此拜访亲戚，无意相遇。若不是有若兰同在，我说不定要便道跟伊苏州走一走了。苏州的风景也足人留恋的。

意之一人在那里默想，同时若兰也在转念。很怪怨伊的丈夫不该瞒着伊在外私自结交女友，无论如何，这是他对我爱情上的一个漏卮。恐怕将来他对我的爱情逐渐都要淡去而遗弃我了，此事我一定不肯和他干休的。但是静默的曾安珠，大约伊的芳心里也起有思潮呢。他们的思潮和车轮一齐转动，不多时已到苏州车站。火车靠站停了，曾安珠挟着皮包，立起来向他们微微点一点头，说声再会，向人丛中挤着下车去了。

意之从藤篮里取出两只很大的水梨，又向腰袋里取出一把小洋刀，先把一只梨削去了皮，递与若兰。若兰摇摇头说道："你自己吃吧，我吃不下。"

意之没奈何，只得自己吃了，也不和若兰讲话，看着窗外的野景，听着车轮转动的声响，暗想昨天此时我们正坐在舟中到鼋头渚去，水光接天，帆影如画。若兰依偎着我，指点景色，我好似范大夫轻舟短棹，载着美人入五湖，此乐何极，再也料不到今天会闷坐在车内的。唉，幸亏火车奔得很快，早带着他们俩回到上海。

乘兴而来，败兴而回，他们俩真有这个样子。走进家门，小婢阿芸早上前接过行箧，带笑对意之说道："周家少爷来拜望少爷的，他留下一字条在此，说等少爷回来，就请少爷过去。"

意之走到书房里去看字条，若兰早和阿芸上楼去开门。意之随即走上楼来，对若兰说道："周鹦哥有要事待商，我只得去了再说。"

若兰也不理他，意之很觉没趣，独自下楼出门去了。

黄昏时，意之回来，见若兰夜饭也没有吃，一个人睡在床上，心中大为不忍，便悄悄地走过去唤伊道："若兰若兰，起来吃夜饭吧。这样睡在床上，不怕冷的么？"

若兰不答，意之伸过手去，要想把伊扶起。若兰把手臂一挥，说道："走开些。你去搀扶别人吧。"

意之忍着气，勉强带笑说道："你又何苦和我这样怄气呢？我以前早已和你声明过了，我虽然和曾安珠通信，是完全朋友关系，一点儿没有别的衷肠。此心可表天日，千万请你不要误会。我是始终爱你，我们的爱情永永不变，不要因此而生烦恼。无如你天性多疑，总是不信任我的……"

　　意之的话没有说完，若兰早抢着说道："你既然知道我是天性多疑，那么只要你肯真心和那曾安珠绝交，自然我的疑团消释很容易的。"

　　意之叹道："据你的意思，是要我在这个世界上除掉你一个人，再也不能和别的女子接近。这岂能办到的呢？"

　　若兰又道："当然恋爱神圣，绝不能容第三者羼杂其间，你既然爱了我，哪能再爱别的女子？况且我如此劝你，你也应该尊重我的意思，早和伊绝交的了。现在看来，可知你对我的爱情是虚伪，是不纯洁。"说罢，将手帕去揩着眼泪，双肩又耸动着，啜其泣矣。

　　意之叹了一口气，又道："若兰，你总要平心静气地听我讲，不要胶执成见。此番我在车站上无端遇见曾安珠，因为伊才从彼处戚家出来，遄返苏州。许久不见，不过立谈数分钟，光明磊落，被你瞧见也有何妨？伊特地过来招呼我，在礼我不能不招呼她的。好在你对伊那种冷淡的态度，伊也不是不觉得的，所以便走去了。实在人家哪知道其中底细，也用不着避什么嫌疑的。若使伊知道你如此见疑，恐怕伊也要生气了。"

　　若兰道："哼，你怕伊生气么？那是我得罪伊了。要不要我去向伊赔罪？你总说光明磊落的，当了我的面自然也不好意思做

61

出什么来。其实你们背着人的事，我也全知道。你不要说好听的话，除非去骗三尺童子，我再不上你的当了。你们男子口是心非，都不是好人。我不幸受你的蹂躏，为你所玩弄，现在我醒悟了，明白了。"

意之此时有些怀怒道："你明白什么？醒悟又怎么样？你口口声声说我骗你，那么我也何必徒费唇舌，向你分辩呢？随你怎样好了。一个人也须代别人想想，我抚心自问，没有对不起你的地方，你却这样不谅人，真使我灰心。"

若兰冷笑道："不错，你对我是早已灰心了。'灯光不到明，宠极心还变'，这两句古诗说得很对的。无论古今，我们女子都是一样可怜。想不到你自诩深情的人，却是个弃旧恋新的情场蟊贼。我懊悔当初嫁给了你。"

意之本来虚心下气，想安慰伊的妻子，望伊谅解。现在听若兰说他是情场蟊贼，又有懊悔嫁他的说话，受了一肚皮的闷气，是可忍孰不可忍，再也忍耐不住，便道："若兰，你不要借题发挥，你说我是情场蟊贼，未免过重了。我自问人格没有堕落，却尽受你的唾骂，你既然懊悔，也来得及的。外面大律师很多，你不妨去请教请教。"

若兰听了意之的话，一翻身坐起，对意之说道："很好，你索性要我去请律师了。我也明白你的心思，你是逼我走这一步，好如你的愿。我也不愿长赖在你处，我就走了。"说罢，立起身来，把手帕揩干眼泪，在妆台前临镜照了一照，将头发望后梳了几梳，遂从抽屉里取了一个皮夹，走出房去。

小婢阿芸在扶梯边抢着问道："少奶奶，这时候还要到什地方去呢？快请息怒，有话明天再说。”

若兰把脚一蹬道：“你不要多管事，此地我不能再居了。”一直走下楼梯，开了大门出去了。

阿芸跟着下去，叹了一口气，把门关上，回到楼中，见意之正坐在沙发里，仰视着天花板，默然无语。阿芸遂问道：“少奶奶走了，少爷可要去追伊回来？”

意之摇头道：“伊要去，任伊去休。何必追伊呢？阿芸，你在我们家也有半载了，你见我待少奶奶怎么样？伊明明是有意和我为难。”

阿芸道：“少爷待少奶奶是再好也没有的了，少奶奶也是待少爷很好的。不过少奶奶生性善疑，背着少爷常和我说少爷外面有了新宠。我总向伊劝解的。此番两下一时之火，以致伊负气一走，夫妇间勃谿是常有的事，我料少奶奶别处也不去的，一定在伊的妹妹家中。明天待我去拖伊回来，少爷别动气，晚饭烧好了长久，恐怕要冷了，可要吃么？”

意之道：“你去吃吧，我不要吃了。”阿芸遂走下楼去。

粉红色的珠罩电灯，照得室中十分光明。妆台上的钟当当地正鸣十一下，这华丽静雅的闺房内，去了一个女主人——若兰，便觉得又岑寂又黯淡。平时温馨惯的意之，现在觉得灯影虫声，倍增凄凉。想起若兰竟为了曾安珠的缘故，会和我闹到如此地步，非我始料所及。记得自从在春间漏露了曾安珠的一信，伊的疑云更深深地密密地笼罩在我的身上，一些不能谅解。凭你怎样分辩，也是没用。此次偏偏又被伊撞见了曾安珠，我早知此事尴尬了，伊一定不肯和我干休。但适才伊说的话，非常使人动气，教我怎能忍受得下呢？伊却负气一走，真是何苦啊？反说我薄情，其实我和曾安珠完全友谊，并无爱情。伊怎可以莫须有三字冤屈人家。唉！

意之想到这里，叹口气，立起身来，在室中回旋走着，好似一只失伴的孤雁，十分彷徨。好好地出去旅行，却得到这样一个结果，真是乐极生悲了。又听妆台上的钟声，锴锴地已鸣十二下，遂走到床前，把锦被拉开，又去开亮了台灯，把正中的灯熄了，关上房门，脱衣而睡。但他哪里睡得着呢？鼻子里从枕边嗅着一阵残脂剩粉的香味，不由回肠荡气，无限酸辛。想平常时候，若兰必要像小鸟般投入我的怀抱了，枕边喁喁，每谈到疲倦，方才睡去。我们俩的爱情也不可以说不浓厚了。谁知有了裂痕，一旦迸裂，以前的相爱反增加了今日的苦痛。像这样的凄凉滋味，我是一夜也难熬的。教我如何是好呢？伊却忍心一走，难道伊生就的铁石肺腑么？我想伊此时一定也在那里相信我，深悔伊的孟浪，和我一样的凄凉、彷徨、酸辛，得不到安慰啊。

又听妆台的钟当地鸣了一下，此时他的思潮杂起，想起当初自己和若兰论交订婚的情形、结婚时的快乐，想起若兰的许多趣事艳屑，想起一切的一切，脑海中都留着痕迹，不能忘记。但是今夜鸳枕之上，若兰到了哪里去了呢？怀中不是空空的么？伊几时能够翩然归来呢？我若是真的和曾安珠有了恋爱，自然这是最好的机会了，无奈自己没有这种意思，彼此尊重人格，我哪里能够昧了天良，抛弃若兰，又去爱上他人呢？况且曾安珠也不是这种人。可惜我不能把我这颗心挖给若兰一看，使伊知道我是完全一心对伊，这些风波都是由伊多疑善妒而发生的，伊该向我道歉了。

意之想得出神，辗转反侧，听着钟声由两下、三下、四下、五下，已是东方发白，他也不想再睡了。翻身坐起，披衣下床，台上电灯还没熄灭，一眼瞧见壁上悬的若兰放大照，含情凝睇，千娇百媚，两道秋波好似紧射着自己，不觉向伊痴视良久，微微叹了一口气。又看到面汤台上的许多化妆品，有一瓶巴黎紫兰香水，是上月他伴着若兰出游，在先施公司买的，若兰非常中意，一直没有开过，不想现在伊已去了。他在室中东看西看，觉得样样没有改变，而景象却是不同，非得若兰回来，不能消灭这惨淡的景象而重行恢复和美的境地。于是他的心早已软了，不再持严重的态度，决计设法转圜，要他的爱人回来了。

开了房门，阿芸早来伺候，端上面汤水和漱口水，见意之眼倦神疲的样子，便问道："昨夜少爷没有睡么？"

意之不响，阿芸道："少停我去请少奶奶回家，劝伊不要多疑，辜负了少爷的爱心。只是少爷此后如有什么不可以写的信，也请少写些为妙。"说罢，向意之嫣然一笑。

意之听阿芸说话，也不觉破颜为笑，点点头说道："好的，待我写一封信去，请你做青鸟使者吧。"

阿芸退出房去，意之洗面漱口完毕，便取过锦笺，伏案写一信给若兰道：

亲爱的若兰：

我们的爱情不是深固而浓厚的么？难道为了这个小事情，一时的误会，而起了裂痕，就此分裂开来么？我

65

知道你是爱我的，绝不忍背弃你平日亲爱的我。然而你现在竟丢下我走了，大约也是你一时的意气吧。你过后思量，总该懊悔你所做的未免过甚了。我不忍责备你的，我盼望你立刻回心转意，回到你的家中来。你亲爱的人正张着两臂等候你归来。

　　不惯寂寞的我，昨夜竟尝遍了凄凉滋味。不知道亲爱的兰，昨夜又怎么样？恐怕爱情在那里蹙额不安了，我一切都肯原谅你的，以前的事是一时的误会，大家不要记在心头，而且要消灭这个恶的影像。我能自誓，我的一生只有你一人是我所爱的，你的爱也把我笼罩住了。我们俩只有彼此相爱，永永相合，不可分享，如连理之枝、比翼之鸟一样，绝不愿我们的裂痕因此分离而合不拢来。爱情的创痕比较任何都深，我怎能担当得住呢？亲爱的兰，你若仍是多疑而拘牵，不肯从我的请求，那么我的希望断绝了，我的创痕溃裂了，你比把刀刺死我还要厉害百倍千倍，因为我的灵魂将永永不安了。亲爱的兰，快归来吧。我们还不必走到这个地步，究竟我们俩的爱情依然存在。我昨夜已将旧梦都温过了，请你最后的原谅，请你更不必怀疑我，请你想到我的苦衷，请你安慰我的情绪。亲爱的兰，我想你一定肯答应的，那么我也不必多说了。祝你

　　快乐！

意之

意之将信写好了，读了一遍，自言自语道："除非伊真心和我反对，不然总该要回来了。但我这封信好像向伊竖下降幡了。"

　　这时阿芸已走上楼来，问道："少爷，信可写好？我代你送去。但是今天要吃什么菜，烧饭的周妈在那里等买小菜了。"

　　意之取出一块钱来，交给阿芸道："你去给周妈，教伊随便买几样吧，我并不在家用午饭的。"

　　阿芸答应一声，取了钱，又怀藏着意之的一封信，回转头来对意之微笑道："少爷请听佳音吧。"匆匆下楼去了。

　　阿芸去后，觉得腹中饥饿，便又教周妈去买了一碗虾仁面回来，吃罢，心里自思阿芸这个青鸟使者不知可有灵效，若是伊本来爱着我，偶因此事而发生龃龉，那么伊也定能回心转意的。我们以前也因伊多疑之故，时时小有不睦，但好似天上的明月，偶为黑云所蔽，不久云破月来了。此次不知怎样的，伊竟有这种勇气，背着我一走。

　　意之正在思量，却见阿芸跑回来了，对意之说道："我到钱家去，果然少奶奶昨夜住在那里的。"

　　意之听说，略觉放心，阿芸接着说道："我已把少爷的信交给少奶奶拆阅，少奶奶读过后，也不说什么。我偷眼看伊眼圈已红了。我又劝伊归家，伊却叹口气，对我说道：'你懂什么？'钱姑奶奶对我说道：'你归去吧，今天晚上我一准送伊回来便了，请你家少爷放心。'所以我回来报告少爷知道。"

　　意之听阿芸的话，明知他的阿姨说到这几句话，一定有把握，况且若兰很听伊妹妹的话的，所以他暂把愁怀放开，略整衣冠，出门去照常办他的事。

将近天晚时，赶回家中，坐着等候，心里很是不定。忽听叩门声，阿芸出去开门，便听笑话声喧，若兰的妹妹若华早陪着若兰走进来了。意之连忙走来迎迓，睇视若兰面貌，相隔一夜，已有些憔悴的样子。一面和若华敷衍，一面问若兰道："你身上冷么？今天起风，穿夹衣恐怕要受寒的。"

若兰不答，满露着幽怨的容色，意之遂同她们上楼而坐。阿芸早献上香茗，若华开口道："你们俩本是一向好好的，何致决裂如此？昨夜我见我姐姐前来，便知有些蹊跷，便问伊不是和姐夫到无锡去的么？何以才回来便在晚上跑到我家中，垂头丧气，可有什么重要事情？伊才告诉我个中情形。并非我喜听一面之言，这件事委实姐夫对不起我姐姐。你既已把整个的爱情输送于我姐姐，怎能再和别的女子有恋爱发生呢？人家都说女子心肠狭窄，我也是个女子，要代女子辩护了。假使一个男子觉察自己的妻子有和别的男人通信谈恋爱的事，他能忍得住不出而干涉么？恐怕也未必吧。所以据我第三者的眼光看来，这件事的决裂，其责任要由姐夫担当，是不是？"

意之道："若华妹的说话一向是并剪哀梨，爽快无比的。你责备我，也未尝无理，但不能说一个男子已把爱情输送给了一个人，不许再和别的女子通信的。须知通信自通信，恋爱自恋爱，是截然两件事。恋爱不可，通信则未尝不可。昨晚我和若兰发生龃龉，便是在这个上误会了。我已向若兰表白一切，但伊仍不能信我。现在我又写一信给伊，不知伊可能谅解么？"说罢，对若兰瞧着。

若华笑道："当然谅解了，所以肯回来。你知道我姐姐到了我家，一夜没有睡眠，我姐姐的脾气素来受不下人家气的，姐夫总该知道。伊为着这事非常伤心，不情愿再回家门。是我再三劝解，把伊拖来的，以后你们再要这样，我却不负责任了。"

这时若兰托着香腮，眼眶子里隐隐有泪珠，极力忍住，却把头别转去。意之道："昨夜我也没有安睡，你想伊这样负气一走，教我能够安心睡得着么？我又没有教伊走的。"

若兰微嗔道："你待我这种样子，教我怎的不要走？我并不是没有自立本能的，受你们男子的欺侮。"

意之正想回答，若华道："现在过去的事不要讲了，我已把姐姐送回，劝以后姐夫对于要使我姐姐发生猜疑的事，还是敛迹不干为妙。这样你们可以和好无间，才是家庭中的幸福。姐夫，我们都没有吃过晚饭，今天要敲你的竹杠了。"说罢笑了。

意之也带笑说道："当然，今天我该做东道主的，我伴你们到一枝香去可好？"

若华道："吃西菜么？很好。"遂立起身来要走的样子。若兰却去开了衣橱，换上一件黑丝绒的夹旗袍，由意之陪着，三个人走下楼梯，吩咐阿芸几句话，一齐出门，阿芸却在背后匿笑呢。

华灯影里，三人坐在餐室中，吃着西菜。独有若华谈笑风生，倜傥可喜，若兰依旧沉默。意之也很留心地说话，直到餐罢归去，若华又对意之说道："我把姐姐交给你了，你好好地伴伊去吧。做丈夫的应该体谅些妻子，而给伊心头上的安慰。"

意之微笑答道："多谢若华妹的教诲。"若华遂看他们坐上车子去了，自己也就归家。这夜意之当然对若兰着意温存，一场风

69

波就此平息。

　　隔几天，意之正在家中披览报纸，忽见报上登载陆文玉女士托李大律师向伊丈夫要求离异的一则。他知道陆文玉是他朋友詹君的夫人，最近因外间谣传詹君和一位女友发生恋爱的事情，因此夫妇间感情不睦，时时诟谇。今天陆文玉女士果然有此最后的一招了。不知詹君何以为情。大概这件事没有好结果了，遂不觉自语道："夫妇之间，偶因细故而发生误会，爱情上遂发生了裂缝，若不早为弥补，裂缝愈大，恶感日深，终至决裂的一日。如我和若兰还是大幸呢。"

　　这时若兰凑巧削了一只莱阳梨，走过来给他吃，道："这梨的滋味很好，你尝尝看。"

　　意之接过，把梨吃完了，尽向若兰注视。若兰笑道："你不认得我么？对我紧瞧作甚？"

　　意之不答，把若兰抱在怀中，和伊接了一个甜蜜的吻，说道："亲爱的兰，我们的爱情永永不灭，可是么？"

　　若兰低声答道："是的。"二人紧抱着，久久勿释。

母亲的快乐

　　人家都说含辛茹苦、守节抚孤的苏老太太现在可以享福了。因为苏老太太的儿子寿官已做了某某银行的行长，在上海金融界里很有声望。大家还记得十年之前，苏老太太抚育着伊的孤雏，住在这三间破屋子里，苦守青山，形单影只，苏老太太一天到晚地伏着做女工。因在那时，苏老太太年纪还轻十岁，伊做得一手好针线，遂振起着全副精神，靠着十个指头过活。邻居人这须午夜梦回，深宵鸡鸣的时候，还听得苏老太太的针黹声和寿官的读书琅琅声，不觉感叹。

　　那时寿官正在学校中读书，苏老太太节衣缩食，把所得的钱尽量供给伊儿子的学费。有时不足，只得卖去些丈夫遗下的东西来凑数。一对白玉花瓶，是伊丈夫生时最宝贵的，苏老太太不舍得卖掉它，常供在寿官的桌子上，恰巧有一天寿官病了，一连数天，病势很是沉重，把苏老太太急得什么似的。要请医生诊治，手里又没有钱，无可奈何，只好把这一对白玉花瓶托邻家贩古董的钱老伯伯售去，得了二十块钱，代伊儿子延医服药，小心服侍，等到二十块钱用完，寿官的病也霍然而愈。苏老太太很快慰地对人家说道："我儿子的性命，还是那一对白玉花瓶换得来的呢。"

寿官是苏老太太儿子的小名，他在学校里读书非常用心，好学不倦，天资又很聪颖。所以校中的师生没有不喜欢他的，尤其是陆先生，特别施以青眼。陆先生有一个女儿名咏雪，也在女校里肄业，生得很是美丽。陆先生很有相攸之意，所以时常鼓励他。寿官为环境所逼，看到他母亲如此辛苦，因此立一志向，将来要做些事业，以娱他母亲的暮景。孟老夫子说的"独孤臣孽子，其操心也危，其虑患也深，故达"，真是天之所以造就他了。

后来寿官实在没有钱可以再让他读书了，他的老师陆先生便介绍他到上海某某银行里去服务。起初是个小小职员，但因他的才干好、人品好，很得上头人的赏识，渐渐擢升起来。数年之后，他已有很好的地位了。陆先生便实行把他的女儿许给他，此时寿官已积得几个钱，便把三间破屋重新修葺，在本地和陆女士结了婚。因为自己常川在沪，事务又忙，不便时时归家，遂带着他的夫人一同住在上海。本来要接他的母亲一起去的，无如苏老太太喜欢住在本地，不肯赴沪，遂由一个亲戚伴着伊同住，可以有照应。

这时苏老太太年纪已老，目力不济，刺绣的事也抛开了。好在伊的儿子每月总要寄几十块钱来给伊使用的。但是伊依然不舍得用，把来积蓄在银行里生利息。还有寿官寄给伊的衣料，伊也放在箱子里，舍不得做衣服穿。有一个冬里，寿官回来省亲了，买了四两银耳，给他的母亲吃，好在冬令滋补身体。苏老太太一问价钱，知道每两八元，一共三十二块钱。伊怪寿官不肯省钱，为什么买这贵重的东西给伊吃呢？伊又对人家说道："我家寿官赚钱不易，我想代他节省些的好。"人家听了，不觉好笑，反说伊有福不会享。这些事都是以前的大略情形，苏老太太苦尽甘来，已到了蔗境，邻里亲戚没有一个不艳羡伊。

寿官做了银行行长，凭着他的才干和幸运，飞黄腾达，苏子长三个字的大名在金融界很负时誉。但是在他的母亲眼光里看来，依然是一个寿官。所以著者也仍称呼他寿官了。今天的春天，寿官曾和他的夫人到西子湖边去畅游了数天，觉得青山深水，梦魂恬适，人生在世间，当享受这种快乐的。回到上海以后，想起了他的母亲，自思他母亲初时因为家境贫困，守节抚孤，一向过着凄凉的生涯，无快乐可言。现在虽然伊的儿子贵显了，可是伊仍旧不改常态，一些也不想寻些快乐。伊的人生太枯燥而无意味吧。年纪已老，寿命尤其不测，再不给伊享受欢娱，我实在对不起伊。从前老莱子彩衣娱亲，不愧是个孝子。我何不请伊到上海来游玩一番，聊尽一点儿孝心？但是写信去是不成的，必须自己去走一遭。遂把这个意思告知他夫人，他夫人也说很好。于是他乘星期日的闲暇，特地坐了火车赶回家乡。

苏老太太正在门前鱼担上买得许多小鱼，吩咐下人杀了，把来晒鱼干，忽见伊的儿子回来，心中大喜，连忙说道："寿官你回家了，怎么不给我的信，突然而来呢？"

寿官笑道："我因忆念母亲，所以来探望你。母亲近来身体可好么？"

73

苏老太太道："我还清健，也很思念你们。儿媳可好？"

寿官道："我们都好，请你老人家勿必牵挂。"

遂走到房里坐定，苏老太太知道她儿子在沪很忙的，无缘无故忽然跑来，总有事情，遂又问道："空间你回家来可有甚事？"

寿官道："别无他事，要想接母亲到上海去游玩数天，再送母亲回家。"

苏老太太听了寿官这话，忙摇头道："你为了这些小事而来么？我却不想出去游玩，还是守在家中适意。一动不如一静，与其费钱去游玩，还是给予我吧。"

寿官笑道："母亲极好几年不到上海了，现在上海玩意儿很多，际此春光明媚，正可一游，舒畅胸襟。至于金钱我总会给你的。然而母亲又舍不得用去，再要它何用呢？"

苏老太太道："有钱要思无钱时，想到以前的苦况，哪里舍得浪费金钱？还是积蓄的好。"

寿官道："母亲的话也不错。浪费固然不可，但是正当的费用，要用便用，何苦过于节省呢？母亲要钱，孩儿这里也有。"遂从身边取出一只皮夹开了，检点出五张拾元的中国银行纸币，双手奉上道："这五十块钱是请母亲收用的。不过我既然来了，一定要请母亲允许，同我到上海去游玩数天，并不多费钱的。母亲不要推却。"

于是苏老太太经寿官再三劝说，才勉强答应了。

苏老太太和寿官一同坐在特别快车的二等车室中，很觉舒适。但是不多时已到了上海北站，早有一辆簇崭全新的新雪佛兰汽车在那里迎候。原来是寿官自己家里的汽车，约定来迎接的。

汽车夫小王走上前，接过箱子，叫了一声老太太。寿官扶着苏老太太坐上车去，只听呜呜的几声，汽车开向马路上，风驰电掣般前行。

苏老太太瞧着这辆又新又美丽的汽车，便问寿官道："这是谁的汽车？"

寿官嗫嚅着答道："是我家的。"

苏老太太听了，面上现出很惊异的神情，说道："怎么，你竟有这笔钱去买汽车么？贵重得很的。"

寿官道："只因我已做了行长，又在外面交际很忙，东跑西走的，时间不够，不得不置办一辆汽车了。"

苏老太太听着默然无言。不多时已到了寿官的门前，乃是一座很精美的小洋房。汽车停住，寿官扶着苏老太太进去。汽车夫提着箱子走到里面，交与女仆。苏老太太走到一间客室里，寿官指着一只大沙发，请苏老太太坐下。苏老太太正观赏室中华丽的陈设，如入山阴道上，目不暇接。忽见有几个女仆和婢女进来，一齐含笑向老太太请安。苏老太太一数，共有四个。自思他们夫妇二人，要用这许多下人做什么呢？不是浪费金钱么？接着便听叽咯叽咯的高跟皮鞋响，从楼梯上下来，走到室中，乃是苏老太太的媳妇陆女士来了。

陆女士娇声唤道："母亲来了，一向福体可安好？我们都是思念得很。"

苏老太太含笑说道："很好，寿官要我到上海来游玩，所以和他同来。"一面说，一面瞧着伊的媳妇妆饰得如花蝴蝶一般，头上的云发烫得如水浪般地鬈起，齐齐地垂到颈后，纤细的柳眉、浅红的桃涡、端的美好。身上穿一件花毛葛的衬绒旗袍，苏老太太也说不出什么花样和名称来，只觉得光怪陆离，灿烂夺目了是。下面穿着电灰色的尖跟丝袜，电灰色的高跟皮鞋烫着银色的花。玉腕上还系着一只白金手表，左手无名指上套着一个钻戒，光芒四射。倚身在圆台边，带笑说道："母亲一人在家里，谅必十分寂寞。所以我们迎接母亲到此多住几天，好畅游一番，寻些快乐。"

苏老太太道："我在上海住不惯的，不久便要回去，在家乡也很快乐。因为我的生活是很简单而淡泊的。"

陆女士听了，瞧着伊丈夫，微笑不语，遂引着苏老太太登楼，走到伊媳妇房中，更觉富丽无匹了。在家乡是绝少有这等精美的卧室，使伊心里不断地震惊伊的儿子和媳妇一切奢华的享受了。

这天因为寿官有一处很重要的应酬，所以没有伴他的母亲出去游玩。晚饭后，苏老太太坐在伊媳妇的房中，闲谈家乡的新闻。陆女士觉得有些厌烦，遂立起身来，走到一座留声机边，对苏老太太说道："母亲可要听些唱片？内中有几张小调，很好听的。"

苏老太太点点头，陆女士遂取出唱片，一张张地开给苏老太太听，唱春了，滩簧了，各种小调。后来开了两张梅兰芳的《汾河湾》《西施》，荀慧生的《玉堂春》，余叔岩的《连营寨》，苏老太太不懂戏的，便说好了，听得够了。陆女士把机停住，将唱片安放橱中。苏老太太见橱中唱片叠置着，不计其数，便问道："这许多唱片，恐怕听一天也听不完的，每一唱片值价多少？"

陆女士道："不等的，二元的也有，一元三角的也有，一元半的也有。因为现在上海唱片公司很多，百代了、蓓开了、大中华了、高亭了，我们都选好片买来的。不过每一唱片听了几天，便要生厌，所以不知不觉积得多了。"

苏老太太回过头去，瞧着妆台上的一对意大利石刻裸体美女，便又问道："这一对东西是石头的么？"

陆女士道："这是著名的意大利石刻，外边不易多见。一共值价三百元呢。"

苏老太太听了，不觉咋舌。伊本来很不赞成好好的房里为什么放着这些裸体的东西，依我看来是很羞耻的，不料他们却以为贵重的装饰品呢。三百块钱去买些石头，还有那许多唱片，也要二三百元，他们的钱真多，真不知爱惜啊。

此时婢女阿香奉上两杯可可茶来，又去壁橱里取出一个小玻璃缸，送到陆女士面前，陆女士开了，取出四块小方糖，把来放在杯子里，对苏老太太说道："这是可可茶，请喝一些吧。"

苏老太太摇头道："我不要喝，我还是喝茶。"

阿香便去取了一杯雨前茶来，苏老太太觉得伊的媳妇一切都奢华了。寿官应该知道我家的本来状况，如何依他的妻子而忘却本来面目呢？看看已到十二点钟，寿官还不回来，苏老太太等得疲倦欲睡了，向媳妇询问。陆女士道："他是常常夜深归来的，今晚大约要过一点钟才能回家。母亲不必去等他，请安睡吧。"

苏老太太道："你们到了上海，一切都改变了。所以我喜欢住在家乡。"

陆女士不答，遂引导伊的婆婆出了房门，从阳台上走到另一间室里，陈设也很雅洁，点着一盏五十支光的电灯。苏老太太嫌太亮，教陆女士代伊换了一个五支光的灯泡。陆女士等苏老太太睡了，方才告辞回房。这是苏老太太到上海的第一天，并不省得有什么快乐。

次日寿官特地抽了一个空，傍晚时和他夫人伴同苏老太太坐了汽车，到四马路味雅支店用晚餐。三马路四马路一带的酒家菜馆，一到黄昏时处处热闹，味雅支店是广东馆子，座位雅洁，寿官随意点了几样菜吃着，苏老太太见灯红酒绿，觉得甚嚣尘上，很是不惯。有许多菜伊都摇头不要吃的。吃罢，见寿官摸出一张十元纸币，交与侍者。侍者接去，找上一块几角钱来。寿官把嘴一努道："你拿去吧。"侍者连忙道谢。寿官遂和他夫人扶了苏老太太下楼，坐上汽车，开到大舞台去看戏。案目小杨二是熟悉的，便引至花楼正中坐着，送上水果盆子来，招呼周到。寿官把剧情一一讲给他的母亲听。但看苏老太太一些也不觉有什么兴趣，最后竟低倒头像要打瞌睡的样子了。

隔得一天，卡尔登影戏院正开映有声影片《红楼歌声》，寿官因为他的母亲从来没有见过有声影片，以为他母亲看了银幕上人物的动作，又听到人物的声音，一定很有趣的。况且这《红楼歌声》的有声影片是西方极有价值的艳情巨片，在沪公映，还是破天荒第一次，自己也要去瞧瞧。于是夫妇二人遂奉陪着苏老太太到卡尔登去了。岂知这影片虽是很好，然而苏老太太不谙西方的情形，那些浪漫的跳舞和鞠靭的歌声，真是听也听不懂，看也看不懂，呆呆地坐在那里，但是一些不觉得有何兴趣。寿官和他的夫人却十分赞美，以为名不虚传呢。

回家时，苏老太太对寿官说道："以后请你不要伴我看戏了。我实在不觉得有什么好玩。那些外国人跳来跳去，丑态百出，还有男女抱着接吻了，勾颈搭背地跳舞了，在我的眼睛里实在看不过。"

寿官听了，知道他母亲仍没有得到快乐，陆女士背着伊婆婆的眼，轻轻附在丈夫耳朵上说道："母亲不合看这种影片的，反多说话，不如去大世界游玩，总配伊的胃口了。"

寿官笑道："那么明天请你奉陪吧，游戏场里我是裹足不入的。"

陆女士笑道："我也有二三年没有去了。你要我伴伊同去，我只好答应，不然，你要说我不孝，是不是？"

寿官笑抚伊的香肩道："你是孝顺的媳妇。"

到了明天晚上，陆女士换了一身黑丝绒的旗袍，陪伴苏老太太去游大世界。苏老太太见伊的媳妇每天出去必换一套新鲜华美的衣服，不由使伊心中起了一种怀疑，到底伊媳妇的衣服可有多少，一件一件地这样穿得出呢？大世界里面鱼龙曼衍，花样百出。苏老太太走东走西，看看文明戏，听听滩簧，比较有声影片略有些兴会。可是陆女士却不惯伴着老人游的，游戏场里的玩意儿又看得厌了，反觉得麻烦。游到十一点钟时，苏老太太呵欠连连，遂一同归家。但苏老太太已在场中走得足力疲乏了，归来时又觉足痛，坐在沙发里对伊的儿子媳妇说道："大世界太热闹一些，地方又大，只此一遭，以后也不想去了。"

寿官和他的夫人面面相觑，微微一笑。寿官所以接他的母亲来沪，无非要使老人家多得到一些快乐，就是物质上的享受，谁知结果在苏老太太眼光中看来，并不觉得有何快乐。于是寿官再也想不出什么妙法来了。因为苏老太太一不喜赌，二不吸烟，三不喝酒，四不嗜吃，五不贪游。请教除了以上的数种之外，还有什么可以供伊消遣呢？寿官觉得他的母亲太苦了，而苏老太太却十分情愿归到伊的故乡，去过伊旧时习惯的生活。什么岑寂、枯燥、沉闷，伊都不觉得，而安之若素的。

寿官遂想代他的母亲去做几件称心适意的衣服吧，比较游玩实在些。于是在一个星期六的下午，他从银行里回来，和他的夫人要伴苏老太太去先施公司购物。苏老太太起先怕出去，伊还是在家中代他们整理许多遗弃下的无用物件。这些物件在伊的儿子和媳妇持起来是无用的了，但在伊看来不是完全无用，需要的时候很用得丰的。收拾收拾，一大半想带回故乡去应用哩。这时被寿官再三苦劝，方才答允。于是一同坐着汽车，到得先施公司。

踏进门去，苏老太太从来没有到过这种大商店的，如入山阴道上，目不暇接。心里暗暗惊讶，只好跟着他们走去。寿官扶着伊，指点给伊看，这是什么部，出售什么东西，问伊可要买，伊都摇头。渐渐走上楼梯，来到绸缎部里，但见花团锦簇，鬓影衣香，有许多女客在那里选购衣料，忙得那些店伙招呼不迭。陆女士走去时，早有一个年纪轻的店伙含笑相迎道："苏少奶奶，可是来做成些生意么？"

陆女士立定了，笑笑。寿官便要代他的母亲购一件锦地绸的衣料，吩咐那店伙取来观看。谁知苏老太太目迷五色，无从选择处，到底拣定了一种玄色的，剪了一件。寿官见他母亲所穿的裙子有些暗旧，遂又命店伙取出元色印度绸来，剪了一条裙料，再要代伊剪别的衣料时，苏老太太只是摇头不要了。那店伙笑嘻嘻地对陆女士说道："新到一种乔其烫花绸，把来做夹旗袍最出色的。我去取来一看，便可知道。"

陆女士点点头，那店伙遂去取出一段鹅黄色烫着一朵朵金花的乔其绸来，真是式样新奇，灿烂夺目。陆女士看了，很是中意，对寿官说道："我要剪一件旗袍了。"

寿官道："好的。"

一问价钱，才知每尺要八元七角五分，剪了七尺，一共六十一元二角五分。苏老太太在旁听了，只是舌挢不下，代他儿子心痛。寿官却很爽快地取出一卷纸币，把他母亲的衣料钱一起付讫，店伙分两起包好，交与陆女士。

三人又走到鞋子部，陆女士见有几双高跟皮鞋，式样很好，立定观看，又想购买。寿官因为他母亲在旁，便对他的夫人挤挤眼睛说道："我们走吧。"陆女士也会意，遂到食物部买些食物而归。苏老太太心里却仍得不到什么快乐呢。

一个晚上，寿官因为友人邀至沙发花园夜宴，要和他夫人同去，因为席上都是一对对的眷属呢。陆女士遂妆饰得如安琪儿一般，明艳夺人，幽香四溢，向苏老太太告辞了，一同坐着汽车而去。苏老太太想，丈夫有事出外应酬，何用妻子陪着同去呢？现在的人真是文明透了。上海地方风气竟是如此，寿官也模样大变了。我在这里看不惯，不如早早还去吧，要寻快乐，还是到故乡去。

苏老太太的归心已动，到了明天黄昏，遂告诉她儿子说，伊在上海觉得繁华满目，很是不惯，所以要回家去。寿官也有些失望，知道挽留无效，便教他夫人在明天早上去买些东西，趁明天是星期日，可送苏老太太回去。苏老太太对寿官说道："你若有钱，不要去买东西了，糟糟蹋蹋，还是给我了吧。"

寿官听了伊的话，不觉微笑道："母亲若要钱，尽顾拿去便了，只恐母亲不舍得用呢。东西总是要买些的，回去送送邻居和亲戚，总算是从上海归来。"说罢从身边皮夹内取出五十元纸币，奉给他母亲，又取三十元纸币，交给他夫人道："尽此数买来便了。"苏老太太把纸币塞在怀里，一声儿也不响。

明天寿官带了许多食物用品，送他母亲回乡了，当夜便返沪的。大众见苏老太太畅游申江，带了许多东西回家，都说福气真好，生有这种会赚钱孝顺的儿子，何等体面，何等快乐。但是苏老太太在沪扰攘多日，脑膜上多印了一些繁华的痕迹，寿官希望伊得的快乐，却是享受不到。同时伊仍旧没有忘记十年以前的寒夜孤灯，自己低着头绣花，针刺声和寿官读书声相和的一幕，心里不知是甜是苦。

理想之妻

　　华灯初上的时候，酒楼中弦管嗷嘈，十分热闹。一班侍者往来伺候，憧憧然如走马之灯。第九号室中有四个少年，围坐着饮酒，谈笑声喧。朝外坐着的一人，年纪稍大，约有二十八九岁左右，穿着一身西装，鼻架金镜，神采奕奕，正是东南银行里的会计师窈渺生。他喝了几杯酒，面上微有些红霞，把手中的牙箸敲着酒杯，朗声歌道：

　　　　渺渺兮予怀，望美人兮天一方。

　　他左边坐的朋友王琥，不觉扑哧笑道："窈渺生又在想入非非了。你所说的美人当然和东坡先生指的不同了。谁说你是太上忘情的人，到底要……"
　　话没说完，窈渺生又歌道：

　　　　蒹葭苍苍，白露为霜。
　　　　所谓伊人，在水一方。

溯洄从之，道阻且长。

递游从之，宛在水中央。

王琥不禁拍着手对他旁边的徐子美说道："又是伊人来了，窈渺生近来可是有什么意中人么？今日有些醉意，便露出马脚，从此独身主义的一块老招牌要换掉。我们又有喜酒吃了。"

还有坐在窈渺生对面的是个胖子，姓俞名钰，他开出口来，声音浏亮，好似芦花荡的张飞，也拍手哈哈笑道："对的对的，我记得有一次到他寓里，见他桌上正放着一个粉红的信封呢。稳是他有什么恋人了。"

窈渺生道："且慢，信封岂有一定的，难道寄家书不能用那种信封的么？"

俞钰笑道："无论如何，你总是个嫌疑犯。不用狡赖。"

这时侍者送上一盆清炒虾仁来，窈渺生举匙说了声请，便吃一匙虾仁，把一杯酒喝完，王琥又代他斟上，说道："我们都是知交，窈渺生你也不必瞒我们，说出来使我们知道一些，大家代你快活。"

窈渺生笑道："我实在没有什么恋人，怎样可以捏造呢？"

徐子美道："那么你适才的唱歌，可是有感而发？为什么不吟杜少陵的《兵车行》、李太白的《将进酒》呢？你总有些意思的啊？"

窈渺生点点头道："不错，我近来的心理也稍变了。以前我不是高唱独身主义的人么？我向来瞧不起妇女的，以为她们都是玫瑰的刺，男子迷恋着她们的色香，一经纠缠，没有不受创痕

84

的。女子又像渔人的香饵，老天生出一班妇女来，宛如渔人把香饵来引诱世上一切男子，芸芸众生都颠倒于石榴裙下。她们的魔力简直伟大。所以我情愿一生不受纠缠，深敛情丝，裹足不入情场，至今仍是一个处子。但这几年来，我为着生活而忙，常感着疲倦和孤寂，精神上得不到安慰。往往做事过后，回到寓里，虽然休息着，却深感一种岑寂无味。春江花朝秋月夜，往往取酒还独倾，不知不觉，不惯过这单调的生活。一缕情丝渐渐袅荡而起，灯红酒绿之时，尤觉香草美人，寄慨无穷。但我这缕情丝虽是袅荡而起，而我非常谨慎，不愿沾着了野花闲草，自堕入魔道中去，而为情牺牲，结出悲惨的果子来，落了哀情小说的窠臼。我虽然新交几个，但目前都没有爱情的表示，我不愿一时的热烈，而铸成大错，贻悔将来。我可说，我只有理想的妻子。"

王琥听了窈渺生说的一番话，便慨然叹道："人非草木，孰能忘情？那些明眸皓齿、蛾眉曼睩的异性者，男子见了岂有不动心的？并且两性结合的需要，在人类的生活上是不可逃的公例。我不信世间有鲁男子，情之所钟，正在我辈，何必高自矜异，侈言忘情呢？我一向不赞成你的独身主义，屡次要和你抗辩的，现在果然你也有一天软化了。但是我的话又要说回来了，大凡未婚的少年，没有一个不悬想婚后怎样快乐，怎样精神上得着安慰，怎样琴瑟和谐，鸳鸯交欢，有一个良好的家庭，可以享美满的幸福。所以都怀着热烈的希望，情根爱芽一天一天地苗生，以求达到目的。然而婚后的情景却大不同了。"

窈渺生道："不错，凡事在未成以前，大抵兴高采烈，热度很盛的，不独婚事是这样。琥兄你和冯女士结婚已有三年了，你说的话可是经验之谈。那么你们是自由结婚的，尊夫人年轻貌美，大概如鱼得水，没有什么遗憾了。"

王琥喝了一杯酒，把箸夹着一块冻鸡，且嚼且说道："现在你们都是知己知彼的老朋友，我不妨把我的妻子说说，你们不要笑我讲妻子。"

俞钰哈哈笑道："不要紧，我们并不会到嫂嫂面前去搬弄是非的，请你放大胆吧。你讲了我们也要讲哩。"

王琥道："很好，我的妻子并没有什么歹处，不过伊年纪还轻，一切世故不十分明白，而且生性娇憨，每天要跟着我一起。你们想男子要到外边去做事的，怎可以一天到晚守闺房，伴妻子呢？所以伊每天嚷着厌气。在我出去的时候鼓起了嘴，一些没有笑脸。直等我回家后，她又笑语喧哗起来了。我家一共弟兄三人，都有妻室。妯娌之间，自然应该和气。但伊很瞧不起人家，不肯敷衍她们，又在我母亲面前也不会讲话，并且时时发出憨态来。我母亲听了旁人的话，自然和伊有些意见了。可怜伊什么都不管，一味小孩子脾气。我有时向伊劝说，伊掩着两耳不肯听我的话，若逼得伊急时，索性哭了，连饭都不吃，只是闷睡。到底是我晦气，向伊两三劝慰，才恢复了伊的笑颜。"

窈渺生笑道："琥兄，尊夫人虽不是河东狮吼，但你却染着季常癖了。"

徐子美道："因爱生宠，因宠生畏，这是一定的道理。若是床头人果然出色，便做了妆台下的奴隶，也有何妨？"言下大有愤慨的样子。

王琥对他笑笑，又道："伊快活时笑了闹了，不管人家讥评，伊好像《聊斋》中的婴宁一般。可是不称心时，又要发脾气。做伊的丈夫，只好镇日价逗引伊开心，又像小孩子一般反要照顾伊、指导伊。有一次我到北京去，须要半个月还来。伊一定不肯放我去，我向伊讲解多次，才勉强答应着，伊一百二十个不高兴，最好要跟我同行。临别之夜，伊好像当我死了一般，哭了一夜。我不觉十分可怜伊，连我也赔去不少眼泪。好容易将伊哄住，我到了北京后，伊每天要写封信来，岂不是痴的么？后来我回家时，伊首先扑到我怀中来，和我接吻，引得家人都好笑了。"

窈渺生道："这是伊对你一片真的爱情，所以这样。可惜年轻些。"

王琥道："我娶了伊，身子反觉不自由，多添了一重心事。"说完，又喝了一杯酒，再代各人斟上。

徐子美道："我的妻子是旧式婚姻制度下的，伊的性子最拙，可称拙妻。"

窈渺生道："这不是巧妻常伴拙夫眠，却是巧夫常伴拙妻眠了。"

徐子美又道："伊又是个没字碑，目不识丁，但伊的性子却十分不好，所以我们常常要反目的。伊所能的，管理家事，却井井有条，但绝不会妆饰。在伊身上寻不出一个美字来，伊好似我家聘取来的经理先生，所谓艳福两字，我绝对没有享受。"

这时俞钰接着大声嚷道："什么艳福？你可知道艳福不容易享受的么？"

窈渺生道："要轮到俞兄讲了，密昔斯俞是我常遇见的，风度美丽，倜傥不群，不愧是一个新时代的妇女。况且又从女子中学校里毕业，不是没有知识的。俞兄的闺房幸福一定很多的了。"

俞钰道："你们只知其一，不知其二。若讲到美丽二字，我妻自然也有些资格，可是伊挥霍很大。即如衣服而论，时时新制，刻刻变换，每月的妆饰费已可观了，幸我有些家财，若是靠着一身赚钱的男子，简直娶不起伊的。"

王琥道："现在那些时髦妇女哪一个不是这样的？社会习尚奢华，女子的虚荣心本来很盛的，这也难怪她们。"

俞钰又道："还有伊一天到晚很忙的，朋友很多，来来去去，不是到什么会中去听演讲，便是赴什么家庭同乐会，以及女子改良会、妇女文学研究会、节制会、音乐研究会、女子参政会、跳舞会，等等，名目很多。我看伊一个人精神有限，也应酬不来，但伊乐此不厌。我和伊说说时，伊反要骂我顽固了，只是忙伊的事，哪有余暇来顾及我呢？"

窈渺生听了，笑道："罢了，你们莫要讲吧。她们背后也在那里讥评我们男子呢。"

徐子美道："我们都讲了，那么请你讲讲你的理想之妻。"

窈渺生道："我的理想之妻，却不是像你们说的一流人。伊是真美的、温柔的、俭朴的、康健的、活泼的、仁爱的……"

俞钰大笑道："不用说下去了，这样的妻子除非你去定制一个，天下断然没有这种十全十美的妇女。"

窈渺生道："你不要误会，这本来是我的理想之妻啊。"

王琥拍手笑道："妙啊！窈渺生，你的理想之妻，几时能够有实在的呢？"

窈渺生道："我只要有我理想之妻好了，何必求实？若要求实，那么踏破铁鞋，到何处去找呢？我不是说过，我近来很感受生活上的沉闷么？确乎我们的精神是要得到一种安慰，我们的爱情也要有寄托之点。我想来想去，终不能有好的解决。我不情愿和那些玫瑰花式的女子结婚，生恐她们的刺刺伤了我的纯洁的心。所以我现在只有理想的妻子，我的理想之妻是顺着我意，永不拂逆的。我的理想之妻是永远美好，温文尔雅，合我心中所希望的。我也用不着把金钱去供养伊，只把伊安藏在我的脑海中罢了。我虽无妻，岂不是胜过你们有妻子的么？何必要求真的或假的呢？"

三人听了，同声道："不错，世上一等好的妻子，总不及理想之妻。"

白 莲 花

　　这是一个夏天的傍晚吧，T家花园中沉寂得只有小鸟在枝头啁啾的声音，荷池的对面，堆垒着玲珑的假山，幻作虎豹之形，显露出当时堆垒者的匠心独运。有一个少年约有二十四五岁上下，面貌很是清秀，戴着玳瑁边的眼镜，身穿白纱长衫，正倚坐在一块石上，把左手支颐，眼光尽向荷池中凝视着。那池中清水涟漪，田田的翠盖中，擎着几朵莲花。一阵阵的清香，随风吹送到人们的鼻子里来，觉得香沁肺腑，四体舒畅。其中有两朵白莲花，素衣缟袂，如凌波仙子，姗姗来迟，清雅拔俗，绝无脂粉气，自中令人可爱。这时适有一只蜻蜓，从东边绿树丛中飞来，掠水而飞，绕着那白莲花，好似被它的色香吸引着，爱而不忍遽去的样子。少年看了，似乎很有感触，一刹那间，那蜻蜓已飞去了，暮色渐渐笼罩着，园中的景色也渐渐隐入朦胧中去。可爱的白莲花也只有仿佛瞧见它的影儿了。少年回身徐徐走出园去，脑海上还深印着那可爱的白莲花。

　　一间很小的房间，布置得有些像书室，也有些像画室。因为在写字台的左首，放着一口书橱，而正中又安置着画架和许多画具。壁上又张挂着许多长短不等的画幅。花卉也有，人物也有，此外还有照相夹杂其间，真是琳琅满目，如入山阴道上，使人目不暇接。有一个青年，穿着一件素背心，趿着拖鞋，手里拿着彩笔，正坐在画架前，着意绘一幅画。他绘些什么呢？乃是几朵白莲花，透出在水面上，素姿淡抹，一尘不染。又嫩又雅，又清丽。婀娜有致，宛如真的一样。那少年瞧着纸上的白莲花出神了一会儿，又用笔添绘一只蜻蜓，飞向一朵白莲花上。

正画得一半，忽然里面走出一个二十多岁的少妇，虽已截发，而首如飞蓬，一些没有膏沫。穿着一身白色麻纱的短衫裤，面貌生得倒也秀丽，可是脂粉不施，没有妆饰，手里还抱着一个三岁左右的女小孩。那女孩眉目之间，很像少妇。手中拈着两块饼干，正送到口里去嚼。少妇面上露着忧闷不乐的样子，一见少年坐在画架前绘事，蛾眉紧蹙，便发出很不柔和的声调来，向少年说道："大清早你又躲在这里弄笔了，却不知道小孩子在房内吵得不了，你总是装着聋子不管的。桂儿这几天更不乖了，闹着吃个不休，女仆又出去买物了，还有馨儿哭着要吃乳，教我一人对付得下么？还不代我抱一刻儿。良心上可依得过？"

少年听了，一声不响，愤愤地丢下画具，立起来把那女孩接过，那女孩便曼声叫道："好爹爹。"

少妇又叹道："你一天到晚只顾学画，花去钱不少，却没有一个钱赚回来，白费许多年数的光阴，真是何苦呢？劝你终是不听的，使人徒只唤奈何。"说罢，回身走到里面去。

少年依旧不响。女孩吃完了手中的饼干，强着走下地来，要取他的画具。少年喝一声："动不得，这里不是你们玩耍的所在。"遂扶着伊走出室去。

　　大凡艺术家总有些奇怪脾气的。少年姓庄名文，他是一个深好艺术的人，摄影、音乐、雕刻都喜欢研究，尤其是对于图画，废寝忘食，乐之不厌。他从中华美术专门学校毕业，便在家中细细地独自致其心力于绘事，所以有些人说他的画足以自成一家，但也有人说他的画太不守绳墨了，浪漫的色彩太深厚，究竟还是浅陋。他却置人毁誉不顾，还继续不辍地从事画学。然而他家道平常，生活上常要使他感觉到一种艰难了。换了平常人，早成了他研究艺术上的重大障碍，可是他抱着颜子的志向，依旧勤奋，绝不分心。

　　还有一事更使他感觉到苦痛的，因为他已有了家室，他的夫人凤英女士，以前也是个女学生，爱他翩翩年少，多才多艺，发生了自由恋爱而成婚的。至今已有四年的光阴，产生下两个爱情的结晶，初生一女，取名桂儿，后生一男，取名馨儿。桂儿年方三岁，十分顽皮，馨儿方过周岁，在怀抱中哺乳。他们家道既然平常，当然雇用不起乳母而自己哺乳了。凤英女士本是爱修饰的，现在有了两个小儿，一天到晚缠绕不休，更有家事操心，使伊不胜烦扰。缺少人帮忙，遂常要庄文去相助抱小儿。谁知庄文是沉浸在艺术里头的一个画家，他的期望很大，要使他的作品传之千古而不朽，代表他的个性，哪里有什么空工夫来抱小儿呢？因此夫妇间为了这一点常要发生小冲突。

　　凤英女士以为庄文既然没有钱养家过活，要什么妻子，生什么儿女？还是独身的好。且研究画学要想成功，很不容易，何必要致力在这个上，若不极早为他们生计着想，来日方长，何以卒岁？况且庄文已用了几年心血，依然不能成名，依然不能换钱，若把这几年心血换在别个上，当必斐然可观了。在庄文以为，艺术的成功，不可把时间来限制的，只要你有坚定的心志，锲而不舍，终有成功的一日。自己欢喜研究画学，也是天性，岂可违了天性，以求世俗之利？我必要用我的心力绘成一幅惬心贵当的作品，使社会上人们也知道有庄文其人，便可无憾了。可他的妻子时时要去分他的心，和他胡闹，太不原谅他啊。

前天，他出去觅取写景的材料，走了几处，都没有适意的。无意中独自走到 T 家花园，瞧见了池中的白莲花，心中忽有感触，遂回到家中，刻意精心要绘成一幅白莲花的最新作品，预备一鸣惊人，在艺苑中独树一帜。不料他的夫人抱了小儿前来扰乱他的作画，又听到埋怨的说话，自然心中有不少的愤慨了。但他也很能原谅他的夫人的，知道一个人要对付两个善哭善闹的小儿，也是一件为难的事，因此他只好闷着不响。

庄文凭着他的心思和毅力，到底把那一幅白莲花画成了。他自己欣赏着，觉得这幅画实是出色当行之作，若然有人瞧了这幅画还说不好，那是瞎子了，不懂艺术的人了。所以他很想把来贡献社会，得一知音，可以无憾。他闻得在城中将有一个大规模的书画展览会，是本地许多有名的艺术家所组织的，他认为这是一个很好的机会，可以使他一跃而成名的。只恨和那些名画家平日虽也有时见过面，却没有什么感情，因为一则自己性情高傲，不肯舍己从人，阿谀迎合。二则那些名画家都是眼高于顶，门户之见很深，以为他人总是后生小子，不足和他们颉颃的。所以这次的展览会，不知他们可要搜罗到他的作品，非得自己设法不可。

他遂想起城南有一个姓罗的画家，和他有过师生之谊，还是自己小学里的业师，现在年已皤然老矣，很有名望。不如去请他介绍，比较仰求他人的好，所以他遂走到姓罗的门上来。

罗先生也有些知道他在家中研究画学，可是没有多谈过，此次见他突如其来，有些奇异。庄文很质直地便把自己的来意告知罗先生，罗先生听了，一口应承道："可以成功。展览会中的筹备主任吴先生，是我的至友，凡有人肯把他的作品送会展览的，只当是不堪入目的，总可容纳，不分畛域。你既然有很好的作品，当然可以加入展览。十分欢迎。明天我们在兰陵别墅开个茶话会，大家交上作品。你不如随我同往，带了你的画去，也好使他们看看。"

庄文点头答应，欣然告辞而去。

兰陵别墅中的慎余堂上，一张大菜台的四周，坐了十一二个人，老的少的都有，其中有一个少年，展着一幅白莲花的作品，请大家赐教。众人看了，都淡淡地不说什么。一个戴眼镜留小胡须的，对一个老翁说道："我斗胆说一句话，像庄君的画，在不懂画学的人看来，或者要说好，然在我辈用艺术的目光，严格地批评，此画还嫌不脱稚气。但既承罗翁介绍，准即许其加入可也。"说罢，拈着小胡须，似乎有睥睨一切的样子。

罗翁便对那少年说道："那么庄君你把这画留在此间吧，自有人送到会中去张挂的。将来可由本人领回。"

少年略一点头，懒懒地坐下，听他们大讲已往的历史。某处展览会得到几点，售去若干，某处展览会得评第一，各人都夸张着，唯有他却没的说，如坐针毡。不多一会儿，立即告辞先行。

不消说得这少年便是庄文，他由罗先生的介绍，得将他平生得意的作品，给诸大画家夷然不屑的一顾，而许可他在展览会中陈列了，这也是他荣誉的事么？还有吴先生的一种傲慢的神气，也深刻在他的脑经中而永永不忘了。

轰动一时的书画展览会开幕了，会场中士女拥挤，大家争先来看这幅白莲花的新作品，异口同声地赞美此画足为全场之冠，压倒吴罗二名家。他在旁边见了，不由心花怒放，不负他一番的苦恼。连忙跑出画会，想回去告诉他的夫人凤英女士，也好使伊快活，不再说他空费精神，没有出息了。又见门口有卖小报的报贩向人兜揽，说有展览会的作品摄影。他掏出四个铜元，买了一张，一路走一路看，瞥见中央有一铜版小影，是他自己的半身照，不知怎样地被小报馆里收去制版，刊在报上了，下面还印着一行小字道：名画家庄文先生玉照。背后还有一段文字，全是赞美他那幅白莲花作品，恭贺他艺术的成功。他看了不觉手舞足蹈起来，不防一手挥出去，正打中一人的头颅，那人是个老翁，顿时大怒，向他交涉。他正想赔罪，凭空忽有一只手伸过来，在他的耳上拧了一把。

喊声"啊呀"，睁眼细视，一切都没有了。自己正睡在床上，他的夫人凤英女士方拧着他的耳朵薄嗔道："什么？你睡态都没有了，伸起手来打人。我的头上给你打得很痛呢。还不小心些

95

么?"他才知道,原来是梦。他还是不作一声,惝恍迷离地细味他梦中的景象。

这遭不是梦了,展览会果然真的开幕,他喜滋滋地想梦中的景象,或者今天会得实现。从人丛中挤到会场里,但见四壁琳琅,悬挂着许多书画。有不少人驻足而观,细细玩赏。他用心一看,大都是某某画会中的作品,地位放得很好,标着很高的价钱。居然有两个绅士模样的人在那里问订购。吴先生的画更多,有许多已被人家定去,用红色纸条书明,又有几件是非卖品。他看来看去,不见自己的画,心中焦躁。后来跑到最后一室的室隅,始见那幅白莲花画陈列在那里。原来会场一共三大间,最后一室较为狭隘,而他的作品还放在室隅,观众不注意的所在,光线又不明亮,反把这作品的真美善掩饰了。他知道这是吴先生做的怪,为什么他把他自己的作品都放在第一间最好的地方,而偏偏把这幅画置之僻隅呢?唉,吴先生的心真可诛,大约他借着这个展览会又可得到不少钱了。

他又见观众都很欣赏别的画幅,罕有人注意到他的作品。也有少数人看了一看,便走开了。尤其是那些大人先生,似乎对于这幅画有些不屑顾视的神气。他立在画旁,代自己惋惜,也代这幅画不平。

只见有两个女学生走过,瞧着这幅画,一个穿紫色旗袍的说道:"这几朵白莲花画得真好,蜻蜓也好像真的,比较前面吴先生的一幅红莲好得多了。"

伊的同伴把伊肩上一挤道:"别胡说吧,我们也配在这里批评么?"

两人都微微一笑，走出室去。他不觉叹了一口气。

三天的展览会已过去了，报上都有记载。但都是代某某画会宣传的作品，绝少公平的评判。还有两张小报把吴先生的画制了铜版，刊登出来，使他看了十分失望。他依然不能成名，他的作品依然不足供人欣赏。他有些灰心了，遂走到会中去领取那幅白莲花的作品。那画是张在画架上的，那画架白漆金边，也是他花了几块钱特制下的。他气吁吁地自己搊着走回家去，由城北到城南，要经过一个小小旷野。他走得乏力，遂把那画架放在地上，自己席地而坐，休憩一会儿。嗒然无语，只对着那画呆呆出神。此时有一蜻蜓飞过来，尽向画上盘旋不去，好似觅它的伴侣，又好似欣赏着那白莲花。

夕阳影里，庄文搊着画，一步一步地走回家去了。

噩　耗

　　风尘劳顿、病容满面的吴君，一肩行李，回到了家乡。他的爱妻吴夫人在前几天早接到伊丈夫的信，说他近来咳呛得厉害，时时咯血，身子日就衰弱，局中事务纷繁，实在使他常常弄得头昏目眩，担任不下。医生说他须早好好静养，否则恐怕要成肺痨。而且旅居在外，客邸凄凉，孤灯黯然，病时睡在床上，绝没有温存体己的人来问寒嘘暖，服侍汤药。所以没奈何已向局长请了一个月的假，不日乘轮回乡，稍事休养云云。

　　今天吴君回来了，吴夫人含笑相迎。一见伊丈夫瘦削的面貌，心里不由一阵凄感，险些落下泪来。五岁的馨儿牵着吴君的袍子，"爹爹爹爹"地接连叫着。吴君摸着馨儿的头说道："馨儿现在胖了，少停给食物你吃。"

　　馨儿听得有食物，跳跃大喜。他们夫妇俩遂坐定了，细话别后情形。吴夫人自从接到伊丈夫的信后，心中格外思念。现在又见了伊丈夫的消瘦，更是担忧。此时吴君又是一阵咳嗽，吴夫人连忙倒了一杯茶，送到他面前。但伊蛾眉紧蹙，芳心中的忧闷也就可想而知了。

不多时，十一龄的长妇苔华和伊的八岁幼弟兴官放学回来了。见了爹爹却是不胜欣喜。吴君遂从网篮里取出食物，分给三人，一面看苔华长得面目姣好，和伊的母亲容貌酷肖，但吴夫人操家劳心，玉貌已渐渐老了。想起往日的情形，不觉黯然。

吴君在家中养病，有吴夫人朝夕护侍，体贴到十二分，每夜代他制杏仁露、白花百合，医治他的咳呛，这样吴君的病果然好了许多。但光阴如箭一般，不肯稍等。转瞬吴君请的一个月病假已将满期。吴君静中思量，我是无产阶级的人，家中一无凭持，又没有好亲戚的照应，只仗着我单枪匹马，出外去挣些金钱，一家大小全要依赖我过活，一天不工作便一天没有钱。现在我这个位置虽不十分好，而普通比较起来，每月有一百块钱的薪金，已是不可多得的了。同事中很有人要妒忌我、排挤我，幸我做事认真，没有半点儿差池，上头也不好把我无故辞歇。现在请了一个月假的，虽有人代理，可是并非熟手，若然出了岔子，又要怪在我身上。细细思量，还是早日前去销假吧。

遂把自己的意思告知吴夫人，吴夫人道："你的身体还没有完全恢复，怎好早去做事呢？你在外边没有知心的人服侍，没有人代你制杏仁露和白花百合，使我实在不放心。况且做得辛劳了，又恐复发。我想你再去请假一月，索性等到病好后动身吧。"

吴君听了叹道："你的说话未尝不对，可是我们本是寒素之家，这几年来敷衍度日，没有钱多。幸你善于操家，力自节俭，不至亏空，尝那负债的苦痛，我是十分感激的。现在我病了一月，请人代理，那一个月的薪金当然没有到手了。而病中医药费又用去一二百金，哪里可以再坐在家里不去工作呢？儿子们渐渐大了，学费不可不代他们预备好。所以我仔细思想，断不能自耽安逸。还是再出去吃几年苦，以备将来。况且社会中人浮于事，尽有许多人谋不到像我的位置呢。我的老友密斯脱金，赋闲了三年，直到今年才谋着一个书记职务，月薪二十番。一天到晚忙着抄写，你想苦不苦？万一我的位置因此摇动了，教我到哪里去寻事呢？"

吴夫人听了，皱着眉头说道："金钱和身体两相比较，还是身体要紧。古话说，留得青山在，不怕没柴烧。我劝你再歇息半个月，若然忧虑没有钱，我情愿把我的首饰典质去，绝不怨你，那是我自愿的。"

吴君连连摇着头道："不好不好，你说金钱和身体两两比较，还是身体要紧，我说还是金钱要紧。因为我这身体若没有金钱，便要受种种苦痛而难以过活了。沟中饿莩，不都是受了金钱的影响么？万一我失了业，我们一家之人把什么来养活身体？想到这一层，后顾茫茫，非常危险。只有拼着我这身体去换金钱罢了。"

吴夫人听了丈夫的话，不由落下泪来。伊觉得再没有话去安慰伊的丈夫。

"金钱和身体两两比较，还是金钱要紧。"吴君依了他说的话，到底别离了娇妻爱子，出门去了。可是吴夫人的身体虽没有跟伊的丈夫同去，而这颗心却跟随吴君同去了。风雨晦淡，兀坐室中，想起了丈夫的身体，实在难以放心。明月之夜，枕畔泪眼，伊的魂梦也萦绕在迢迢千里外的丈夫身上。只有虔诚默祷，愿伊的丈夫平安无恙。自从吴君出门后，又接到吴君从客乡寄来六十块钱，这就是吴君把他身体换来的金钱了。

一天，吴夫人正坐在家中织一件绒线衫。伊想天气快要寒了，伊丈夫有的绒衫已破旧不好穿了，代他重织一件，早早寄去，可使他早日穿在身上御冷。伊正在一针一针地织着，忽然一个电报局中的送信人，送来一个电报。伊见是电报，芳心扑地一跳，急忙拆阅，电文早已译好，寥寥几个字，使伊看了竟放声大哭，晕倒在地。原来吴君病休未复原，又出外治事，繁忙了一个月，旧病复发，一天一天地加重。他不情愿被他妻子知道，秘不告闻，不料在外侍奉乏人，忧郁填胸，到后来大呕其血，一病不起了。

吴君以为金钱比较身体要紧，他遂牺牲了他的身体了。吴君在病后出门时，曾对吴夫人说："你若典质了首饰来养我的病，那么我的病非但不会好，而且愈养愈坏了。"所以忍着一切而去。但是现在噩耗飞来，吴君是死了，金钱也没有来。可怜的吴夫人和伊的子女，教他们怎样过活呢？

行再相见

　　这是一个星期六的下午，蔚蓝色的天空微有一丝半缕的白云，如轻絮一般飘曳着。和暖的日光照到大地，充满着春意。红的花，绿的草，如天开罨画，点缀得这个世界一些也不觉得枯寂。青年的男女在此环境中，尤其是很沉醉地酣适地驯伏在春之神膝下，沐浴着爱河的水，浇灌着情田的芽，去找那新生命的快乐。真是可爱的春光，可爱的青年。

　　黄冷正独自一个儿走着。在这春的环境中，心里异常兴奋。一边走，一边抬头瞧见了人家墙头露出的碧柳，一丝丝地随风飘舞。袅袅娜娜地使人见了止不住袅起万丈情丝来，这些情丝渐渐织成了一个情网，把自己的身体笼罩在里头，再也解脱不开。这正是黄冷最近的情形。连他自己也不知不觉呢。

　　急匆匆穿过几条巷，早到了一个破旧的墙门前面。墙门里面有一个很大的天井，几个小孩子在那里踢小皮球游戏，见了黄冷，便叫道："黄先生来了。"

　　黄冷向他们含笑点点头，转弯抹角地走进去。穿过一条巷堂，才走到三间院落中。那房屋已是半新半旧，庭中却有一小堆玲珑垒就的假山，一株梧桐树，遮得屋子里阴沉沉的，静悄悄没个人声。黄冷连连装出咳嗽，问道："杏娟在里面么？"便听房中有流莺般的声音答道："宝哥哥，我在这里。"跟着门帘一掀，跳出一个女子来。

那女子已截发，乌云般的青丝飘在颈后，前面留有一撮前刘海。身上虽穿着一件人造丝的紫色旗袍，可是生得十分美丽。一张雪白粉嫩、吹弹得破的鹅蛋脸儿，一双眼睛，漆黑也似的瞳神，顾盼多姿，水汪汪地包含着无量情愫。樱唇琼鼻，没一处不是生得令人可爱。加着杨柳般的纤腰，更显得娇小玲珑。对着黄冷嫣然微笑道："宝哥哥，你不是说两点钟来的，怎么已到三点钟呢？等得我好不心焦。"

黄冷带笑抱着歉意说道："对不起，我本想早来的，不料忽然来了一位三年不见的同学，那同学这番从青岛回乡，特地拜访我，我和他絮絮滔滔地谈了长久，所以迟迟其行了。"

杏娟道："原来如此，我家母亲早在饭后出去，只有我一个人守在家里，请你到房中去坐吧。"随即回身，翩然而入。

黄冷点头，掀起帘子，跟着走进，便在沿窗桌子旁坐下。把头上呢帽摘下，杏娟接了，挂在壁上。立在桌边，对着黄冷只是憨笑。

黄冷道："杏娟你且坐了，我和你谈谈。"

杏娟道："我坐得好不厌气，不再要坐，还是立些时候的好。"

黄冷道："你的母亲到哪里去了？可是到陈家去么？"

杏娟道："是的，被你一猜就着。"

黄冷皱皱眉头，叹口气道："唉，你的母亲可真要在你身上有无限的希望，将你倚作钱树子了。"

杏娟问道："什么叫作钱树子？我不懂。"

黄冷道："要在你身上发财。"

杏娟听了，把手指抵着樱唇，一声儿也不响。黄冷仰首看着承尘，室中只有妆台上小钟的嘀嗒嘀嗒的声音和二人微微呼吸的声息。

杏娟突然问道："宝哥哥，前天你代我摄的几张小影，可印好了么？如何不带来？"

黄冷道："你竟这样心急，现在正在冲晒中，明后天可以给你了。不过只有一张拍得最好。"

杏娟道："哪一张？可是立在树下的么？"

黄冷道："正是，你立在那株碧桃树下，后面有一个鱼池，背景好，立的姿势也好，拍得也十分清楚。"

杏娟道："那么请你快快取给我看，我是非常心急的。"

黄冷道："明后天一准带给你。你若心急时，可以跟我家里去取。"

杏娟道："好的，本来我也要到府上拜谒呢。"

黄冷道："且慢，我要问你一句很要紧的话。你到底愿意不愿意听从你母亲的主意，离开这里而到上海去？"

杏娟道："愿意怎样？不愿意又怎样？母亲的主意我不得不听从啊。伊今天到陈家去，便是为了这事。我母亲昨夜还和我说，我家自从父亲死后，十分萧条，所有一些现金和首饰早已吃尽当光了。年来度日维艰，柴荒米贵，实在拮据得很，非得想个

104

法儿不可。陈家的二姐姐以前在家里做些女红，也是很苦的。自从到了上海以后，现在一变而为时髦的人物，穿得好吃得好，大非昔比。二姐姐的母亲也在家享福，反整百的银洋放债取利息，冬里吃白木耳，所以很瘦的人变成肥胖身躯了。我母亲又对我说，二姐姐的面貌还嫌黑些，没有我生得好，尚且有这种运道，若是我到上海去后，一定可以赚钱，更比伊好。所以我母亲决定要带我到上海去，伊今到陈家去和二姐姐商量了。我听人说上海是很好玩的，什么先施公司了、大世界了，都比这里热闹。我不过在五岁时曾跟着已死的婶母去过一次，那时年纪还小，也不记得哩。"

说着话，走近几步，又说道："宝哥哥，今年正月里你不是到过上海去的么？多谢你送给我的衣料，现正在裁缝店里做呢，不知道那个张师傅可能做好身材恰好么？像我现在身上穿的一件，下摆稍觉紧些，走起路来很不舒畅的。"说罢，便在房中走了几步，给黄冷看。

黄冷听了伊说的一串话，只是摇头。又见伊说到衣裳上去了，便道："那么你一定要到上海去了，是不是？"

杏娟又立定脚步，粉颈一扭，答道："是的，我也最好住在这里。但是没法啊。我离开家乡，别的没有系恋，就只有你宝哥哥一人，觉得此后恐怕再也得不到宝哥哥时时来探望我、安慰我，教我读书了。宝哥哥，你也不能跟我们一起到上海去么？"说至此，眼圈一红，似乎有珠泪包含着，将要流下的样子。

黄冷又叹口气说道："你说的话不错，你的母亲要把你带到上海去，教我也没法再使你仍旧住在这里。只可惜你在此间还是

105

一块未经雕琢的美玉，恐怕到了上海以后，前后要变成两个人了。可惜啊，可惜。"

杏娟道："我又不是孙行者，会得七十二变的化身法？我到了上海以后，仍是一个杏娟。"

黄冷冷笑道："试看你所说的二姐姐不是变了么？到那时连你自己也不知不觉地……"

杏娟听了，默然无语。黄冷又道："我极愿你不到上海去，但也没有这个能力。这是很使我抱憾的。"说时把手在桌上一拍，神情十分懊丧。

杏娟道："我初时也很喜读书，邻家有几个女儿都在学校里读书，瞧她们何等光明而活泼。我却没有这个福气。幸得宝哥哥可怜我不识字，常常来此教我。现在若去上海，宝哥哥再也不能来教我读书了。"

黄冷听着，只是摇头，在他的面部上充满着一种失望的样子。

薄暮时候，黄冷从杏娟家里走出，心里充满着怅惘。路过公园，信步走将进去，见那金黄色的太阳已在西边落下，余霞一抹，斑驳得可爱。芊绵的芳草地上，有几对青年情侣正在斯并着，缓缓地走，似乎傲示人们，以为他们自己是有情眷属，是情场上方奏着凯歌的幸运儿。使一般踽踽凉凉感着单调的人，睹着他们而生歆羡之心。于是他们更觉得自己的艳福而得意非常了。

他一个人走到喷水池边，低倒头看那池中的水向上直喷，也有一些如雨点般的细珠溅到他的脸上或是衣襟上。他想这池中的水是死的，喷了上去，仍旧落在池中，这样地循环往复，到底要有干涸的一天，有什么意味呢？人生若没有新的发展，为环境所屈，和那喷水池无异。立时一阵微风，对面几株桃树上落英缤纷，飘堕下许多花瓣。他瞧着又默默地思想着，前几天我不是曾和杏娟到此散步的么？伊不是立在这几株桃树之下么？人面桃花相映红，我瞧着伊的俏面庞，握着伊的软绵绵的玉手，何等的温存？桃花也开得灼灼其华，十分鲜艳。现在却被这无情的东风，吹打得残脂剩粉，都做了堕溷之花。

人生也何尝不是如此？杏娟这小妮子实在生得使人可怜可爱，伊虽没有高深的学问，而聪明伶俐，如小鸟投怀般，妩媚极了。可惜伊年纪还轻，天真未凿，社会上的事情完全不曾知道。为环境逼迫着、驱使着，恐怕伊终究要落在恶魔手里，不知不觉地去做人家的玩物，而了结伊的一生。这凋残的桃花便是伊将来的写照了，不过伊没有想到啊。然而也幸亏伊想不到，伊若想得到时，一颗芳心便要加上极重大的创痕，而怀着无穷的悲哀了。现在伊还痴想着前途的幸福呢。唉，伊本是好好园林的花，不能供奉在案头而推之堕溷了。我空有护花的愿望，不能行护花的实在，可恨可恨！

他一人呆呆思想着，鼻子里触到一种非兰非麝的香味。回头见有一对姐妹花，打扮得明艳如仙，姗姗地走到他身边，也来看那喷水池。内中一个年龄较轻，苹果般的粉颊，倚在长者的香肩上，似笑非笑。

看了一歇，年长的忽然问道："老四怎么还不来呢？"

年轻的道："伊的话本是说到哪里是哪里的，大概伊已一溜烟地先到上海去了。"

年长的又道："此时伊红了，听说有一个四川人姓唐的，恋上了伊，在伊身上着实用去许多钱。不久便要娶伊同居。其实老四何尝是真心对他？那姓唐的不是个瘟生么？"

年轻的道："老四风头真健，伊此番回来是省亲的……"

黄冷听她们娓娓地讲话，知道她们也是操神女生涯的人了，便不高兴再听，回身走出公园。心弦上激荡得很厉害，似乎有什么人从他的心头上夺去一件宝贵的东西，充满着怅惘和忧愁。

黄冷是个爱美的少年画家，他的家中也很有些资产，不过都在他的父母手中。他性喜习静，在家时常在他的画室里，或是作画，或是看书。他的画室装饰得很合美术思想，人们一到室中，便觉得美的色彩触及眼帘，感到人生的愉快。有时他独自出去，在名园中徘徊观赏，或到河滨散步，或到山林访胜，领略自然界的风景，供他笔底挥洒。生平落落寡合，不喜交游，性情十分怪癖。所以他本来的名字不用，自己取一个冷字，足以表示他的个性了。

杏娟的母亲和黄冷的母亲以前是邻居，因为杏娟的父亲生时也是一个很有体面的商人，不幸受人赔累，耗去不少金钱，自己又一病不起，抛下母女俩穷苦度日。幸得杏娟的母亲为人很会做事，人家都喜欢请伊帮忙。三年以前黄冷的母亲患病，家中乏人照顾，适逢杏娟的母亲前来借贷，遂留伊在此照料一切。杏娟跟着伊的母亲同来居住。黄冷的母亲见杏娟玲珑乖巧，也很爱伊。那时黄冷一见杏娟好似有吸力般把他吸住，心中非常爱慕。二人时常聚在一起说说笑笑。黄冷教伊弈棋，教伊吹笛，伊都理会得。不过伊年纪比较黄冷幼稚，不懂得什么恋爱，只觉黄冷的人很好的，所以伊也喜和他亲近。而黄冷见伊一味地娇憨，不禁更是爱伊。曾代伊绘一个半身小像，明眸皓齿，十分神似，特地配了一个精美的镜框，悬在画室中，朝夕晤对。他的友人见了，没有不称赞画中人绰约轻盈，如罗浮仙子。

后来杏娟母女离开黄家，仍还到她们的老屋里去，她们是租在一家破落大墙门内，房金很便宜的。母女俩做些针线，可是在这生活程度日高的时候，总觉得左支右绌，难以维持。杏娟的母亲有时仍要到黄家来，向黄冷的母亲告借。黄冷的母亲很是慈祥，多少总答应的。因为伊知道她们母女实在的苦况呢。

黄冷的心里常有一个杏娟的倩影盘踞着，一日不见，如隔三秋。所以时时要到杏娟家里来盘桓，送些东西给杏娟。杏娟要想读书，却是没有学费，不能入学校，黄冷便时常来做伊的义务教师。却喜杏娟虽然没有根底，而赋性很是聪颖，一教便会。黄冷以为杏娟质美而未学，若能跟着他琢磨三年，定必有成。可惜伊出身寒素，不能入学校去受新教育，这是何等缺憾的事啊。杏娟的母亲见黄冷和自己的女儿如此亲爱，很有意思把杏娟许与黄冷为妻，因为黄冷的人品家世都是很好的，若有了这位女婿，将来可以终身依靠了。黄冷一心恋着杏娟，当然也很愿意。杏娟还是似解非解，连黄冷也捉摸不出伊的心思。本来处女的心都是很神秘的啊。

可是有一个极大的障碍，横亘在他们俩婚姻的路上，而使黄冷觉得困难的，便是黄冷的父母对于这事不大赞成。一则嫌杏娟家产贫穷，和自己门第不对，总要娶一个大户人家的女儿，有些体面。二则黄家媒人远戚姓周，周家生有一对姐妹花，都在女校读书。姓周的因为中意黄冷的人品学问，曾有一度托媒人来说合，但愿给黄冷在姐妹之中挑选一个。可是黄冷迷恋着杏娟，极端反对。以为自己年少，早婚非福，主张从缓。黄冷的父亲一定要使这事成功，将用强迫的手段，代他儿子订婚。恰巧周家有事赴粤，挈眷同往，声明婚姻之事容后再谈，因此遂延搁下来。黄冷心里稍觉宽松一点儿，希望他的宗旨可以达到，对于杏娟依旧没有灰心。

但是杏娟的母亲也知道自己家况衰微，黄冷父母别有所图，当然伊理想中婚事势难成就了。虽然杏娟年纪还轻，不必急急于此，然而母女俩的生活如何长久维持下去，这个问题在伊的心里盘旋着。眼见陈家母女本来也是十分贫苦的，陈氏抚养着一子二女，一些没有遗产，如何教伊能够过活？因为二媛生得比较美丽一些，遂有邻人怂恿着陈氏，将二媛送入娼门去干那神女生涯，这也是不得已的事。陈氏想名誉事小，饿死事大，天不能雨粟，地不能出衣，六亲无靠，一无依赖，还是在女儿身上生希望吧。遂硬了头皮，把二媛送往上海。谁知二媛在上海做了三年，居然成了红倌人，积得许多缠头之资。每年要回来几趟，探望母亲，送些钱给陈氏使用。二媛回来的时候，打扮得花枝招展似的，非常时髦，几乎使一班邻里之人相见不相识了。大家都说黄毛丫头十八变，现在的二媛大非昔比，前后如同两人了。便是陈氏和伊的儿子金生、三媛宝珠，也是有衣有食，换了一种神气，一洗寒酸状态，时时向人夸赞伊的女儿，如何在频繁享受荣华之福。尤其是对于杏娟的母亲，屡次向伊说项，劝伊把杏娟让二媛带去，学习歌唱，不消一年，也会赚钱养母亲了。

杏娟也曾到过陈家，凑巧和二媛相见，称呼伊为二姐姐，很是亲热。二媛见杏娟生得妩媚动人，便对杏娟的母亲说，愿意带她们母女到上海去，包管可以过写意的日子。陈氏也说一个人清打清，饿断背脊筋。现在的世界也顾不得什么，只要有得金钱用，过得安稳日子就好了，劝杏娟的母亲不要狐疑。杏娟的母亲被陈氏说得心动了，不过还觉得有些不好意思教女儿去入娼门，所以又缓了好多时日。

　　这个念头却是恋恋在脑海中，可怜的环境又一重重地逼迫着伊。于是到底顾不得一切了，遂到陈氏家里去接洽这件事情。因为知道二媛在这天回乡来省亲，机会不可再失。于是不到一点钟的工夫，一切都谈妥了，杏娟的命运也定了。杏娟的母亲又见二媛穿着四块钱一尺的织金毛葛旗袍，披着斗篷，踏着革履，走在外边，谁也不能知道伊是娼门中的人啊。杏娟的面貌身材比较伊更要好，将来一定能够胜过伊的。于是伊痴痴地幻想着，似乎有整千的花花绿绿的纸币送到伊身边来了，又似乎杏娟已成了一个时髦的女子了，充满着虚荣心和侥幸心，希望着将来肉体的享受。而杏娟却依然似解非解的，一任环境的支配。好似一个客人坐着小舟，在大海中，全让舟子一路摇去，送到不论什么地方，自己毫无一些主宰，反而喜滋滋地告诉给黄冷听。哪里知道黄冷听了，却平添不少愁绪，变成个桓子野徒唤奈何，心里有说不出的感触呢。

　　窗外的小鸟飞下地来啄食，叽叽喳喳，好似在那里喁喁情话。庭院中的蔷薇花也开得十分鲜妍，在这春光之中，显出一种媚态来，博人们的欣赏和喜悦。然而这是一个寂寞的春日，因为静悄悄的没个人声，只有室中沙发上坐着一个少年，意兴很阑珊地痴望着壁上悬着的倩影，嘀嗒嘀嗒的钟声，机械式地走着，同时他的心里头也是晃摇着不定。这就是黄冷了。黄冷自得知杏娟母女将要赴沪的信息，他的心中代杏娟非常可惜，觉得杏娟便要走入歧路了，恶魔正张着笑脸欢迎伊呢。然而可是杏娟的过错么？不是，这是弱女子被环境支配的结果。环境万恶，金钱万恶，不知葬送了多少可怜的好女儿了。自己若有力量把伊挽回，未尝不是一件美事。但他也被他的环境所困，徒有这个愿望而不能实行，岂不可耻？岂不可恨？

他想到这里，握拳咬齿，似乎很愤慨的样子。幸而这时他家里的人都有事出去，只剩几个仆人在里面，否则给人瞧见了，不要当他发疯么？他抬头又看见了自己代杏娟所绘的小像，觉得那里的杏娟固然娇小可爱，而现在的杏娟又别自有一种处女的妩媚，如春时烂漫的好花，人人喜爱，但可惜转瞬就要供人家的蹂躏和摧残，为谁零落为谁开？杏娟杏娟，你自己不觉得可怜，第三者却为你荡气回肠，不能自已了。

忽然听得有一阵细碎的足声，从回廊里走向书室而来，冲破了岑寂的空气。他的眼睛向外望着，神经异常兴奋。陡地见有一个妙龄女郎，跨进了他的书室，向他含笑叫应道："宝哥哥，你一人呆呆地坐着做什么？"原来正是杏娟。

连忙立起来，勉强带笑答道："杏娟，你来了么？很好，我正在胡思乱想啊。"

杏娟笑笑，立在一架留声机旁边，又说道："你一个不觉得寂寞么？"

黄冷叹口气道："怕寂寞怎样？不怕寂寞又怎样？好在我是静惯的。"一边说，一边看杏娟脸上薄施脂粉，娇滴滴越显红白。眉如春山，眼如秋波，朱樱一点，更觉得妩媚可人。颈里围着白丝巾，身上穿着紫色水浪毛葛的旗袍，便是自己送伊的衣料制成的。脚上穿着白丝袜和新式软底跑鞋。这样一妆饰，更觉得容光焕发，美丽无伦了。

杏娟见黄冷向伊紧瞧，便指着自己身上的旗袍，对黄冷说道："裁缝已做好了，今天第一次穿上身呢。你看好不好？"说着话，款款地走几步，走到窗前。

黄冷道："很好。"

杏娟笑道："这要谢谢你的。"

黄冷便请伊在东边一只沙发上坐下，按着叫人铃，丁零零地响起来。杏娟摇手道："宝哥哥，你不要去叫唤谁到这里，我是怕难为情的。"

黄冷道："今天凑巧我的母亲和他们一起出外去了。我唤仆人前来送茶。你走得不加口渴么？"

杏娟道："谢谢你，我倒不觉口渴。"

这时早有一个女仆托着一壶香茗几只玻璃杯走来，献过茶退去。杏娟喝了一口茶，忽然问黄冷道："你说代我摄的影很好，现在哪里？快些取给我看。那天你去了，怎么一直不来？累得我眼睛都望穿了。"

黄冷懒懒地说道："你要看照片么？不要急，我来取给你看。"遂走到写字台边，开了抽屉，取出三张小照来，授给伊道："一起给你吧。只有立着的一张摄得最好。"

杏娟接过，看了又看，笑嘻嘻地说道："宝哥哥，你的摄影术大有进步了，可喜可贺。"遂放到衣袋里去。

黄冷和伊并肩坐着，很深沉地问道："杏娟，究竟你们几时要到上海去？"

杏娟听黄冷发问，脸上顿敛笑容，皱着眉头说道："我今天便是来和你告别的，后天我们便要离开这里了。"

黄冷听了，很焦躁地说道："怎么后天你们便要赴沪么？"

杏娟点头道："正是。"

伊的声浪也骤然低了。二人对视着，静默了好久，黄冷叹口气说道："杏娟，你们决意要去，我也拦阻不住的，不过……"说到这里，顿住不说。

杏娟的剪水双瞳凝视着黄冷，眼眶中隐隐含有泪珠，柔声问道："宝哥哥，不过什么？你快说。"

黄冷又道："不过上海不是好地方，你是天真未凿的女儿，不知世路险峻，人心诡诈。愿你好好地为自己爱惜着，千万不要走入魔道，自甘堕落。"

杏娟听了，蛾眉深锁，说道："宝哥哥，本来我此番到上海，一半儿喜欢，一半儿恐惧，不去也好。无奈我的母亲一定要带我到上海去了，明天陈家二姐姐已约好，特地回来接我们呢。"

黄冷道："不错，你是不能做主的，都是你的母亲做这主张。唉，但这也不是母亲的主张，却是环境的驱使，是不是？"

杏娟听了不语，隔了一歇，说道："宝哥哥，我是只好去了，以后你若到上海来时，望你要来看我的。"

黄冷点点头，杏娟忽然立起身来，走到留声机边说道："我最喜听这个唱片。"

黄冷道："你喜欢听么？我来开给你听。"遂开了唱机，取几张百代高亭的新片，奏给杏娟听。内有一张小调，杏娟依着唱片，轻启珠喉，曼声而歌，好似很快乐的，顿然把闲态忘却了。黄冷心里却是无限感触，开了一刻，方才停止。杏娟又和黄冷闲谈一番，天色已是不早，钟声正报五下，夕阳已映在屋角了。杏娟便要告辞，黄冷握着伊的手，对伊说道："愿你自爱，将来处淤泥而不浊。上帝保佑你，使你前途平安。"又从身边取出一张十元的纸币送与杏娟道："我想要去买些东西送你的，一时想不出什么，请你收了，自己去拣中意的买吧。"

杏娟不肯收受，推辞再三。黄冷道："你若不肯收时，明明和我绝交了。不要客气。"

杏娟只得谢了收下，向他说道："宝哥哥，你待我的好处，我总不会忘记的。"说罢双目莹然有泪。

黄冷紧握着伊的手，良久不响。方才叹了一口气，放下了，亲自送出大门。杏娟回头对他一鞠躬道："行再相见。"

黄冷目送倩影远去，把手按着额角，一阵迷惘，觉得这世界是个残酷的无情的世界，社会是一只烧得通红的大火炉，人是细弱的鹅毛，正有许多人无抵抗地投入这个火炉里去呢。

光阴很快地过去，转瞬已是数年。黄冷到底由他的父母做主，和周姓的女子结婚了。此时他已成了一个名画家，在外声誉很好。那位新夫人周女士是周家的次女，面貌也生得娟秀。且在美术专门学校里毕业的，所以伉俪间感情很是融洽。但黄冷的心中依旧忘不了以前的杏娟，有时静中想起，觉得芳草天涯，无限慨叹。他也有几次到过上海去，也知道杏娟的住处，因为杏娟曾有信来，互通情愫。虽然现在已有一年多，雁沉鱼杳，彼此不能音讯了，他终不敢走到那里去，一睹晤伊人玉颜。唯有背地里默祝造物仁慈，有一天把这可怜的好女子，从火坑中拔出来，才是伊的幸福。

杨柳青青地垂下它的嫩条，郊外芳草也已从黄色而变为新绿。好鸟在枝头唱着清脆的歌，春天来了。黄冷一时高兴，便和他夫人双双旅行西湖，以便在山色湖光中找觅画情。他夫人也收拾行箧，欣然同往。不料在沪杭车中二等短室里，瞧见对座有一个年近五旬的大腹贾，吸着雪茄烟，傲然自行。旁边一个二十多岁的少妇，短发覆额，穿着一件斗篷，桃涡含春，明眸如水，不是杏娟是谁呢？

黄冷向伊凝视着，几乎要失声喊出来。恰巧杏娟也已瞧见了他，微微一笑，遂立起身来，姗姗地走将过来，说道："黄先生，我们好久没见了，一向好么？"

黄冷突然听得莺声呖呖中"黄先生"三个字，不由心中一愣，暗想以前你不是叫我"宝哥哥"的么，何以几年不见，便换了名称？那三个字何等亲热，这三个字又何等淡薄？忍不住要向伊责问了。继而一想，时光转换，人事变迁，现在的杏娟不是以前的杏娟，现在的黄冷也不是以前的黄冷了。教伊在稠人之中，一旦见面，如何依旧叫得出那个亲热的称呼呢？应该原谅伊的。便也立起来说道："杏……杏娟女士，多谢你。我们都好，你的玉体也无恙么？现在从哪里来，到哪里去？"

一边说着，一边又代他的夫人和杏娟介绍。杏娟对他的夫人含笑点头，妙目注视了一下，带笑说道："恭喜恭喜，我一向还没有知道你已娶了嫂嫂呢。"

黄冷道："是的，我也没有给信与你。"

杏娟又低低对黄冷说道："我已嫁给他了。他姓杨，是上海某某香烟公司的老板。此番同去杭州进香。"

黄冷点点头，看了那大腹贾一眼，又瞧了瞧杏娟的俏面庞。杏娟忽又低低说道："这几年来黄先生总到过上海的，为什么一趟也不来看我啊？"说时面上露出幽怨的样子。

黄冷被伊一问，很示歉意地答道："请你原谅，我实在没空。便是来沪，也是一宿即返的。"

杏娟不语，那大腹贾忽然喊起伊来，伊只得回到原座去了。

黄冷的夫人很狐疑似的问伊丈夫道："我看这个女子是娼门中的人啊？你怎会认识？"

黄冷生恐他夫人误会，便悄悄地把杏娟的出身细细告诉一遍，且说现在伊已嫁了人，不再干那卖笑生涯了。然而嫁着这种自顶至踵满身俗气的大腹贾，真是可惜。

他夫人微微一笑，对黄冷说道："那么你何不早把伊娶来做个小星？遂你护花之愿了。"

黄冷叹口气道："你不要胡说取笑，我是可怜伊的沦落呢。"

他夫人又道："你可怜伊的沦落，或者伊却很安适地过伊日子。你到底是个痴情的人。"

黄冷仰倚着椅背，默然不答。车轮辘辘地转个不停，已过了松江。只见大腹贾买得一小黄篮的小蹄，一个人细细咀嚼，问杏娟可要吃。杏娟摇摇头，只是倚着车窗，眺望外边的野景。停会儿，那大腹贾又从藤箧中取出两只梨来，教杏娟削，杏娟就取过小洋刀，徐徐地把两只梨削好，两人同吃着。杏娟时时横波睇视到这边来，但一和黄冷的目光接触着，便低下头去了。

夕阳影里，杭州的雉堞已呈现在一班客人的眼帘里，汽笛呜呜地报告目的之地已到。等到火车进站，靠月台停住。大家纷纷下车，黄冷夫妇带得一二个行李，早有一个脚夫上来代他们携下。这时见杏娟和那个大腹贾同时也走下车来，带着不少行李，有两个脚夫代他们携带着。杏娟回过头来，对黄冷和黄冷的夫人点头说道："行再相见。"叽咯叽咯地踏着高跟皮鞋，紧随那个大腹贾而去。

黄冷的耳朵里依旧听到这个"行再相见"四个字，但是到底再相见时，却不知在何日，又作何光景了。

附录：

民国报刊、文集摘选
顾明道短篇小说

恋爱之果

　　天地间的植物一到成熟时候，都要结果子，有的果子好吃，有的不好吃，各个不同，不但如此，世上一切事情，有因必有果，没有不归宿的。

　　现在少年男女都喜欢高谈爱情，自以为满贮着热烈的情爱，两性都像阴阳电般一触即通，又像磁石和铁互相吸引。当他们初逢的时候，好似蓓蕾的花，色香鲜艳，欣欣向荣，海可枯而情不可枯，石可烂而情不可烂。但是，究竟他们结的果又怎样呢？唉！请听 BB 女士说的一段话。

　　BB 女士道，无论什么人，在他的青春时候一定是充满爱情的，这也是生理上的作用吧，不过有些人受了很深的戟刺，遂把真正的爱情秘而勿露，或是浇了冷水般渐渐消灭，久而久之，自己也不觉处处透露冷淡沉寂的态度，人家都视他为忘情了。其实，人非草木，孰能无情呢？即如我在十六七岁的时候，爱好的心日长一日，有几个同学姊妹把许多言情小说借给我看，其中我所喜欢读的便是《红楼梦》《泪珠缘》《情网》《梅花落》《迦因小传》《红礁画桨录》《玉梨魂》《孤鸿影》等几种书，花晨月夕，把卷闲览，觉得书中人物没一个不是缠绵多情。我于是才知道爱情是什么，并且藏着的情，敢说是纯洁高尚的，差不多和那几种书中人物相像，但我不愿意蹈这些人的覆辙，常私下默祷，将来花好月圆，可使有情人得成眷属，使我一片高尚的爱情用之得宜才好，所以，我总以为有一个好结果。在我心里面怎样是好结果呢？便是艳情小说中所描写的了，何等旖旎，何等美满！虽是小说家言，当时我是深信不疑的。

有一天，机会来了，那个机会，我起初也不晓得是增我幸福的呢，还是陷害我的。直到今天才明白，因为表姊出嫁请我去做护新人，我自然格外打扮得清丽，临走时在镜中照见我自己的倩影，果然又婀娜又流丽，足当得美的一字。等得到了那边，许多亲戚姊妹都围着对我细瞧，我笑道：

"今天你们不是要看新嫁娘吗？我又不是新嫁娘，怎的紧对我瞧呢？"

他们都道：

"像你这样美丽，可以胜过新嫁娘了。"

我知道一张嘴斗不过他们，遂推开众人，赴到表姊边和她谈笑。她很忧愁地说道：

"不瞒妹妹说，今天我不知怎样，小鹿撞在心头，只觉得坐立不安，我是腼腼腆腆见不来人的，况又文明结婚，不用喜娘，没有保护，所以要请妹妹一同去。稍停倘有闹房，请妹妹挡一阵，我晓得你的口才是好的。"

我很高兴地还答她道：

"你不要害怕，我是常山赵子龙，一准保你的驾好了。"

她道：

"妹妹已经答应，我也放心了。"

不知不觉吃过中饭，忽听门外人声、炮声、锣声、军乐声、清音声，夹杂一片，闹得震耳欲聋，男宅来迎娶了。新郎骑着马先到，众人都去偷窥，我只伴着表姊不走，见表姊面上更是红晕，盈盈欲泣。我心里不觉转念道：旧式女子出嫁，多大都在哭，因为她们一日离开十余年来生活的家庭，去到人家做媳妇，和一个素不识面的男子相处，自然觉得悲伤，若换了自由结婚，那么本来女子生而愿为之有家，得和情人厮守到老，有什么悲哭？我的表姊也未免多作态，不知我将来嫁时怎么样。想了一会儿，我的同学王培英是和我一起做护新人的，她催着要先去，我遂别了表姊等，先和培英坐了轿子赴到男家那边。也有女宾出来招待，我们坐在一间房里，窗外面人头挤挤，都来看我们，议论纷纷，我也不去管他，仍旧谈笑自若，又到新房中去观瞻一番，果然十分华丽，不时，彩舆到了，赞礼员等新娘出了轿，在礼堂上便高喊：

"男女宾入席！"

我们慌忙去扶着新娘和新郎并立，结婚的礼节应有尽有，不必细表。只是新郎那边两个护新人中有一个西装少年，戴着罗克眼镜，尽向我目眈眈地注视着，后来，我代新娘交换饰物，那少年把新郎的戒指传给我，我也把新娘的戒指传给他，他却在我的手指上轻轻捏了一捏，还对我微微一笑。我暗想：他也是个轻狂儿吧！婚礼完毕，新郎、新妇都入洞房一贺，众客都来看新娘、闹新房。内中有一个闹得最是厉害，新娘几乎要哭出来了，那就是护新人的少年。我想：我适才曾拿常山赵子龙自命，此刻表姊这样受窘，我难道可以袖手旁观吗？那时，我不顾什么，挺身而出，对着一众来宾大讲闹房陋俗应当怎样改革，并说，诸君都是二十世纪中的新人物，中国的主人翁，不应随波逐流做那无谓的举动，以长恶风，即或一时游戏，亦不过谈笑数言，不能过分剧烈，使人难堪。他们不防斜刺里有我出来发言，大家立着鸦雀无声地听我演说，末后，大家都默然无语地退出去了。临走时，那少年也说道：

"这个真是女丈夫，好厉害！"

我不觉暗中好笑，众女宾见我片言却敌，也十分佩服我，我想这些话是大家会说的，只没有人敢行罢了，从此可知道天下事只要大着胆子做，若然畏首畏尾，没有不失败的。自从表姊出嫁一月以后，我是照常读书。

一天，正是星期六，同学蔡时珍在早晨先对我带笑说道：

"今天下午姊姊可到留园去？"

我道：

"为什么要到留园去？"

她从怀中取出一张小照，对我低低说道：

"有一个人要和你做朋友，不知你肯不肯呢？"

我接过那照一看，原来便是护新人的少年，遂道：

"他为什么要和我来做朋友？"

时珍笑道：

"这个我倒不晓得。他姓贾，名钟情，是我的表兄。据他说，

124

自从那天在张家吃喜酒时候遇见我姊，便心悦诚服，许为女界之英，一心要和你认识。他打听得你和我同学，所以前天特地托我前来向我姊致意，如蒙我姊不弃，愿意下交，约好今天下午在留园聚谈，不知我姊去不去？”

我道：

“我们女子怎好轻易和一个男子结交？怕不要被人说话。并且那人恐怕也不是十分可靠的吧？”

她道：

“好姊姊，你也未免固执了，现在男女交友，外面很多，只要态度光明，怕什么人家议论？至于我那表兄为人如何，那么姊姊前去一见之后，便可晓得。倘然性情不合我姊姊，不赐他的脸，难道他好硬挨上来的吗？”

我一听她话，心中有些忐忑，便点头答应。一到午后，我们二人早换上一身衣裙，装饰整齐，出得校门，慢慢走出胥门城，喊了一辆马车坐着，直到留园，买票进去。果然见那个贾钟情在荷花厅背后烹茗等候，一见我来，便起立鞠躬，时珍代我们互相介绍，一同坐下，他遂很恭敬地和我谈起话来。我才知道他在本城某大学里读书，细细察看他的言语举动，对我极是诚挚，没有一些轻佻的样子，我暗想：那天错怪他了。他把他所作的诗词送给我看，要我和他几首，我接了。这一天，我们直谈到一角斜阳挂在林梢，园中游人零落散去，遂握别而回。

那夜，我回到校中，把他作的诗词一首一首地细读，觉得字字珠玑，语语清新，有《春柳四首》，尤其做得情感缠绵，寄托幽远，使我钦佩的心不觉油然而生，我也喜欢弄笔的，便用原韵和了两首。

隔几天，他有信给我，请求我许和他做朋友，并送我不少很值钱的信笺、信封和小说、图画等类，约我下星期日仍在留园把晤，我如约而去。从此，我们交情又进一步，他也常常到我校中来探望。

有一次，他送给我一条金链和一个鸡心中藏着的照片，我要还他，他哀求道：

"这是我的一片诚心，女士若然不肯接受，比把刀刺我还要使我难过，万望你收了。"

老实说，我此时一颗心已被他的甜言蜜语所动，不由自己做主，总以为天地之间唯有他一个人是我最亲爱的朋友了。以后，我又知道他家道很富，将来他还要出洋留学，志向很大，鹏程万里，真是莫可限量呢。

唉！世上的婚姻成就不成就，十九都要靠金钱做后盾，容貌做先锋，像他的容貌，生得面白唇红，翩翩风度，大有傅粉何郎的俊美，更加他雅善修饰得是一位时髦青年，应酬功夫又周到，不要说我容易被他移动，便是换了别的女子见了，恐怕心里没有不爱的。大凡女校学生拣选她们的丈夫，最喜漂亮，宁可胸中学问欠缺些，这个外貌不可将就，因为他们俩要在将来结婚之后鹣鹣鲽鲽，携手同行。若使换了一个不漂亮的，岂非觉得扫颜？并且学问是暗的，外貌是亮的，当今之世，还有讲究实在的吗？所以我敢说他正是一班女学生的理想的丈夫，而且他又是有金钱做后盾，我怎能不入他的彀中呢？他常常送给我许多礼物，像粉啊，香水啊，皮鞋啊，手帕子啊，衣料啊，哪一个女学生不爱的？那时，我虽然自命为神圣高尚的女学生，然而见了这些东西也觉得可爱而不怍，直到现在才知道都是假的了。

春假、夏假中，他常约我私自出游杭州的西湖、江西的牯岭，以及上海、无锡、南京等处，各地名胜都被我们游到，在他花去不少代价，可是在杭州西湖上那一月夜，我还记得在三潭印月边他向我跪下求婚时，我却应许他了。

娶妻如之何，必告父母。他和我虽是自由订婚，但他家中还有父母，所以便去要求，好在他的父母凡事都听从的，便托媒人来我家说亲，好像这个旧社会的惯例是必须经过的，有他这样人品家世，我父母自然一口答应。择了吉日，文定以后，我算是他的正式的未婚妻了，我们俩时常仍聚在一处。可是富贵人家没有一个不想早日代他儿子娶媳妇的，所以，隔得一年，他家因为我已中学毕业，便送日期来要结婚，我想他尚在大学二年级，还不曾卒业，将来还要出洋，早婚岂是我们的幸福？不如姑缓当下。便将这一层意思讲给他听，谁知他却不以为然，说道：

"我是早想那画眉之乐，若然要等我出洋回来再提婚事，我们年纪不要大了吗？那时或者发生变故，也未可知。我现在和你结婚后，我们再继续求学，将来也可一同出洋，岂不是好？落得安慰我父母的心，劝你不要违抑我。"

听他说话也未尝没有理由，只好默认了。他喜气洋洋地回去办喜事，两家都很忙碌，我父母是要场面的，件件都求出色，讨好着，实为了我用去不少金钱，费去不少精神，方才花团锦簇地嫁了我出去。

诸位年轻的姊妹们，你们或者是个未嫁的女子，你们大概理想，嫁后当享什么幸福，怎样快乐，怎样有味。大家要想将来可以得一个满意的嫁后的光阴，不错，这样的理想十个女子可以说几乎十个都有的，假使没有这种理想，她们不要嫁了。我现在敢说，嫁后光阴最甜蜜、最快乐的便是蜜月，我与他在这蜜月中简直可以说有形皆并无影，一准可灯前月下，自由快活。但是，这三十天的光阴像火车般飞也似的过去了，后来，我们虽是相爱，不知为什么，总觉得没有见这三十天里的真心快乐了。

他自从和我结婚以后，一眨眼已过一年，我本想出外求学，怎奈不得他家庭的谅解，并且我舅舅要荐我到本城一个女子高小里教授，我就暂执教鞭，姑试我能，不过我觉他读书不甚用功，或者是因为恋我的缘故，以致分去他的心思，也未可知。这样，我便想到早婚的害处了。我因他会作诗，空时便和他讨论诗词，谁知他一味推诿没空，我心中有些不快。后来我才知道，他前次送给我看的诗都是向他同学方面抄得来的，他自己中文程度也不过平平，哪里有这样高才呢？并且他对待我的情景不似以前那样恭顺。

原来，我们在未婚以前，大家因要达到一种快乐的目的，所以，各人都把本来面目把个假面具戴上，虽有不好的脾气，却能勉强制住，做出光明、和平、热爱、高尚、恬静、儒雅、温柔、谨慎等种种的好模样，现在婚后这事已经过去，大家揭去假面具不客气起来，那又能怎么样呢？所以，有几次，我因和他意见冲突竟大争起来，他握着拳头，恨不得要把我痛打，我想，他前日的温柔美德到哪里去了？他虽然到底不敢打我，但我却失望已极，哭起来了。唉！哭也何用？我不要学那旧派女子无法可想时去把哭来动她丈夫的怜心，所以，我以后也不哭，只是默察他的行为，他以前说要去出洋，但他现在却绝口不提了。他各种行为好似都已改变，唯有修饰外貌这一端较前更要进步，人家见了他翩翩风流，都对我说："你好福气呀！有这样美貌的丈夫。"我自己仔细想想，有什么福气呢？人家都不知道内容，所以这样说罢了。后来，他在大学里毕业，我有意问他道：

"你究竟还要出洋吗？"

他对我说道：

"我若出洋，怎生舍得离开你呢？"

我冷笑道：

"多谢你，但是前番不是说过我好和你一齐出去吗？"

他摇摇头道：

"这恐怕能说而不能行的，我的父母怎肯应许呢？"

我道：

"你的说话都是能说而不能行的，直到今天我才明白。"

谁知他道：

"你也懊悔吗？"

我道：

"那是自然。"

他冷笑道：

"你也来不及了。"

说完话，便走出房去。

他毕业后也在本城某中学里教授西文，他每日回来，不是喝酒，定是和邻人打牌，有时也要出去，直到黄昏后一二点钟才转回来。我哪里肯等他？向他提出警告，他只是含糊答应，并不尊重我的话。

后来，又有一件事几乎使他堕落。原来我家同居住的有个女郎，年方十九岁，在某中校里读书，容貌很好，时髦得很，不知怎样，他们两人时常聚在一起谈话，好似很密切的，也有人告诉我，说他送饰物给那女子，我不敢决定，后来，被我遇见，他们在后园中接吻，我就走过去责问，羞得那女即逃开去了。我就将详情告诉翁姑，他们对他责备了几句，大家各要面子，不曾声张出去。从此，他虽不敢和那女郎厮缠，可是他对我的爱情更破裂了。

暑假后，他辞去了教务，靠着他父亲的力量到北京财政部里去做事。他和我离别时没有恋恋的样子，我对他也觉得这样，不知为什么缘故。

北京的空气污浊极了，像他这样的人，到了那里，自然心猿意马，坚守不住。一去二年，有人回来传说，他已娶了一妾，我向翁姑责问，他们都不相信。我为要解决这个问题，便亲自赶到北京，果然被我找着，是一位很美丽的女学生，又知道他们曾在某大旅社结婚，且有某某政客做主婚人，并不算什么小星的。我得到凭据，气得几乎要死，星夜赶回家中告诉了我父母，便请律师告他重婚之罪，结果他们赔偿了五千块钱，两下脱离关系，到底是女子方面吃亏，我遂做了离婚后的女子了。

回想我以前，不是满储着情爱吗？但到现在，却受了刺激，消磨殆尽。不过我和他的结合并非一无爱情像盲目式地结婚的，尚且我们的结果会有这样可悲，那么那些盲目式的结婚，其结果更有难言了。爱情，爱情，什么是爱情？简直是欲罢了。以前他向我欲心方高，不惜屈己，用种种手段来达目的，等到目的已达，色衰爱弛，积久生厌了。大约越是自命多情种子越是容易犯这种病，或者有人说我们爱情不是真的，但我却不敢承认，大约美貌的丈夫有些靠不住吧！我还要替他那位新夫人抱杞人之忧呢！唉！这是爱情的结果。

原载《新月》（1925）

滑稽新游记

胡寄尘先生撰《滑稽游记》，登之《小说世界》附本，诙谐有味，兹戏仿其体，为新游记。

却说唐敖多九公林之洋（见旧小说《镜花缘》），三人坐着帆船，带了不少东西，离了女儿国漂洋出去，一路乘风破浪，早又到了一国，名唤惰人国。唐敖道：

"奇了，国名惰人，其国民之惰，可想而知，倒要去参观一番。"

林之洋道：

"此处的人民懒惰得很，不大高兴劳动，没有什么交易可做的，不过陪姊夫去走走罢了。"

三人把船停了，遂带些东西，一齐踱上岸来。见惰人国里的人走起路来，多是软洋洋的，没有气力。这时已是午刻，家家店铺方在开门，原来，他们办事的时候，正在起头，见了林之洋等，也不睬不理。有许多人坐在路上打瞌睡，好像一夜没有睡

132

过的。

走了不多路，见前面有一座茶寮，兼售点心酒菜，三人走上楼去，见楼上已是坐得满满的，好容易拣着一个座位，一同坐下。见那些茶客身上都是肮脏得不堪，有的坐在那里洗面，他们漱起口来时，不用牙刷和牙粉，却把自己手指伸进嘴去，搓搓淘淘，便算了。唐敖见此情形，不觉好笑。多九公道：

"这些人镇日价喜欢混在茶馆中，一起身便走来，洗面用点都在这里，藤榻上横横，品品茗，喝喝酒，别的事情一概也不管，他们自以为名流清雅，不知道他们原有很大的土地，渐渐被那邻境的劳动国侵占去了。国势濒亡，还是逍遥自在，犹如睡在梦里，这种百姓真是又可笑又可怜。"

三人正说着话，却见对面有一个少年正在吃面，他懒得不肯动手，却把嘴凑到碗上去吃，不料那面很长，一半吃到喉咙里，一半却在碗里。这也是切面的躲懒，不肯细切之缘故，引得林之洋哈哈大笑，少年却若无其事，再把那一半缩进口去，多九公道：

"这真是长寿面了。"

三人坐了一歇，立起身走下楼去。林之洋见楼下藤椅上躺着一个男子对他瞧着，好似要买他的东西，林之洋便走去问他。他道：

"买是要买的，可惜身边没有带钱。"

林之洋问他府上在何处，他道：

"在对门。"

林之洋暗想：对门可算近极，难道不能回家去拿吗？天下真

133

有这种懒人，也就笑了一笑，同二人回到船上，唐敖只是深深叹息。二人在船上吃了午饭，便命舟子开船。

青山隐隐，前面又有陆地了。唐敖问道：

"前面又是什么国？"

林之洋答道：

"乃是矮子国。"

唐敖道：

"哎呀！矮子肚里疙瘩多，不好惹的。"

多九公道：

"他们都是短小精悍，一味进取，向他们的西邻华国发展势力，实是咄咄可畏。"

林之洋道：

"不过他们都用卑鄙恶劣的手段，以巧取胜，占一时的便宜，终究不是正大光明的道理。"

唐敖道：

"那是阴险小人，我们前去倒要小心提防。"

一霎时，船到岸边，落了篷，抛了锚，正想上去，却见有一队矮子，都穿着制服，挟了快枪，向他们船边走来。有一个领头的说道：

"现在我们这里拒绝中国人入境，所以你们不能上岸。"

林之洋道：

"这是什么道理？我去年也曾上过岸的。"

矮子道：

"没有什么多说，我们奉着长官命令，只知道照公办事，你

134

们快去，不然要用枪打了。"

三人见他们如此蛮横无理，只好回船。离开矮人国，再向前走，早到了猪仔国。唐敖道：

"怎么叫猪仔国?"

多九公道：

"猪仔国的人民都靠着养猪过活，等猪养大了，便运销到他的邻国去。每只猪值价五千元，岂不是第一等好买卖?"

唐敖道：

"猪的身价有这么大吗?"

多九公道：

"那邻国一向没有猪的，每年选举总统时，必要杀猪，所以价钱抬高了。"

三人遂又停下船。上得岸来，见那些人民都穿着黑色衣服，每人手里总是牵着一只猪或是一群猪，真是唯猪为命了。林之洋道：

"我悔不运些豆饼到此地来卖卖，包可获利。"

多九公道：

"若是你能带得一二百头猪到那邻国去卖，更要发财了。"

林之洋道：

"不错，这是我的失着。"

唐敖、多九公因为岸上无处游玩，臭气熏天，遂先回到船里去喝酒。稍停，林之洋做了几处交易，也就回来了。这夜便在猪仔国歇了一宵，夜里，只听岸上猪声狂叫，闹得不能安寝。天明时，便立刻扬帆启行。

不多几天，又到得大力国，唐敖正睡在舱里，林之洋把他唤醒，问他可去走走。多九公握着一本书，正在舵楼上闲瞧，说道：

"我是不去了，他们都是力大如虎，蛮勇非常，前几年我和他们握手为礼，险些把手臂折断，到现在还做了毛病呢！"

唐敖道：

"我倒要去看看。"

遂和林之洋走上岸来，见大力国的人民生得躯干伟大，平常的人总有一丈多长，腰粗膀阔，尽是赳赳夫，一见他们，却非常客气，过来要握手。二人听见多九公已吃过亏的，不敢冒昧，却把手拱拱，算为答礼。

一路走去，见他们用的器具什物都是石做的，他们拿起一二百斤的物件，行所无事，他们最喜用鼻烟，林之洋做了不少生意。可是在他们将要回到船去的时候，有一个大力国人赶来，把他们一手一个提在半空玩弄，如拈灯草，唬得魂不附体，幸亏那人并无歹意，直把他们提到船上，轻轻放下，才回身跳到岸上去。唐敖只是咋舌，多九公道：

"这些人力气虽大，做事倒很直爽，不比矮人国刁钻促狭，什么丧天害理的事都要做出来的。"

林之洋道：

"可惜他们缺乏智慧，有了力气，仍旧没有大用。假使智勇双全，那还了得？"

唐敖道：

"这大力国人，若然能够请得一个回到我们国里去，包可称得大力士，什么孟贲、夏育，不足道了。"

多九公道：

"可不是吗？有些大力国人都到华国去奏技，夸他的力大，去骗华国人的钱，华国人居然会上当的。"

唐敖道：

"华国民风懦弱，所以见了这班大力的勇士，便敬若天神了。"

三人讲了一番话，林之洋又命开船到猜谜国去。路过一处，隐隐见烟雾弥漫，黑气笼罩，唐敖便问：

"此是何地？"

林之洋道：

"这是烟毒国，内中国民没有一个不吸烟的，鸦片啦，香烟啦，各个人都吸得很大很深的烟瘾，子子孙孙遗传下去，受了烟毒，国民都变成病夫，本来很富的，但是因为吸烟的缘故，弄得贫弱不堪了。那里到处烟毒，不论什么人，一到那边，都要弄成瘾的，所以，我每次往来，终不敢前去一试。只有白毛国人，每年要去销售烟叶，不知好几千百万的金钱被他们赚去了。"

唐敖听了，叹息不语。

隔了一天，已到猜谜国。三个人一同泊住船，上得岸来，见那猜谜国人说话都不肯直说，大家用着谜语，虽也有趣，但遇着要紧的事，岂不要急死人吗？

林之洋等走到一家人家，乃是老主顾，主人是一个长髯老者，先向林之洋买些东西，不知用了几多谜语，幸得林之洋是熟人，都能理会。末后，林之洋要问老者买些土货，老者道：

"我们有一种东西，你们要买吗?"

林之洋道:

"什么东西?"

老者道:

"你猜猜看。"

林之洋问道:

"可是动物?"

老者摇首道:

"不是。"

林又道:

"是矿物吗?"

老者又道:

"不是。"

林之洋道:

"可是植物?"

老者点点头。林道:

"可以吃得吗?"

老者摇摇头。林又道:

"是经过人工做的吗?"

老者点点头。林道:

"长的可是?"

老者点点头。林道:

"圆的吗?"

老者摇摇头。林之洋道:

"颜色是不同的吗?"

老者点点头。林道:

"是人穿在身上的吗?"

老者又点点头。林道:

"可是布?"

老者摇摇头。林道:

"可是纱的一类?"

老者道:

"是的。"

林之洋道:

"敢问叫什么名目?"

老者道:

"虫入凤中飞去鸟,京里大水。"

林之洋道:

"是不是凤凉纱?"

老者笑道:

"被你猜着了。"

林之洋又问:

"每匹价钱几何?"

老者道:

"横川。"

林之洋道:

"三块大洋一匹吗?"

老者道:

"是的。你要买几匹？"

林之洋道：

"瀛洲学士之数。"

老者道：

"十八匹吗？"

林之洋道：

"是的。"

老者遂很高兴地走到里面去了。唐敖哈哈笑道：

"买一样东西要这般你猜我猜，岂不耗费光阴？兀的不闷死人也么哥？"

林之洋笑道：

"我告诉你一件故事吧！从前有一个猜谜国人，正在田中种田，忽然有一个邻人急忙忙地跑来唤他，那人便问：'何事？'邻人道：'试猜。'那人道：'小事情吗？'邻人道：'不是。'那人道：'那么大事情了？'邻人道：'是的。'那人道：'喜事呢，祸事？'邻人道：'祸事。'那人急道：'什么事？'邻人不慌不忙地说道：'女有两乳，水草各一，三口一丁。'那人想了一歇，知道女有两乳是个母字，水草各一是落字，三口一丁是个河字，方才大惊，三脚两步，飞也似的赶到家里，他母亲已溺死了。不然早些去救还来得及，你想可笑不可笑？这里又有个猜谜馆，停歇我可陪你们去走一趟。"

那时，老者已肩着风凉纱走将出来，林之洋接了，付去纱资，三个人一同告别而出。唐敖催着要到猜谜馆，林之洋遂引着走到馆里，见四壁墙上都粘着猜谜纸条，有许多人坐在那里烹茗猜谜，正是好整以暇。唐敖等走去一看，都是很容易的谜面，有一条写着两人做工打一字，唐敖过去扯将下来，说是一个巫字，管事人忙答对的，便将赠品奉上，都是很精雅的文房用具。又见一条上写书香后代，代中国古人名，唐敖猜是文种，也被猜着，同时多九公也已猜中数条。唐敖笑道：

"这样容易，不够我们猜的。"

唯见一条上写碗底炒豆，落去两粒，试打一字。唐敖搔搔首道：

"这个倒有些难猜。"

林之洋却大声喊道：

"是个心字。"

管谜的点首称是，即将赠品送上。唐敖忙问：

"怎样说？"

林之洋大笑道：

"心字的底，不是像碗底吗？旁边两点，不是两粒豆落出来吗？"

唐敖、多九公听了，不觉好笑。林之洋又见一条，上写一个○字，是猜国名，遂问道：

"可是空心国？"

果然又被他猜中，十分得意。唐敖笑道：

"这个要让你了。"

不多一歇，共被他们猜中二十余条，赠品多得拿不下了。猜谜国人大家对他们看，露出奇异的样子，三人遂出了猜谜馆，回到船上，放下赠品，大家闲谈猜谜国的风俗，十分有趣。

有一天，他们的船路过一国，唐敖正在眺望，见岸上有一男一女，都是赤身露体，一丝不挂，立在海滨谈话，忙问林之洋道：

"请教这是什么国？"

林之洋道：

"这是裸体国。他们国民都不穿衣服，提倡赤裸裸的美，见了客人，大家拥抱，周身都要摸到，这是他们的礼节。我们若要上去，非得脱得赤条条的不可，否则要被他们驱逐。有一次，我因要做生意，脱下衣服，裸体走上岸去，却被一个妇女把我搂住，上下乱摸，唬得我连忙逃回船中，以后我一直不敢前去了。"

唐敖道：

"风俗真是各处不同的，齐东野语，竟或有之。"

不多时，早行过裸体国，来到非孝国。多九公道：

"里名胜母，曾子不入；邑号朝歌，墨子回车。国名非孝，那国民一定是暴戾凶恶的，我们不要去吧！"

林之洋忙道：

"不，不！他们只不过不孝父母，对于社会事业，却很热心，对待外人也很有礼。"

唐敖道：

"未有仁而遗其亲者也。这倒奇了，我们不可不去参观。"

林之洋遂吩咐停船，三个人走上岸来，见那里熙熙攘攘，甚是热闹，市政清洁，有文明气象。唐敖一路观赏，有些不信林之洋的说话。忽见东边奔来一辆人力车，车上坐着一个少年，穿着一身西装，拖车子的乃是一个白发老翁，一见林之洋，连忙喝住车子，跳下车来招呼。原来，林之洋前年到此和他相识的，拖车老翁也过来问好，却被少年厉声斥开。说了几句话。少年便道：

"我因救火会开会，失陪了。"

重又坐上车子，喝老翁快拖，林之洋叹口气，告诉二人道：

"这拖车老翁，乃是少年的生身父亲，少年乃社会家，热心公益，可是待他老父却凶恶非常，以为这种年老之人，是社会上分利分子，所以叫他拉车，给他饭吃，不承认是他的父亲。可怜年老的人代他儿子拉车，只有非孝国人行的了。"

唐敖、多九公都摇摇头道：

"不通不通，天下岂有这种道理？"

说罢，一路走去。只见斥父打母的，所在都有，往往儿子做官，父母做苦工。唐敖不忍再看，便要回船，林之洋做了两处交易，才一同到得船上。唐敖便催着开船，快快离开这罪恶之地。

那夜，唐、多二人在船上作了几首诗，以写感怀。唉！天下只有狗类长大起来和母狗不相认识，大家自立去寻食吃，绝没有感情，不想人类也有这般行为，无怪唐敖等要慨叹了。

一帆风顺，早到销魂国边，林之洋道：

"这销魂国是不容易去的，那里的妇女容貌、风度，天然生得美丽，而且家家卖淫，是个淫风极盛之国。此番我带了不少化妆品前去兜卖，多少可以赚些钱来。你们要去走走吗？"

唐敖好奇心胜，一定要拖着多九公同去，三人遂上得岸来，果然见有许多妇女，装束妖冶，眼波送情，足够使人销魂荡魄。林之洋一家一家走去求售，果然卖去不少东西，袋中金钱也渐渐满了。不料走到一家人家，里面有三位姑娘，扑地把门关住，不放他们出去，叫他们的男人看守门户，要留他们住宿，弄得三人走投无路。多九公更是发急，一问夜度资，每人要大洋十元，唐敖道：

"只有逼赌，没有逼奸，快快放我们出去，否则要报告警察了。"

三位姑娘笑着骂道：

"你们不是阿木林，定是猪头三，现成快乐不会享受，却要紧走，非得拿出三十块钱，休想出我们大门。你去报告警察，也是无用，你们真是不知哪里来的曲辫子。"

说罢，她们都把衣服脱去，赶上前，定要和唐敖等干那勾当。多九公早被一个姑娘抱在怀里，摸他的胡须，急得他连喊："该死该死，不要脸！"林之洋看看势头不好，只好在怀里拿出三十块钱，放在台上说道：

"你们拿去吧！老子们不高兴和你们同睡。"

他们见有了钱，也只好把三人放出去，三个人一溜烟逃回船上。林之洋一算，赔了三十块钱，可算白做交易，只喊晦气。却又听船边莺声呖呖，探头一望，原来又有几个卖淫的妇女要走上船来了。林之洋忙喊开船，于是他们离了销魂国，另往他处开去。海阔天空，不知又到什么奇怪地方去了。

原载《新月》（1926）

神秘之声

　　神秘派的小说是最要含有神秘的意味，使人看了，
似懂非懂。我前次在《红杂志》上作过几篇，现在众星
团拜，我要再来一个，列位若然看了不懂，这是我神秘
派小说的成功。

　　不知在哪一年，胡驼城的东门外本是一片荒地，古墓垒垒，
都是流离之骨，忽然发生了奇怪的新闻。原来，不知哪一天，有
一个醉汉在半夜里从朋友处吃醉回来，走过那地方，忽听有一个
墓中发出嘻嘻哈哈的笑声来，他认道是鬼，不觉一吓，把酒醒
了。再听时，却又听得一种音乐声音，很是好听，他又十分惊
奇，忙奔回去，把众人喊去同听。有几个胆大的人跟着他去听，
却又换了一种读书声音。众人听得很是清晰。
　　明天，这件事便传扬出去，一众人都成群结伴地来听那墓中
的怪声，果然天天不同，有时哭有时笑，有时百鸟齐鸣，有时锣
鼓喧天像里面正在做戏，有时又有千军万马之声，弄得众人莫名

其妙。

恰巧城里有一个大力士，姓秋，名平，他很有胆力，得了这个消息，心中暗想：绝不是闹鬼，稳是墓中有什么秘密的机关，不入虎穴，焉得虎子？何不亲自入墓探寻一个究竟？主意已定。恰巧有一夜，风雨凄凄，东门外没有人敢去听了，秋平遂结束停当，挟着一口利刃，背着铁锄，悄悄地独自出得东门，冒着雨来到荒冢近处。在那风雨声中，隐隐听得有像机器开动的声音，好生奇特，循声而往，走近一个很大的墓前，那声音似乎便从这个墓内传出。

秋平大着胆，举起铁锄，向那古墓便掘，不过几锄，豁刺刺一声响，那墓便直陷下去。忽有一道红光从墓中射出，照得秋平两目难睁，秋平回身便跑。半空中好似有物追来，虎啸龙吟，秋平幸亏逃得快，一只左膀却切去了，昏倒地上。

原载《新月》（1926）

间接杀人的罪犯

凡使这信我的小孩子里一个跌倒的，倒不如把大磨石拴在他的颈项上，沉在深海里。

——《马太》第十八章第六节

上海地方是个污浊世界，年轻而没有定力的人一到那里，目迷心眩，自己就会不知不觉地堕落，这真是社会的罪恶了。

邹学善在中学校里读书时，下本是一个纯洁的基督徒，读《圣经》，祷告，非常热心，所以他的道德很好，全校学生都称呼他是一个规矩人。后来，他毕业了，他就想到社会上去任事，他不做传道人，也不充教员，却被一个亲戚荐他到一家很大的洋行中做事。因为那个地位很好，所以他很高兴地答允了。

他到了上海，眼瞧着那繁华的景象，和家乡的不同，起初很觉得不惯。他住在寄宿舍里，和一个姓许的同房间。那姓许的是一个浮薄子弟，外貌非常漂亮，专喜出去浪游，常要深夜归来。

147

他的一张桌子上，放满了化妆品，还有什么柯达快镜啦，皮鞋啦，画报啦，名花艳影啦，电筒啦，香烟罐啦，杂乱得不成样子。那墙壁上还挂着一张四寸长的裸体画，栩栩如生。姓许的没事时，常对这画瞧着，借以消遣。有时还取出许多模特儿照片来，给邹学善看，邹学善连说罪过罪过，心里实在觉得这世界污秽不堪。

说也奇怪，人心是活动的，时时在那里变动，基础不固的人更容易受诱惑，后来，邹学善样样都觉得司空见惯了，渐渐也喜欢问津。《圣经》也不读了，星期日也不上礼拜堂了，早晚不祷告了。姓许的就引他出去游玩，起先不过看戏饮酒，后来却到秘密地方去了。他也觉得其中很有兴味，把学校中所受的教训完全忘掉。他先后已做了两人，他简直是堕落了。

种瓜得瓜，种豆得豆，所以他最后亏空了行中几千块钱，一经发觉，两个人都被歇掉。那邹学善还被行里告下，要追偿原款。此时，他也真可怜了，结果便出于自杀。

所以，圣徒当造基础在磐石上，不受外面的风雨飘摇，社会的罪恶，像很猛烈的火炉，万万不可失足。每逢遇到试诱的机缘，应把基督的精神来和恶魔抗拒。

那姓许的竟把一个无辜的邹学善绊倒，真无异把邹学善的灵魂杀掉。可是国家却没有这种法律，要这姓许的抵命。

唉！杀人的灵魂，应该有什么罪？他真是个间接杀人的罪犯！

原载《福音光》（1926）

一个处女的梦

明道小说，幽清绵邈，别有一种致趣，凡读过《啼鹃录》者，皆知之，固无待在下为之赞扬也。

——逸梅

一间精美绝伦的闺房里面，靠南有一排玻璃明窗。窗外是一个小小天井，种着一些花木，常有香气透到室内。

那时候，已近黄昏，有一个娇小玲珑的女郎仰卧在沿窗一张沙发上看书，她顶上悬着一盏电灯，很是明亮，她的面貌很含有美的成素，一副吹弹得破的粉颊，白中透红，鲜艳欲滴，抑且双眸漆黑，睫毛很长，一把乌云也似的秀发，梳着一条三股辫，掩压在她的身下，微微露出几寸丝梢来，衬着那绿色印度绸夹袄，在那电灯光里，更觉得绿艳艳的，耀人眼睛。下着一条半新的蜜色华丝葛夹裤，腰里拖出粉红的丝带，足穿黑色丝袜，把右脚搁在左膝上，双手拿了一本书细细瞧看。沙发前放着一双湖绉睡

149

鞋，若是有画家把来当作画稿，不是绝妙的一幅兰闺看书图吗？

这女郎是个什么人呢？原来就是某银行行长第三个女公子，她的芳名就叫作章碧云，刚在破瓜年纪，爱情的根苗正在心田里发动，她在情场上可算是初出茅庐，一无经验。这天，她母亲和她哥哥、姊姊等都到某大影院去看电影，她因有些心事解决不下，便情愿守在家里。闲坐无聊，看见桌上有一本《石头记》，便拿来在沙发上细读，看到"蒋玉函情赠茜香罗，薛宝钗羞笼红麝串"那段故事，更触起她的情绪来，仿佛有个未来的宝哥哥在她眼前。回首看那窗外雪白的月色，映着墙上花影，斑驳可爱。又听那妆台上小金钟嘀嗒地走着，不觉心里也像那钟摆一样动摇起来。因为她有一个表兄名叫吴崇文的，一表人才，很为漂亮，和她常常在一块儿游玩，两下的感情很好。崇文比她大三岁，正是青年情欲大盛的时代，在他贪慕碧云的绮年玉貌，不免野心勃勃，一味地献媚。碧云是小儿女，情窦初开，看了几部言情小说，又听见同学们讲起恋爱那一件事，耳闻目睹，一知半解地，只当人家是真心爱她，她自然也把真心爱人。她父母也在无意中观察他们的心理出来，但是很不赞成，一来因为碧云才十七岁，尽可专心读书，先求学问，预备将来为社会做事，扬名女界；二则崇文虽在洋行里做事，只是为人轻浮，欢喜修饰，并且挥金如土，常常地逛妓院，进赌场，纨绔习气很重，端的难与配偶。不料碧云已被崇文的甜言蜜语骗上了路，当下自以为是地走入情网中去。

前天，崇文曾经给她一封信，信里含有乞婚的意思，她心里暗暗想道:还是答应的好呢，还是不答应的好呢？若是答应，未免太嫌草率，因为父母还没有知道，不答应，又怕无以对答崇文的爱心，为此一个人躺在那里深深地思想。恍惚间，觉得有人推开门走将进来，定神一看，正是表兄崇文，穿着一身西装，握着一根司的克，丰神俊拔，珠辉玉润，不愧为惨绿少年。他进了门，并不客气，先把手杖放在室隅，便向碧云睡的沙发上坐下。碧云忙将搁起的脚放下，让过一边，问道：

"今晚你怎的得空到我家来？母亲她们都出去了。"

崇文笑眯眯地答道：

"今晚没有什么交际事情，特地走来看看你们，却不知道你一家人都出去，幸亏你还没走，要不然我就白跑了。"

碧云笑而不答，因为她见了崇文，心里很是安慰。崇文遂和她闲谈起来，最后又问她道：

"我前天寄给你的一封信，你总该看见了，究竟如何回答我呢？"

碧云道：

"你那书中的文意，我还有一些不明白，叫我怎样答复？况且一时我也没有主见，因为我年纪还小，母亲常说……"

崇文用话截住道：

"我知道了，只是我有句话可以告诉你，恋爱是自由的、神圣的，谁也不能干涉。我要问你，像我这样地一心爱你，想你是承认的，如果你也爱我，请你自己立刻解决这个问题。"

碧云听了，面上便起了一些薄晕，又把一双妙目注视着崇文，心里很是忐忑不定，因将书放下，坐起身来。崇文趁势握着她的玉臂，把她扶起，凑到她樱唇上，很热烈地和碧云接了一个吻，可怜碧云好像给情电吸住，如醉如迷，完全投顺了他的表兄，一个横在心坎的问题，已经轻轻地解决了。以后遂凭着恋爱自由的口诀，和她的父母作对，竟自和崇文结婚。她父母晓得之后，大为愤怒，便把她逐出，不认她做女儿，她以为解放过的妇女，果能夫妇同工，不怕不能维持一个新的小家庭。此外，还可以吸取自由空气，所以她很甜蜜地过她的新婚光阴。

眨眨眼好像有一年了，崇文忽然和她冷淡起来，她心里很是不快，因此便有了病。崇文却从此绝迹不来，她很困苦地过她的寂寞光阴，一来没人安慰，二来没有钱用，当时心中十分凄惶，一阵昏迷，仿佛自己在人家卧房里面。见那房间收拾得很是精致，正中一张铜床，罗帐半垂，床前横着一双男的革履和一双女鞋，暗想：这是哪一家呢？走到床前，把帐子揭开一看，见有一对少年男女相偎着，睡在鸳衾里面。那女的云鬓蓬松，容貌极其妖冶，至于那男的，不看犹可，一看之下，心中便不觉得又酸又恨起来，原来这个男子，正是她找寻不着的崇文。心想：难道我是在梦中吗？想罢，失声喊道：

"奇怪奇怪，你原来还在这里。"

那时，床上两人都已惊醒，女的娇声喝道：

"不识相的女人，无缘无故地来此扰人！"

崇文也跳起来，见了碧云便道：

"你来作甚？"

碧云道：

"你问我来作甚，我也要问你来此作甚。可怜我生了一场大病，你就乘此抛弃我，来此结识这个荡妇，真是岂有此理！"

崇文笑道：

"这是我的自由，和你毫不相干。当初我和你结婚，也是一时恋爱，现在我和你的恋爱完了，我却别爱了我的新宠。我和你本来也不是正式结婚的，彼此可以随便脱离关系，各人走各人的路，前途是很宽绰的。"

碧云听他说出这些话，只气得索索地抖，很凄惨地说道：

"我们的恋爱，就是这样结果吗？我现在仍和前一样，谁知你已变了心肠，另外爱上了这个荡妇，叫我一个人怎么样呢？"

那妇人抢着出来骂道：

"你骂我荡妇，我看你违背父母之命，私下和人结婚，也和荡妇差不多呢！你既然会得自由结婚，现在就可以再和他人结合，却到这里来纠缠作甚？"

崇文又道：

"你滚吧！不要再在这里絮絮滔滔，因为我和你的爱情已经终止了。"

碧云听了，悲愤填胸，当下放声哭道：

"原来你的恋爱是靠不住的，当初用的都是些骗人手段。我的身体也给你污了，我的名誉也为你坏了，我的家庭幸福也为你断送了，你倒狠心要和我脱离，另外去爱他人，我从前本是一块清白的玉，现在有了污点，洗不干净了，叫我有何面目再去见人？还不如死的好呢！"

说着，一头撞将过去。只听崇文喝道：

"贱骨头，你要死我便送你去死就是了。"

当下从枕旁拿出一管勃朗林来，对准碧云心口，砰的一下，可怜碧云痛得打转，咕咚一声，倒在地下，耳边还听得一人叫道：

"妹妹啊！"

睁开眼来一看，只见她姊姊站在面前，笑眯眯地拿着一枚水梨，自己仍旧睡在沙发里，一本《红楼梦》早已落在地板上面，哪里有吴崇文和那荡妇的形影？她姊姊问她要吃梨不要。接着又见母亲走了过来说道：

"你倒好睡啊！我们已经看了影戏来了。"

碧云觉得自己眼眶里还有眼泪，似信不信地问她母亲道：

"我可在梦中吗？你还认我是你的女儿吗？"

她母亲笑嘻嘻地把她抱起道：

"碧云，你敢是梦呓吗？我为什么不认你这个女儿？这不是笑话吗？"

碧云方才笑道：

"但愿是梦便好。"

一面伸手接受姊姊送给她的梨，一面便和她母亲很热烈地接了一个吻，当即倚在母亲怀里，想起适间梦景，心里不觉清醒了许多。当将以前恋爱表兄的痴情顿时淡了不少，因为她在梦里已将情场中甜酸苦辣的滋味一一尝过，从此得着了好的教训，知道对于这婚姻问题，万不能凭着一时热爱，草率从事，并且也不敢侈谈自由恋爱了。

原载《罗星集》（1926）

154

海滨艳梦

东方生是一个有志的青年，他目击国中腐败的情形，忧闷得了不得，很想把学术来昌明祖国，遂乘风破浪，到异邦去求学。他研究的科学，苦志励学了四五年，才得了化学硕士的学位。回到中国，怀着富国的大志，满拟施展他的学术，尽力做一番轰轰烈烈、利人利己的事业，所以回国以后，各处去演说，要想办一个规模宏大的制造厂。于是拿出他的家产，四面招股，向外洋定购机器。无如一班财主都是守旧，不相信他的主张，不肯拿出钱来。他东西奔走，费尽许多唇舌，事体才有七八分成就。不料内地起了战事，各股东不肯按期付款，他大大受了影响，很好的希望因此失败。但是，祸不单行，他住的乡村又被溃兵劫掠，把他仅存的田园弄成一片焦土。东方生雄心顿挫，抑郁无聊，自叹茫茫神州，乐土何处？他遂雇了一只小舟，到海滨去，大有乘桴浮海之思。碧海浩瀚，前面隐隐有个小岛，东方生命舟子速速摇向前去，隔了一歇，已到岛旁。

东方生停了船，走上岸去，但见茂树佳木，郁郁葱葱，鸟声飞鸣上下，好一个幽静之境。他走到林中，见一株枣树上生有许多枣子，遂爬上去摘了几个吃下，只觉清香甜适。又走了几步，坐在石上休憩，但听海涛浪浪，矶磅薄涌。林中风吹叶动，飘飘然，浩浩然，使人尘境一清。暗想：好一座小岛，怎么没有一个人呢？此间虽非桃源，我将终老于是。东方生正思念间，忽听呖呖莺声，顿销岑寂。忙回头一看，见有两个青衣使女，妆饰得妩媚动人，姿态美丽，姗姗来前。东方生不觉惊起，想：如此孤岛中何来娇娃？此时，两个使女问他说道：

"我家姑娘在楼上远远望见有客来临，所以唤我等来迎迓，请郎君速去。"

东方生闻言，不由立起身来，跟了她们同去。不多时，来到一个花园中，琼楼玉阙，琪花瑶草，仙禽异兽，不同凡俗，大好园林，倒像神仙居处。使女引导东方生来到一间小厅里，见里面有一个年方及笄的女郎，丰神绰约，玉貌仙姿，真是秋水如神玉为骨，芙蓉如面柳如眉。东方生偶睹着天仙化人的女子，一颗心登时摇动起来。女郎说道：

"我等隐居在这里，郎君既来此岛，可谓有缘，不嫌简慢，愿下陈蕃之榻，屈君久居。我们可以结个良友，不知郎君有意吗？"

东方生神魂摇荡，女郎说什么他便什么，于是女郎收拾了一间清雅的书室，让东方生住下。东方生朝夕和女郎聚谈，大家研究些文艺，或携手出游，徜徉海滨，呼吸新鲜的空气，精神上非常愉快，于是，东方生已冷的心慢慢又热将起来，瞧着女郎的俏面庞，暗想：我若和伊建起一个新家庭，重返祖国，做一些事业，在社会上博个好名誉，岂非至美的事吗？东方生正如此想，忽然女郎玉面含嗔，指着他说道：

"本来你和我住在这里做一对光明的朋友，呼吸自由新鲜的空气，清风明月，青山绿水，过这样清高优美的生活，岂非幸福？你难道忘记了外面社会中龌龊腐败的情形吗？尘心未消，还是去吧！"

伸手把他一推，他觉得一落千丈，大吃一惊，睁开眼来，原来仍坐在林中的一块石上，哪里有女郎的芳踪？只有风吹着林叶，飒飒地作响，落花朵朵，飘坠到他的衣袂上，他不觉长叹了一声。

原载《联益之友》（1927）

三个名伶

　　不知在哪一年哪一月哪一天，上海大华舞台里的老板，为欲振兴该园营业起见，特地筹了重金，亲身到北京去敦聘最有名的伶人南下奏艺，果然被他达到目的，请了三个名伶回来。先在报上登着斗大的黑字做广告，几乎占去了全页，看报的人见了都称道，尤其是一班戏迷，觉得眉飞色舞。那广告上说道：本台不惜重金敦请名伶，现将南下，不日登台演唱拿手好戏。三个名伶的大名是：

　　（一）寰球闻名独一无二色艺双绝青衣名旦盖兰芳。

　　（二）南北欢迎谭派正宗文武老生响青云。

　　（三）盖世无双长靠短衣黄派勇猛武生小月山。

　　广告登出几天，三个名伶才带着许多配角一行人等，坐着海轮抵申。大华舞台老板到检埠上迎接，请酒洗尘。又在报上登出："业已到沪，休息三天，一准登台。"三个名伶遂去拜访几个要人，又在东亚酒楼请了不少评剧家、小报家、小说家、新闻记者，以及票友伶界同业，请他们鼓吹誉扬，这也是一种巴结的手段啊！

三个名伶之中要推盖兰芳最享盛名。论她的貌，真有沉鱼落雁之容，闭月羞花之姿，美丽得不可一世。北京有一张兰报，有许多文人名士专门代她捧场，哼哼唧唧地作上几首诗，极力夸赞。她的脚本也有一班文人代她修正，所以句调雅而不俗。

她曾到过一次东洋，大受外人欢迎，声誉日隆，她的照片，外国报上争先刊登，誉为世界之花。这次到上海来，最受欢迎。

隔了几天，三个名伶登台了。看客十分拥挤，花楼官厅早已隔夜订得一空，可算座无隙地。台上陈列着许多花篮银盾，以及匾额对联，大半都是送给盖兰芳的，这样，别的伶人做起戏来也加上了劲道。可是看客的心理都在名伶身上，饶他们卖力演唱，也不能博人家的雅顾。等到小月山的《艳阳楼》上场，他扮的高登亮相说白台步等等，果然出色。耍弄石锁好像拈着球儿盘滚，彩声四起。

《艳阳楼》过后，响青云的《空城计》上场，在城楼唱一段二六，唱得平稳入彀，很有谭味。

末后是盖兰芳的《玉堂春》，台上电灯加亮了一排，刚揪门帘唱时，彩声已如雷动，跪至在都察院前一大段，珠圆玉润，声绕屋梁。此时小月山、响青云已换了衣服，立在门边旁观，暗想：我们费了不少气力，终不及她的魔力，能够吸到看客，不觉有些慨叹。

这样演了一月，合同已满，大华舞台的老板算算已盈余了二万多袁头。末后临别纪念的三天，三个名伶格外卖力，一人演两出。第一夜，小月山的《金钱豹》《落马潮》，响青云的《卖马》，盖兰芳的二本《虹霓关》，还有响青云、盖兰芳合演的《汾河湾》。第二夜，小月山的《连环套》《新长坂坡》，响青云的《洪羊洞》《庆顶珠》，盖兰芳的《春香闹学》《红拂传》。第三夜，小月山的《乱石山常遇春救驾》《武松打店》，响青云的《定军山》，盖兰芳的《梅龙镇》，还有响青云、盖兰芳合演的全本《法门寺》，都是重头戏。人山人海，挤满了一院子。

六点钟时，门外早车水马龙，热闹异常。又送上不少花篮，可都是送给盖兰芳的。园主又请盖兰芳拍了一张照片，分送看客，但是，只有坐花楼和官厅的可以得到。

三天过后，三位名伶离沪北上，在报上登了一段道谢的启事，但上海人的脑痕里却都印上"盖兰芳"三个字的大名了。

双丸跳动，时光迅速，不知不觉已过了十多年，其中人事变迁，朝市改易。而大华舞台初在上海戏园中负盛名，可是园主已换了人了。此番园主又向北京请了一班名伶来沪奏艺，人家又见报上登着小月山、响青云的大名，但不见"盖兰芳"三个字。

原来，古今最难驻的是颜色，盖兰芳年华渐大，容貌衰减，不能再如昔年濯濯美丰姿，人家本来欢迎她的，却去欢迎别人，声名日堕，因此她已辍业不演了。小月山的武术却还支持得住，打泡戏做的《冀州城》，不愧拿手好戏，而响青云的《辕门斩子》，声如裂帛，渊渊如鸣金石，真可响遏青云，所以，园主排他演唱压轴子戏。二人的盛名，保守勿替，不过盖兰芳却已在淘汰之列，未能同演，两人触景生情，又有一番感慨。

又是过了十年，光阴真快啊！这时，小月山年纪已老，无复当年英气，技艺大减，反不能和后辈争衡，照例也可不吃这碗饭了。无如他家境贫乏，不能不借此糊口，勉强演做。但他的戏却排在前头，他的名望也降低了，于是三个名伶只有响青云一人像鲁灵光殿般巍然独存于伶界。

再过了十多年，三个名伶都不在人世了，唯有响青云生前在某某唱片公司留的唱片却家家户户买了在留声机上听，销路大畅。人家听着他的唱片，赞美不绝，有时还讲起他生前的逸事。

原载《联益之友》（1927）

金龙山下

华国三十年的时候，在那南隐边境喜马山支脉的金龙大山山下，颤巍巍地立着一尊几丈高的铜像。那像铸的是一个少年英雄，眉目英秀，躯干挺拔，头戴军帽，身穿戎服，胸前累累地悬着不少勋章。右手握着腰边横的一把九狮宝刀，左手高高举起一面五色国旗，昂着头，正面着喜马山的最高的一峰，映着黄金色的阳光，奕奕如生，凛凛可敬。那时，铜像四周围着不少男男女女，各国的人都有，唯独华国人最多。手里各个挥着国旗，高呼："华国万岁！李骧万岁！"都拿鲜花抛向铜像座下，有的齐向铜像立正行三鞠躬礼，还有几个华国的妙年女郎，姗姗来前，走到铜像旁边，抱住铜像的脚和他接吻。一众观客林林总总，都是从内地各处远道来的，充满着热爱，好似发狂。这时，铜像东面有个演说坛，一时军乐大作，炮声轰发，山谷回音，众人都环立着，有金龙矿公司督办登坛演说，几个高大的西国人都拿着快镜摄影。这样盛会，你想，到底是怎么一回事？那铜像又是何人？哈哈！诸位莫慌，待在下慢慢道来。

却说当那华国十三年的时候，边陲上警耗突然紧急，因为忽有豪国派了远征军前来觊觎南隐边土。南隐虽在华国的极西边部，然而西面与西南正和豪国所属的象国接界，土地虽然荒漠，可是矿产丰富，区域广袤，天然的利都未开发。只要有人好好去经营一番，怕不变成一片好地方吗？

有妙国人爱伦氏在他所作过的《赤县神州》一书上说：

> ……南隐地方是交通阻塞，土地荒芜，户口稀少，农业不振。这样看来，似乎世界各国不甚去注重他，但若你们有这般思想，那便错了。豪国和鹅国是世界上的强国，都抱着觊觎南隐的野心，虎视眈眈，念念不忘。因为豪国的属象国是在边南，鹅国的属地是在北面，南隐介乎两大国的中间，便做了两国的目的物了……

所以南隐虽为民国所有，而卧榻之下，早容他人酣睡。

豪国在南隐有敷盖铁道的计划，又装电线增军队，经之营之，久已有年。现在鹅国自己国中有了革命，图外之心，因此稍戢，不料豪国却老实不客气派他的远征军出发了。南隐人初时向华国政府告急，要他派兵救援，毋如那时许多军阀虽然也有一二个掌领着数万健儿，可以一战，可惜他们的目光只在国内，头脑中全被党系的权力思想占满，袖手旁观，坐等成败，张着眼睛只当不看见。一班国民又是精神涣散，毫没有什么能力。豪人趁此机会，积极进行。鄙塞愚陋的隐人，哪里敌得过物质文明智识巧慧的豪人？不消几年，可怜那大好南隐早和象国一样，做了豪人的属地了。豪人既占有南隐，便有军队在各处要隘驻守，又设立南隐总督，在那拖菩城里。南方教主早被豪人玩弄于股掌之上，一切统治能力都已消失，豪人又派来许多有名的矿师，在那金龙大山山脉开掘金矿，果然山里都产着灿灿的黄金。豪国既富且强，占得这天然富源之地，可算踌躇满志了。

自从南隐失后，有几个爱国的华人，都想起来恢复故土，但是他们就有几句空言，却没有一些能力去夺回土地，洗除污辱。幸在那时出了一位惊天动地的大英雄。

那位大英雄也是我书中的主人翁，姓李名骧，自幼生得骨骼清秀，相貌英俊。在国民小学里读书，先生讲到《国耻》一课，他不觉放声大哭，大家问他怎么哭起来了，他答道：

"我们都是好好的华国国民，怎的受尽外人的侮辱，没有一个人能够出来争口气，报复他们的呢？"

有些同学听了他的话便笑道：

"不错，将来大约你可以出来争气的了，然而哭有何用呢？"

那时候，他的教员是姓尤名新仁，见了李骧的情形，很为感动，遂在下了课的时候，把李骧领到他的室中，取出一张华国的地图，细细讲给李骧听，又说道：

"上面蓝色的界线是华国以前的版图，现在都被外人占去，缩至红线边才是我国领土，又有各地的紫色三角形，都是外人租借的军港和开关的租界。你须记得，将来长大的时候，要做一个好国民，把这些土地收回，那便是国耻洗涤的日子。"

李骧含泪点首道：

"学生晓得了。这张地图先生可肯赐给我吗？"

尤新仁立刻答应，把地图送给李骧拿去。从此，李骧在课余时候，常把那张地图捧着细看。人家都笑他痴，尤新仁却十分欢喜，常伴着李骧游玩，乘间讲些国耻小史给他听，李骧都能记忆不忘。

后来，李骧在国民小学后期毕业的时候，他父母患着时疫，双双逝世，他又没有兄弟姊妹，一个人孤苦伶仃，不知怎样办法。尤新仁晓得了，便代他料理父母的丧事，并留李骧在他家里住宿。

原来，尤新仁本是一个有志的青年，后来在国耻日向军人演讲的时候，被警察殴伤，呕过一阵血，幸亏医生把他救治，留得一条性命，可是吐血的病时时要发。他虽有妻子，并无子女，服务在国民小学，已有多年，一意要培植儿童爱国的根基。今见李骧很有爱国的思想，人品又好，故而情愿这样尽力照顾他。李骧也把他先生感激到十二分，遂做了新仁的义子。

那年夏间，李骧毕了业，要到某处陆军小学去投考，因他想将来若要为国争光，非受军事教育不可。尤新仁毫不干涉他的志向，便伴他前去投考，果然考取了，李骧便在小学里受军事学的栽培。

校中有一位武术教师，马上马下各种武艺，十分高强，李骧便从他习练技击。不到一年，李骧的体魄十分发达，文武都有进步。

光阴很快，转瞬已毕了业，便有校长把他升送到军官学校肄业。可是在这一年上，尤新仁吐血病大发，竟至不救，临终时把一件东西算作遗产传给李骧，李骧打开一看，原来是一张雪白的硬纸，上有血书的"毋忘国耻"四字，血迹已变枯黄，乃是尤新仁昔时在国耻日啮指书下的纪念。李骧看了，不觉号啕大哭，把来贴胸藏好。

丧事已过，重回学校。

这几年中他非常用功，绝不敢一刻松懈。又有使他悲伤的，因他的义母也为痛夫心切，患病故世了，只有李骧孑然一身，他的亲爱的同伴便是做小学生时得的一张地图和尤新仁写的血书。等到军官学校毕了业，他便被派到东山第二混成旅处去实地练习。

"将相本无种，男儿当自强。"这两句是华国的老话，实在也是颠扑不破的名言。李骧既然有自强思想，意志坚固，自然有各种机会给他。他是一个智勇双全的少年，跟着队伍出去剿匪，立了不少功劳，不上二年，已升了营长。

凑巧有一天他到洋埠去，在马路上遇见一个豪国人坐了黄包车，从西火车站到西京路，只给八个铜圆，黄包车夫要他加些，那豪国人便板起面孔，骂一声："台姆富尔！"又把黄包车夫踢了两脚，扬长而去，黄包车夫只好忍气吞声拉着车子走开。李骧看了，很是不平，但在租界上没有方法想。后来，他走过一个公园的门首，见上面挂着"华人和狗不准入内"的告白，不由气往上冲，暗道：我今天偏要走到里面去，看他们怎样？便迈步入内。走了几步路，忽听一声吆喝，旁边走出一个红布包头、须髯如戟、面色灰黑的人来，手里举起棍子，喝道：

"你是华国人，快些滚出去！"

李骧立定脚步，打着外国话向他说道：

"这是华国的地方，租给外人的，难道华国人反不能进去吗？是何道理？"

　　巡捕本来气势汹汹，要用棍子来打，后来见他会说外国语，便也打着语答道：

　　"这个我不能告诉你，我只知道行使我的职务。你还是去问你们华国人吧！现在请你出外。"

　　此时，李骧恨不得把那巡捕一拳打死，只好忍着气退将出来。回去一夜不曾睡着，明天他向友人告别，回到东山去。在车站上对他的朋友说道：

　　"老友，我这回走了，发咒不到洋埠来，除非我把国耻洗去了，并且去掉那公园门前的一块告白。别矣老友！"

　　他遂跳上火车，一直回到东山，专心把军队训练。后来又立了一次奇功，从营长升了团长，再从团长升到旅长，在华国陆军里崭然已露头角。他平日常把爱国思想灌输在兵士的脑子里，他自己毫不肯多取一个钱，对于贫苦的弟兄时加赒恤，年纪虽有二十四五岁，却还不曾娶过妻室。有人代他做媒，他慨然答道：

　　"匈奴未灭，何以家为？"

　　因此，他的部下都对他十分敬服，推为卫霍第二。他自幼受的国耻观念，一刻未尝忘掉，他说：

　　"赳赳武夫，公侯干城，什么叫作干城？就是抵御外侮、防止内乱的解说。所以，我们的兵队，绝不愿供私人利用，去操同室之戈，要在全国军队中别树一帜。"

　　军阀见他忠勇果敢，虽不肯做他们的功狗，也惮他军势，奈何他不得。不久，他又成了一个独立混成旅，驻扎在某地方，把

167

四处土匪杀得降的降，死的死，大家都说"撼山易，撼李家军难"。李骧既有这强固的军队，一心想寻机会把国耻消灭。那时候，边疆上忽然来了告急密电，报称豪国派遣远征军从南隐偷进造弓厂，有侵夺我地方的行动，我国政府应如何向豪国公使交涉？速行制止，以保边壤。李骧听得这个消息，攘袂而起，大声说道：

"这是大丈夫报国的时机了，豪人在几年前头，把我南隐夺去，此耻未雪，今天又来蚕食我边省，明明是要灭亡我华国。但有我李骧在世，断不肯束手不救，甘心做亡国奴隶的。"

遂又把南隐地图细细看了一遍，立志要到南隐去探险，为将来军事上的预备。所以把军中事务全权托付在一个亲信的团长魏明身上，自己却扮了一个寻常小民，暗下带好手枪，赶奔藏边去了。

一个人要是立定志向，视死如归，不论什么龙潭虎穴，都敢前去。李骧一心为国，风尘仆仆，果然到得南隐，渐渐走入荒山沙漠地方去。南隐土语他听不明白，只问路向南隐都城走去。

有一天，来到明林罕，那里有一队豪国军队驻守着，把他细细盘查，不放他过去，反遣两个兵丁把他押送出境，因为他没有护照。李骧几乎气得要死，跟着两个豪兵走到冷僻所在，他暗暗从怀里掏出手枪，砰砰两响，把两个豪兵打倒，自己却翻身逃走，只拣荒野处奔。不料有一个不曾丧命，回去报知豪将，豪人大怒，遂派许多军队四下兜拿。

李骧一路走着，见前面有个山冈，爬将上去，四下一看，见北边有一队马队正向自己方面赶来，知道是来追捕他的，急向冈逃走。路上遇见一个南隐人，那南隐人见有华人，便用话相问。李骧哪里懂得？只好做手势给他看，意思是说后面有豪人要害他性命，求他援救，南隐人点点头，便领李骧从一条小径走着。不多时，走到一间小土屋前，李骧低着头跟南隐人走进，彼此席地而坐。南隐人从他衣底摸出一只木碗，倒了些茶在内，又加入一些羊酪，请李骧喝。李骧觉得龌龊不能下口，勉强喝了一些。南隐人却把来加多了，一饮而尽，又把手在碗里捞取羊酪的余沥，把来涂在面上。原来，南隐地方土干风燥，面上易起龟裂，故而常把油类涂面，使他当时光滑，这是南隐人的习惯。可是李骧看了，有些不惯。

稍停，外面走来两个藏人，一男一女，驱着一只犁牛，是从田里回来的。大约是那南隐人的家族，见了李骧，一齐钩辀格磔地向那南隐人询问。南隐人告诉他们说："是被豪兵追赶到此的。"内中有一个南隐人耸着双肩，对李骧看了一眼，也不言语。

那时，天色已晚，帐中点起油灯来。李骧要求在此借宿一宵，南隐人一口答应，又请李骧吃了晚饭，都是些牛乳、羊肉腥膻之物。李骧遂在帐后一张板榻上睡下。他在日里多赶了路，疲倦已极，不觉蒙眬睡去了。但是，帐前的三个南隐人正在那里窃窃私语，一个年轻的道：

"我适在田中见有一队豪兵正在捉拿一个逃走的华人，说他是来南隐做奸细的，敢怕就是此人。现在我们留下了他，若被豪人知道，我们岂不是要无端连累？不如把他捉住献给豪人，也算是我们的功劳。"

那个本来领路的南隐人说道：

"说不定他也是一个无辜的良民，豪国猜疑心也太甚了，我们何犯着去献这殷勤？万一他们仍要诬陷起来，岂不是去送死吗？"

少年道：

"那么把他一刀杀死，免惹纠葛。"

两人争执多时，到底少年得胜了。南隐妇人在旁掺言道：

"你们既然定当把他杀死，依我主见，不如让他得个全尸，把他缚了，从山上抛下去，一样是死。我们又没有杀人的痕迹，岂不是好？"

少年点首称是，遂和那南隐人找了一根很粗的索子，带着尖刀，蹑手蹑脚地掩到帐后，见李骧正朝里睡着，少年过去把绳打了一个活结，套住李骧手脚，紧紧一收。李骧陡地惊醒，知道不好，急待挣扎，一把明晃晃的尖刀已在他肩上戳了一下，鲜血直流出来，全身被那两个南隐人缚住。少年又割一块布塞在李骧口中，使他不能呼唤，然后背在背上，飞步奔出帐去。

这时已是半夜，星斗满天，南隐人背着李骧走到黑魆魆的山峰顶上，四顾无人，只有呼呼的风声。李骧心里明白，暗想：末日已到，不料此身死于南隐人之手，好不冤枉！他们南隐人为什么帮着豪国仇视华国人呢？忽觉已身被高高举起，那南隐人向下一抛，顿时昏昏沉沉地从那悬崖上飞堕而下，一落千丈。

著者道，列位不要急，李骧并不曾死。李骧若是死了，金龙山下的铜像何从而来呢？

且说李骧从山上抛下时瞑目待死，失了知觉。不知隔了几时，醒将转来，见他自己仰卧在一间瓦屋中的胡床上，房里布置装饰，虽然不十分华丽，却是清洁幽雅，好像华国人的住室。心里一想，我不是被南隐人在山上掷下的吗？怎的还留得这条性命睡在这里呢？好奇怪啊！正要转侧，觉得周身疼痛，不能翻动，只好仍旧仰卧着，默想往事。忽听门外脚步响，走进一个十七八岁的小婢来，见李骧已经清醒，便道好了，回身就往外走。李骧很是纳闷儿，不知自己到了哪一个的家里，怎样从那山上坠下，还不会死的呢？自己有些不信起来。等了一刻，门外足声又起，那个小婢首先入房，站立一边，随后一声咳嗽，走进一个银髯白发的老翁，精神矍铄，相貌清奇，一望而知，不是寻常之辈。慢慢走近床边，发出他和蔼的声音问道：

"恭喜壮士，现在清醒了。"

李骧答道：

"承蒙慰问，实使晚辈感谢，但不知晚辈何以不死，得到此间？此处又为何地？老丈又为何人？一切还请告知。"

老翁笑道：

"待我来告诉你吧！我姓蔡，名剑厂，少年时凭着我一身本事，一向在祖国北道上保镖。后来驻南隐大臣谭彪请我到此帮他办事，不幸豪人积极进取，竟把这地占去，谭彪愤愤归国。我却不想再回，情愿终老于此，遂同我家人在这里盖造得一所房屋，耕种度日。但是眼见豪人猖獗自大，虐待南隐人的情形，常常义愤填膺，眷怀故国。南隐人也有少数有志之士，一向闻我的名，常到我处来请教，我每勖以爱国大义，终想有一天还我河山，驱彼丑虏。昨天我同家人出去，路过山下，见你横倒在山壁底下，地下淌着不少鲜血，像有人把你从崖上抛下的。幸亏得着地之处

171

草长土松，你的头却在草上，我一摸你心头尚有余温，便命人把你舁到我的家中，将我藏着的伤药给你敷了，又把你揩去血迹，骨节处都包扎好。现在幸已醒转，可望救治。你是祖国同胞，但不知是怎样到此的?"

李骧听了，不胜感谢，遂把自己来此的志愿、遇险的情形约略奉告。蔡翁听了，十分钦佩，便说道：

"如此说来，我们都是同志，请你在此休养，大约不出一月，伤处可以完全痊好。我吩咐小婢明月常在病榻边服侍，如有所需，不妨对她直说。"

说罢，便唤那婢女过来行礼。李骧见那女婢也是华人，生得明眸皓齿，俊俏伶俐，觉得可以亲近。蔡翁随即退出房去，只留着明月在内陪伴李骧，李骧高兴时和她闲谈些藏中事情。明月也十分熟悉，并且爱国之忱，时露眉宇，所以，李骧不把她寻常女子看待。

蔡翁也有时走来杂谈国事，说到豪人已在边境进兵，我国政府和国民都愤慨异常，朝野一致努力御侮，政府已下令调兵，有东山陆军混成旅团长魏明等上书请愿，负戈前驱。陆军部已准其所请，调往前敌。现闻兵队已抵汉水，豪人自然积极进行，兵力甚厚，不久当有一番大战，不知胜负如何。李骧听了，握着拳头，恨不得立时就好，可以为国出力。

果然隔了几天，李骧已能下床行走，和蔡翁共筹驱除豪人的计划。李骧以为豪人兵力颇占优势，并且后方接济敏捷，若不能一战而破，援兵将鼓轮东来，难与为敌，南隐边界又守御得法，未可攻进。最上的计策，除非鼓吹南隐人独立，反抗豪人，里应外合，可以得胜。蔡翁也赞成他的计划，说道：

"这里藏南隐人很信仰着我，可是豪国政府现已派人暗中监守着我，一时不能起事。南隐人多服从教主，若得教主旨意下来，这事可以成功。"

李骧道：

"既然如此，我可到拖菩去走一遭，探听虚实，以便动手。"

蔡翁沉吟道：

"此时豪人必然戒严，拖菩又是都城要地，驻南隐总督也在其中。你是华人，如何能去？我又被豪人监视着不能脱身。"

李骧道：

"老丈之言不错，然而不入虎穴，焉得虎子？晚辈为着国家大事，少不得去冒险一趟，便是死在那里，也无遗憾。"

蔡翁道：

"足下既是要去，不妨乔扮作南隐人，我再差一个人陪你，万无一失。"

李骧便问哪一个。蔡翁道：

"就是服侍你的小婢明月。"

李骧听了，不由一愣，忍不住问道：

"明月是个娇小女子，怎能同我去到龙潭虎穴呢？"

蔡翁哈哈笑道：

"你不要小觑她啊！她姓石，从小在我家里当使女，生得聪明伶俐，我把许多武艺教授她，她刻苦练习，功夫已是不浅。凭着她一身本领，端的可敌二三十人，飞檐走壁，尤其是她的绝技。她若伴你同去，于你大大有益，但不知她肯不肯。"

李骧闻言，不由吃惊，遂道：

"如此说来，她是一个奇女子了！"

蔡翁点点头，便命人将明月唤来。李骧见明月盈盈弱质，楚楚可怜，哪里知道她是有这样本事的人。明月上前行了礼，蔡翁便把意思告诉她听，并说：

"这是报国的机会。李骧是个有志的英雄，此若得达到目的，其功非小，你可能为国牺牲吗？"

明月毅然答道：

"他人既能为国牺牲，我虽女子，爱国的心肠不在人后，一样为国家大事，有什么不情愿？"

李骧听了，心中佩服异常。蔡翁又对明月说道：

"万一有难，你们觉得力量不够时，还是火速回来，再作道理。你是聪明的人，凡事见机而行好了。"

于是，李骧扮了一个南隐的土著，明月也装束一新，暗中带了手枪和匕首，诡言兄妹二人，到拖菩去进香的，胸前都挂着黄布袋，在次日动身前行。豪人见有女眷，果然不疑，被他们安安稳稳混进拖菩。李骧见城中街道宽阔，有庄严伟大的寺院，街上有几处已通行电车，蜘网密布，电杆林立，足见豪人改良市政的能力进步非常神速。

其时正在戒严，到处充满着军警。李骧和明月先住下客寓，然后独自到南方教主宫院前去探看一遍，再到驻南隐总督衙门去看。不料早被一个豪国的侦探看出破绽来了，便上前问他来历。李骧照常答称来此进香的，豪国侦探见他不大会说土语，更是可疑，便要硬搜他的身畔。李骧知道不妙，举起拳头把那侦探

174

打倒在地，回身逃走。侦探急忙从地上起来，取出警笛一吹，四面警察赶来。李骧只好掏出手枪，对着前面开放，轰倒了一个警士。不妨斜刺里跑来一个豪国的便衣侦探，把他紧紧抱住，然后大家一拥而上，夺去手枪，把他捆住，押送司令部去了。

李骧被豪人缚着，送进司令部，自知性命不保，闭目待死，不过心中很惦念着明月。等到黄昏时，见了豪国的军事执法处长，略问了几句，便命军士把他推出立时枪毙，豪国军士连忙押着李骧到司令部后校场上。其时已是黄昏，一钩新月照着那四围种的柳树，微风飘拂，好似招那李骧将死的英魂。豪兵命李骧在一株柳树下立定，反剪着手，然后一声哨子，众兵举枪待发。说时迟，那时快，柳树上忽然飞下一条黑影，疾如飞鸟，背起李骧便往后边屋顶蹿上去。豪兵大叫不好，枪声轰然，一齐射发，只听屋上喊声哎哟，影子已不见了。

你道救李骧的是谁人？除去明月还有哪个。明月救了李骧上屋奔逃，只拣荒僻处逃窜，不多时来到一座古塔底下。明月背着李骧一层一层跳上去，直跳到顶上一层。幸喜窗户早已没了，便从窗外跳将进去，里面有很坚固的楼板，明月才放下李骧。但是她的腿上血已直淌下来，裙裤都变作红色，一声呻吟，倒下地去。李骧大惊，急忙挣脱手上绳索，也顾不得什么，把她抱起，低声喊道：

"明月！明月！"

谁知明月一声也不还答。李骧借着窗外漏进来的月光一看，明月面色惨白，星眸紧闭，摸摸她的心口，正跳得很厉害。李骧又惊又急，忙坐在地上，把明月睡在他的怀里，代她解下裙子，手上都沾了鲜血。一看伤处正在大腿上，再将裤脚卷起，果然见有一个小洞，血往外流。李骧把他自己的内衣撕下一大块来，把那伤处包好，止住流血。心里暗想：明月是个弱女子，不料这般义勇，冒着危险来救我的性命，腿上中了枪伤，还忍痛背我到此，无怪她力尽而晕了。想到那时，悲感万分。

等了一刻，明月渐渐清醒，张开眼来一看，自己卧在李骧怀中，面上一红，无限含羞，可是她身体疲乏，只好不动。李骧见明月苏醒，大喜道：

"好了，可怜你为着我受这般的痛苦，叫我如何对得起你？"

说罢，滚下热泪，正滴在明月颊上。明月摇摇头道：

"大家都是为国牺牲，说什么对得起，对不起？现在我四肢无力，精神实在来不得，恕我不能和你讲话。"

李骧点点头，也就不响。这夜，明月睡着在李骧身上，李骧也拥抱着她蒙眬睡去。

可笑那豪人失去了奸细，四处追寻，不见影踪，哪里料得到他们却躲在古塔顶上呢？直到天明，阳光射入窗来，塔里情景历历可睹，四壁充满着灰沙，空荡荡的，除却一尊佛像，没有他物。窗口有一个鸟窠，窠中的鸟也飞鸣出去。

明月先醒，见李骧正自好睡，一个头直垂到明月的胸口。明月不觉好笑，伸手摸摸腿上伤痕，已凝结好，幸喜不是要紧地方，并没有十分苦痛。不忍去呼醒李骧，心里只转念今天如何办法。稍停，李骧也醒了，忙问明月伤处怎样。明月撩着鬓发答道：

"不妨。"

就勉强从李骧怀中立起，试走了几步，才坐在楼板上。李骧起立，觉得右臂和两腿都已麻木，走了两个圈子，然后向明月道：

"我们怎样？"

明月道：

"此时不能下去，须待夜间方能下塔。"

李骧道：

"我们不要饿一天吗？"

明月指着窗边的鸟窠说道：

"这里面大约有蛋，我们且吃几个，等到天晚再说。"

李骧走去一搜，果然有六个鸟卵，连忙取出，把来都吃了。

明月对李骧说道：

"昨晚我在旅中闻得你被豪人捉去，明知不好，故寻到司令部。幸喜天黑，悄悄掩入部里，听见豪人要把你枪毙，所以我先到校场里伏在柳树上等候，幸你正在我树下，我便迅速背你奔逃，不妨中着一弹，亏得受伤尚小。为今之计，急宜去见教主，只恐你独力难成，不过今晚却不能去，须待明晚可往。"

李骧道：

"事不宜迟，准定今夜要去。再等几天，时局愈紧，难以下手了。"

明月见李骧要去，嘱咐他好好当心。两人又杂谈些别的事情，李骧充满着爱国的心，讲来讲去，都是关于国家的问题。直到天晚，四下静寂，没有人声，李骧便从塔上一层一层轻轻攀缘而下。只剩明月一人坐在塔上，十分无聊，支着香颐，低头睡去。直到五更时，明月觉着有人唤她，张眼一看，见一个黑影立在面前，低低说道：

"我回来了。"

便有一手伸过来握明月的柔荑。明月也把他紧紧握住，说道：

"这事可得手吗？"

李骧便坐在明月身旁，带笑说道：

"你要恭喜我。适才我去探明教主丁宫院的所在，奔到那里，暗暗把一个守者勒毙了，我换了他的衣服，竟得混到里面。其时教主尚在宫中念经，我说有机密事面教主。侍卫领我入内，我见室中只有南方教主一人趺坐，看他的年纪还轻，我上前先扬出手枪，把他恫吓住，然后再把利害陈说他听，逼他在我带去的檄文上盖印。他无法可想，到底只好依我的话，我得印章，叫他不要泄露风声，将来土地恢复，在他可以得着自由。他也有些觉悟，点头应许，不过还有些不相信我的话。随后我便走了，又到别处去，搜得些羊酪、烧饼带来，我们可以充饥。"

说罢，遂从身边掏出一包烧饼，拿几个递给明月，明月接了便吃。李骧肚中也是饥肠雷鸣，也就取饼大嚼。两人且吃且谈。不多时，东方渐白，李骧又取出檄文，请明月看上面的盖印，明月道：

"你既然得了这件东西，可快快回去到老主人那里共商起义的计划，再不能死守于此了。"

李骧道：

"你腿上有伤，裤上又是有许多血迹，怎生回去呢？"

明月道：

"我可以仍留在此间，你却不能耽搁了。"

李骧道：

"那么我抛下你一人在此，叫我如何放心？我万万舍不得和你分离。"

明月对李骧紧紧看了一眼，说道：

"你说什么话？我个人要紧呢，还是国家要紧？并且我留在此间另有一事要干。"

李骧忙问何事，明月道：

"这里的驻南隐总督赫斯吉夫是帝国的一个重要人物，军事政权都归他一人指挥，此番窥我边疆，也是他的主动力。你等若然起兵，恐怕他手腕灵捷，有能力来压变乱，所以，我想待你们变乱的时候，我要冒险去把他刺死，那么拖菩一城必然大乱，你们可以先占拖菩，捣灭豪人的后备，前敌自然不战而溃。这是擒贼擒王的方法，你逼得教主一印，算立得功劳，我也要为国立一些功，才不负我一行。"

李骧不觉跳起道：

"妙啊！不想你竟有这种计划，我李骧一生一世不曾遇见什么人使我十分佩服，你是一个奇女子，一班须眉都不如你，今天我李骧拜服你了。"

明月微笑答道：

"请你不要这样称赞我，因为我是一个婢女。"

李骧忙道：

"人类本是平等，你不要自己以为出身低，依我看来，有你

179

这样爱国热心，人人都要敬重你，休说我李骧独自佩服。我今去了。"

说罢，拉起明月的玉腕，在她手背吻了一下，登时跳出楼窗，别离了这古塔。

蔡翁剑厂自从李骧、明月两人走后，心里十分惦念，又听豪兵已和中国军队交锋，不知谁胜谁败。

这天，他独在门外闲望，忽见李骧匆匆回来，不胜欣喜，接到里面忙问：

"事情怎样了？明月何以不同你一起回来？"

李骧把那边的事情一一详告，末后说道：

"我初不想到明月这样小小年纪，竟有如此胆力，真是可敬可爱。"

蔡翁笑道：

"真的可爱吗？待得藏事平定，把明月嫁给你可好？"

李骧笑道：

"多蒙老丈垂爱，现在国事要紧，且不必谈此。"

两人遂到秘密室商议了长久，蔡翁先从这里，借做寿为名，会合南隐人宣布独立。李骧再把檄文印了，请蔡翁手下人到各处去分散。蔡翁又写了一封书信交给李骧带往拖菩东面一个黑德寨中，因为寨中有一位南隐的英雄，名叫策杰丹零，前曾统率南兵，很有声名。南隐灭亡之后，豪人便把他去了职，他常愤恨豪人，很想脱离羁绊，也是蔡翁的老友，所以叫李骧前去一同劝南隐人，速攻拖菩。当下计议已定，各人分头秘密行事。

李骧到得黑德寨，见了策杰丹零，果然一位老将，遂把蔡翁的介绍书和南方教主盖印的檄文先后给他读过。策杰丹零才知李骧是个爱国男儿，非常钦敬，便留下李骧，暗暗招请到几个南隐健儿，日夜部署。

隔了十天，忽然有人报称昭明罕南隐人独立，驻南隐总督现派第七联防前去剿灭。李镶知道蔡翁已动手了，遂和策杰丹零纠合一众敢死的南隐人，揭竿而起，举兵直攻拖菩。豪国军警一齐吃惊，总督忙拍电到豪国去请援，哪里晓得就在这夜，赫斯吉夫在他的卧室内被人暗杀，身中两弹，刺客不知去向。

城中一得这个消息，不觉骚乱起来。许多南隐人平日受尽豪人的虐待，到此也就变叛，把豪人乱杀。豪国军队军警极力弹压，李骧亲冒弹雨，率领南隐人几次猛扑，同时城中豪军的司令部忽然火起，更形梦乱。豪军四溃，李骧竟得攻进拖菩。

李骧既进拖菩，一面由策杰丹零驱逐豪人，自己却带着几十个南隐兵士直奔教主宫院而来。刚到宫前，忽见东边跑来一骑，上面坐一个红衣女郎，双手握着两管手枪，正是明月。李骧大喜，举手高声喊道：

"明月，恭喜你！"

明月也跳下马来，走到李骧身边说道：

"李将军，我们快进宫去。"

于是，两人先命南隐兵把住宫门，冲入里面。宫中护卫休想拦挡得住，有几个豪人早抱头鼠窜，四散逃去。南方教主正唬得伏在佛前念那救急经，李骧一把将他拖起，逼他出示安民，教主哪敢违抗？于是出示安众。李骧托明月护着教主，自己出去扑灭了司令部的火，和策杰丹零便驻在司令部内，大招南隐兵，立时投军的不少。李骧遂部署一切，把拖菩守好。豪国援军也从喜马山边赶来，李骧暂不出战，深沟高垒，只顾死守。

那时，各处南隐人纷纷独立，大杀豪人，豪军前敌得到这个警耗，不敢恋战，纷纷取道望南边退兵，华国军队死力追杀，屡获大胜。李骧所练的一旅，立功最多，已杀进南隐，和蔡翁的南隐兵联合，来救拖菩。李骧也和策杰丹零分兵出战，豪人锐气已坠，大败而走。李骧遂托蔡翁和明月同守拖菩，护着教主安抚一切事宜，自领着他的军队和策杰丹零的南隐兵，乘胜驱走豪军，直追至南边。

豪国溃军都驻扎在南隐边境，等待后援。李骧亦请华国陆军火速进兵入南隐，以壮声势。李骧每战骁勇绝伦，他的部下都是爱国之士，不惜牺牲性命，直前肉搏。策杰丹零又是南隐宿将，深知地理，两人合力迎战，豪军虽然枪炮厉害，竟是胜少败多。后来，华国军队陆续运到，饷械充足。李骧遂用奇计诱敌，大败豪兵于金龙山下，将那金龙山中的金矿公司取到手中，假道亦丹，直杀进象国。

这一下世界各国都为震动，遂由某某两国出来调停，豪国停战，重立条件，两国各派代表订立条约，豪国应偿军费一千万两，取消以前不平等条约。条约定后，李骧也就休战，和策杰丹零整理各处独立的南隐兵，华国政府也派了驻南隐大臣来办理善后诸事。李骧领了手下军队，和蔡翁、明月等退到昭林罕多，华国政府和国民各派代表前来欢迎李骧军队凯旋。

李骧不能多留，要和蔡翁告别。临行的前一夜，蔡翁特设酒席饯行，为李骧、明月庆贺。蔡翁道：

"李将军不愧为爱国英雄，此番前来，奏功而还，华国前途实利赖之。老夫敬贺三杯！"

说完罢，将酒斟上。李骧起立，一饮而尽，却说道：

"李骧不才，幸奏肤功，然若非老丈辅助之力，和明月女士救护之功，李骧也不能得有今日，所以，我此番回去，要将两位帮助的功劳宣布于世。今夜我也要还敬三杯！"

说罢，斟了六杯，敬给两人。蔡翁和明月都接来饮了，蔡翁又道：

"老朽还有一事要和李将军直说，明月虽是出身寒微，但老朽却把她爱如生女，更喜她武术超群，所以遣她伴将军同行。果然不错，儿女英雄，真是天生一对佳偶。若蒙将军不弃，愿使她侍奉巾栉好吗？"

明月听了，面泛桃花，不觉低下头去。李骧一感激明月舍身相救的恩，二敬服明月的爱国热心，所以竟答应了。明月脉脉含情，也无异言。蔡翁便再留他们数天，就在昭林罕代他们二人正式成婚，南隐人来观礼的不计其数，户限为穿。李骧夫妇忙得应酬不开。

此时，各处电报像雪片般拍来，催促李骧归国，李骧遂带着明月和手下军队告别了蔡翁，浩浩荡荡回到祖国。一路到处欢迎，及到京城时，总统亲自出城欢迎，扎着凯旋门，鸣炮奏乐，热闹得了不得。政府各要人都鹄立两旁，还有许多国民以及各国侨民，没有一个不想瞻仰瞻仰那位大英雄的颜色。先是马步各队来到，便驻扎在北苑，李骧却和明月坐在一辆花汽车上，开进京城，沿途人民一齐把花球抛向汽车，欢声雷动。汽车上插着两面青天白日旗，随风飘展。这一次华国的国旗，顿觉无限光荣，无限威风，因为仗着这位李将军的功劳，竟得还我河山了。

李骧回后，中西报上无不极力誉扬，登出许多李骧的照片，各国公使、各报记者都来晋谒，弄得李骧天天见客，不胜麻烦。总统酬庸功典，特授李骧为耀武上将、边防总司令。李骧遂乘着战胜的势头，发扬的民气，径遣代表向某国磋议，要求撤销二十一条条件，一面秣马厉兵整备厮杀。某国何等乖觉？到此也不得不答应，国耻从此洗除，其余问题，亦都迎刃而解。华国竟一跃而为头等强国，华国人民也得有扬眉吐气的时候了。

藩篱既固，国内统一，华国国基于是奠定。李骧又委人开采金龙山的金矿，国家财政渐渐富庶。

到得三十年，人民建议代立一个李骧的铜像，在南隐金龙山下作为洗涤国耻的永久纪念，这就是我开首所述的事了。

作书的作到此时，也就放下三寸毛椎，高呼一声："华国万岁！"

原载《联益之友》（1927）

184

河　畔

前几年的阿菊还是丫角女孩儿，现在却出落得如出水芙蕖，明媚秀艳，在村中女子里头可算得伊是翘楚了。

阿菊所住的地方，瓦屋三间，后临小河。阿菊学做刺绣，红的花，绿的叶，一针一针地上下做着，若是绣得倦了，靠着后河的窗，看看野景。河中一群一群的小鸭，来来往往地浮游嬉逐。

屋后河岸上有一株垂柳，丝丝柔条，飘拂到水上，有时阿菊立在柳下，临流显影，看河中来去的船。

一到春天，风和日丽，杨柳绿了，倒映水中，河水也变成深碧色。岸旁野花都放，芳草芊绵。阿菊立在水边，见河中来往的多了不少游客的船，因为那河是通天平山的要道的，船中尽是惨绿少年、红粉佳人，觉得鬓影衣香，珠光宝气，带了城市里的繁华富贵同来，使得这个乡僻小村黯然无色。伊看了，不觉有些歆羡。

一天，正是清明佳节，阿菊清早起来，梳好头，折些柳条来

185

插在门上。伊的母亲叫伊今天停绣，可散散心了。但伊到哪里去散心呢？坐在桌旁剥几个荸荠吃吃，忽听远远有丝竹的清音。伊想：哪里来的？待在窗边一望，见那边来了一只大船，声音便从船中发出来的。有许多男学生，坐在船里，吹笙的也有，拉胡琴的也有，弹琵琶的也有，兴高采烈地去游山的，一霎时过去了。阿菊一想，今天是清明，料想游人必多，但我想天平山有什么好玩呢？年年到了这个时候，总是一船一船的人去游山，城市里的人真是没处用钱，到这冷僻之地来走了。

伊就返身走出门去，来到河畔，在柳树下立定。见前面又来一画舫，里面有三四个妇女，有的穿着蜜色旗袍马甲，有的穿着闪色的旗袍，打扮得像花蝴蝶一般，有西装的美男子陪伴着，嗑着瓜子，指点风景。他们见阿菊立在柳荫之下，虽是乡娃，而丰姿娟秀，一种天然的美好，绝不靠着人工修饰，也不觉暗暗赞一声好，他们又想乡间风景天然清丽，青山绿水，远绝尘嚣，久居城市，车轮马蹄，闹得人头脑欲裂了，若得在此处辟了数亩地，筑精轩三楹，窗明几净，种竹栽花，呼吸新鲜空气，登高舒啸，临流赋诗，岂不享尽人间清福呢？

但阿菊也正痴痴地想，他们城市里的妇女好不福气，有吃有穿，还要出来游春玩景。我们蛰居乡村，哪里有这种时髦的衣服穿一穿？常听人说，上海好似黄金世界，都是有钱的人，又有苏州的玄妙观、观前街，何等热闹？我出世从没有去过，不知几时可以到那些地方去走一遭，死也瞑目了。伊正默想，忽听得笛声，有一般汽油船疾驶而过，才把伊惊醒了，两手伸起，懒洋洋地打了一个呵欠。

从此，阿菊的心也像河中的水被汽油船冲过，激起小波，动荡不已了。

原载《联益之友》（1927）

夺媳秘史

有友自梁溪来，为余言某富翁夺媳一事，颇诡秘。因叹高明之家，鬼瞰其室，往往父子聚麀，叔嫂成奸，中冓之丑，难为人道。殆饱暖思淫，廉耻之道尽丧欤？

某富翁者，隐其名，涸迹政界，敛财自肥。以某案不自检，为人所控，始罢归故里。年逾不惑，而性风流，时走马章台，问津桃源。最可丑者，家中女仆凡年轻而有姿色者，悉被其污，有不从者，必百计以遂其欲。

有四子，第三子性谨愿，言语木讷，众为戆三称之，任职于上海某大公司，为书记。去年富翁为三子授室，新妇貌艳丽，既婚，颇厌视戆三，以为戆物不解风流，如此夫婿，不如无，而戆三复去而之沪。长、次两媳知其翁有野心，早已分居。家中唯四子，年尚稚，读于校。一侧室，即故女庸而受宠者。故翁有垂涎其媳之意，媳亦时时搔首弄姿，冶妆出游。

一日，翁携媳及侧室往游苏州，探天平之胜，饮于金阊，三日而归。自此翁常与媳嬉笑无忌。

某日之晨，有一新进女婢入媳室洒扫，忽见翁方披衣而下其媳之床，婢大惊退出。

又有杨女仆亲睹翁拥媳坐沙发上而吻其颊，侧室妒之，亦泄其事于外。于是新台有泚，河水弥弥，丑迹昭彰矣！

及戆三回家，群讥笑之。戆三不能忍，又见其妇与己疏远状，益不能无疑，遂乘间诫之。妇不服，诟谇竟日，戆三愤愤而去。

今年春，妇忽与翁同之海上，作洋场游，宿于远东饭店。戆三知之，造逆旅，见其妇，而妇冷淡异常，云我从翁至此耳。戆三欲就妇宿，而妇不与绸缪。翁居邻室，妇反数数至其处昵谈。戆三怒焉，语侵翁，翁怒责其子，戆三力不敌，卒隐忍之。

未几，即返，戆三亦偕回，欲携妇往居于沪。妇曰：

"子每月仅二十余金，自问能有力赡养室家否?"

戆三曰：

"我固有产者。"

妇嗤嗤曰：

"若然，子可向而翁索，苟得每月津贴三百金，我当如言。否则宁独居于是此。"

戆三乃向翁要求，翁故留难不许。戆三大愤，竟力批其妇之颊，妇哭诉于翁。翁谓其子悖逆，将逐之。

翌日，忽失踪，有人来报城外河中有一尸，即戆三自沉于河而死者也。翁遂收殓之，而讳言其事，但云其子有神经病耳！

妇既寡，毫无悲戚，仍与翁同居。唯两兄惜其弟之死于非命，徒以家丑不可外扬，无如翁何。然对于翁之敬礼益薄，且不齿弟妇于人类矣！

今闻妇忽有孕，将四月，不知翁将何以处之也？若翁若妇，灭伦常，无羞耻，腆然衣冠，真人头而畜鸣者矣！

原载《联益之友》（1927）

吴中某仙殿秘记

城西某姓家，故富绅也，甲第连云，聚族而居。前年忽传说有狐仙灵异之事，辟宅旁一屋为仙殿，香火盛极一时。然自国民革命军来吴后，扫除迷妄，而此仙殿遂自动地罢闭。人皆疑之，以为县当道干涉也。庸讵知中有一段秘史乎？

绅家大小房族甚多，分门而居，有某房者，仆从甚多。中有一女婢，年可二十，江北产，然人极玲珑，已有苏化，性慧黠，主人甚爱之。

一日，主妇适至他处，婢忽仓忙奔出云：

"房中起火。"

家人入内救熄之，仅焚去一帐。婢言入室取物，则见火光熊熊，不知何来也。

主妇归，颇异之，然尚以为失慎也。

一夕，花厅上忽报起火，群往施救，焚去两窗，亦不知因何起火。胆怯者乃曰：

"殆有仙老爷欤？"

仙老爷者，狐之尊称也。江南人讳言狐，故称此名。自此，某房中时时失物，便桶置之床上，衣服悬之树上，食物换以不洁之物，于是狐仙为祟之说益信。

初，众以为某房有狐也，他房置不理，恐得罪仙老爷，谓将及己。既而亦时时有失物，不敢彻查，且宅后空屋中又忽失慎，合家上下惊惶莫名。

绅乃思辟一仙殿，香火供奉，使勿为祟。群以为然，遂实行。

绅自上匾，焚香行礼，子侄孙媳等无不拜如仪，戚朋闻之，争来上匾。一时求仙水占吉凶者，踵接而来，户限为穿，莫不曰，大仙灵，大仙灵。

会某房以事赴沪，挈仆婢而去，怪异亦熄。群以为某房不洁，得罪大仙也。

某房在沪，亦时有灵异，久之归家。而家中又复有怪异。

族中有某公子者，曾出洋留学，习科学，不信鬼神，自闻狐异，颇留心暗察。见某房之女婢，行踪颇诡秘，近又喜妆饰，区区庸工所入，乌得有此？且失火之时，报告者常为此婢，恐有嫌疑。因留意其购物之肆，往问之，则云，此婢常来购物。归询其主人，皆云不知。

一日，遂遣婢远去，往搜其箧，发现当票数张，所质物皆主人失去之物也。又一金簪，亦某房失去者。于是诡谋败露。

俟婢归，亲而严讯之，且送至警署，施以鞭挞，婢乃吐实。

盖近处有草棚，中多江北人，为婢之同乡，素慕某绅家之富庶，遂与婢通同暗谋，命婢伪为种种大仙作祟之状，使人不疑，然后乘间纵火。彼等可以乘机潜入，劫夺财物。不知婢纵火数次，皆被救熄，并未惊动外人，计不得逞。

今事泄，无所逃罪，后此婢遂有送入济良所。群议欲废仙殿，而绅不许，曰：

"初本无仙，或因辟殿而仙至，不如仍之。"

及绅逝世，今岁国民革命军又封闭莳门之仙殿，绅家乃乘此机会自废。

扰扰数年，皆一婢为之祟耳！此婢年轻而多智，胆大而善谋，纵横一宅中，玩弄众人若无物。设无某公子，则终为所欺耳！

原载《联益之友》（1927）

通 灵 记

《快活林》前载《传思术》一文，可知人为万物之灵，灵心相通，有神秘不可解者，令我忆及某友所谈之粤中张圣立一事，是亦情场中奇闻也。爰不惮词费而记之。

羊城的张圣立，年十七，美丰姿，翩翩如张绪当年，倜傥不群，少年英才也。家有老母，钟爱甚深，张自誓必得佳妇，故作伐者虽踵接于门，而迄未一下玉镜台也。

会其表妹于归何氏，张往赴喜筵。忽见女宾席中有一绿衣女郎，年方破瓜，修态娇容，丰韵雅绝。张骤睹佳丽，目眩神往，想入非非，以为汉皋仙子，洛水神女，复见于今日矣！而彼女郎流波四顾，美目时时盼及张身，无意中四目相接，女郎乃嫣然一笑，低头不复顾矣！

张私询表妹，始知女郎钱其姓，婉珍其名，家为东江望族，与其表妹为同学好友，工吟咏，善丹青，女相如流也。兹特来此送嫁耳！张默记之。

翌日，张出游，途中见数车夫包围一女郎，声势汹汹，急趋视之，则即绿衣女郎也，遂点首问讯。女郎玉容微赧，柔声曰：

"余坐车至此购物，言明车价若干，不意彼伦妄言，强索倍蓰之价也。"

张厉声顾谓车夫曰：

"咄！若曹敢讹诈耶？吾当唤警至矣！"

车夫见张来，以为与女郎一家人也，即逡巡挽车去。女郎乃向张致谢，互问姓名，略谈数语，即翩然他去。

时女郎已易蜜色单衫，手擎花洋伞，益觉倩丽可人意。

张自归后，思念女郎不置，灯下读《洛神赋》，痴情一缕，萦绕于女郎之身。

越日，至表妹处，则女郎已行矣！表妹知张意，笑谓：

"阿兄如有意者，妹当作冰上人。俾郎才女貌，成为美满姻缘。"

张喜而诺之，然不知表妹一时戏言也！

盖婉珍之母有姨甥，某世家子，多资财，雀屏之选，久已属意此子，所以未定者，不过时间问题耳！而张相思之忧，无时或解，银簟冰枕，时萦梦寐，望美人兮天一方，无禁何可，唯有常走表妹之家，刺探佳音。表妹厌之，遂曰：

"伊人已订婚于王氏矣！"

张闻其言，嗒然而归，大懊丧，为废寝食，终日惘惘，如有所思。

久之，竟卧病，病如狂呓，每夜辄喃喃如有所语。家人以为

195

病癫，请医诊治，卒无效。如是者一月，而张忽镇静，病状似稍愈，然夜间酣睡若死。常曰：

"我往东江钱氏家去矣！汝等慎毋扰我。"

其母忧心如捣，知其子必有内隐，坚询之，则曰：

"问表妹即知。"

遂遣急足往邀之来。表妹知张为婉珍而病，自悔曩者多言生事，乃毅然以蹇修自任，曰：

"前闻之说，或尚未定，姑往试之，成不成有天焉。"

张曰：

"女郎之母，将为文定矣！顾为女所拒，尚未下聘，急则面能及，否则噬脐有悔，将索我于枯鱼之肆矣！"

表妹曰：

"兄何知？"

曰：

"余唯日至其妆阁，见彼涕泣而道其母也。"

表妹骇曰：

"彼在东江，兄安能往？"

张曰：

"我夜夜前去，盖去者非身也，心也！意者我心相思之热，达于极点，而我之灵魂便会飞去耶？我固常见伊人也！"

表妹大骇曰：

"兄狂矣！"

翌日，即至东江，借婉珍妆阁而询之，则芳体亦染恙日久，所病与张之病相同。盖一见倾心，亦已钟情于张矣！婉珍之病，大类精神病也，每夜则言有一美男子至其卧闼，若即若离，徘徊久之而去。而梦魂中又时时与之相遇，言谈甚欢。其母以为有妖，欲延羽士禳解。婉珍曰：

"儿所见者张君也。"

遇告以邂逅之情。其母尚欲为女定聘，婉珍坚拒，其母爱之，亦欲招张之表妹一询究竟。

至是，知两人之状，皆大怪，以为无此事也。表妹遂乘机说钱母，钱母闻张才貌，且知女已爱张，遂变其初衷而允表妹之请。

事既谐，两人病皆霍然若失。未几，即成婚，伉俪间爱好称笃。

里人闻其事者皆奇之，播为美谈。

李商隐诗："身无彩凤双飞翼，心有灵犀一点通。"殆张与一个女郎之谓矣！作《通灵记》。

原载《联益之友》（1928）

得剑失剑记

闲常作武侠小说，大抵摭括异闻，或向壁虚造，纵其快人快事而已。

友人孟君日前为余言，其友陆君，字季雄，曾入吴子玉氏麾下之技击队，善舞剑，能超乘疾驰，健儿也。数年前曾偕友人入川，道出重庆，万山环绕，古木参天，忽见一老猿踞山石而啖物，目眈眈视人。陆曰：

"是间多猿猴，此物乃不畏人。"

一友曰：

"君能取之乎？"

陆一时兴高，遂挺剑而前。老猿见陆至，即返身窜避。陆大呼而追，紧随其后。猿飞奔莫及。

行可数百步，前有小涧，涧旁有石穴，老猿突不见。陆探石穴，见幽深杳冥，莫可测，冒险而入。行数十步，则有光明，闻猿啼声已在其上。足忽触物而倒，起而察之，则骷髅也，大骇。

又见骷髅之旁，有一剑鞘，已硝烂，中藏一剑。陆夙好此物，即携之反奔而出。

其友人见陆失踪，方大呼，而见陆出自石穴，惊问：

“得猿乎?”

陆笑曰：

“猿虽未得，然得一剑。”

即出剑相视，则寒光逼人，利若秋霜。剑柄刻有“青冥”两字，古雅可爱。陆大喜曰：

“此宝剑也！昔吴大帝募良工，特制宝剑，亦曰白虹、紫电、辟邪、流星、青冥、百里，不知埋没何处。今无意中为我得一，殆有天焉!”

友向其称贺。陆既归，重换美之鞘，颇自珍秘。

某日，有同队技士欲观赏此剑，陆遂邀集众人于校场中，出剑示众人。众皆啧啧称美，并请陆一舞为欢。陆韪之，遂挥剑舞，剑气逼人，皆作寒噤。舞止而散。

是夜，陆即悬剑于床头。明日起身，忽杳如黄鹤，不翼而飞。陆大懊丧，疑为同伴所窃。瞥睹桌上有一字柬，即取阅之，上有语曰：

> “青冥”为我家旧物，久已遗失，今幸物归故主。足下失剑，亦毋戚戚也!

门窗皆闭，不知如何入室取去？非有绝艺者，何能如是？陆始忆及昨日舞剑时，曾有一伟男子在旁眈眈而视，顷之始去，或即此人也。

　　然其间尝有一段奇闻逸事，惜无从再见其人耳！嗟叹久之。

原载《联益之友》（1928）

张渚捕龙记

龙之为物，于动物界颇称神秘。史册所载，稗乘所纪，读之生好奇之心焉。

昔年至五泺泾，时方初夏。一日傍晚，狂风大起，黑云蔽天，如千军万马，奔腾而至。乡人群出观龙，余随之，见其东正临阳澄湖，有黑色云柱一，下垂其尾，似烟似雾，上至天空。乡人皆曰：此乌龙取水出。余谓云气耳！

未几，雨至即没。昔孔子谓："鸟，吾知其能飞；鱼，吾知其能游；兽，吾知其能走。走者可以为网，游者可以为纶，飞者可以为矰。至于龙，吾不知其乘风云而上天。"余同此感焉！

商务印书馆前出《龙》一书，皆蟹行文字，余本以读动物学而未得读龙为憾，因购阅之，则皆记我国龙之神话，及历史而已。盖为西人备也。

去夏，友人溧阳钱君，为余言阳羡山水之佳，而张渚山上有龙池，胜迹也。君昔在高小肄业时，欲一睹龙池之奇观，因偕同学六七人，上山探之。山上有寺，寺僧皆强悍，殊不可侮。龙池居山之巅，游客过此，必纳香资，然后得观龙池，且预诫不可捕，捕之必有害。寺僧见君等皆青年学子，故峻词以拒。君等婉商，愿受检查，始得垂允。

钱君以心欲捕龙，曾购饼干四匣，而一匣中空，潜置一扁形之玻瓶焉。乃以两匣赠寺僧，则笑受之。束装上山，山路多崎岖，拔蒙茸，履巉岩，而至龙池。池不甚广，水清可鉴，而源源不绝，虽久旱不涸。乃见所谓龙者，长不过数寸，其首有须角，宛如图画所绘。其体似四脚蛇，而独五爪，往来游泳可百数，殆即蝾螈也。君乃出饼干以饷同侪，去其一之盖，出玻瓶，伛身池畔，竭力得六龙，惊喜欲狂，一一投入玻瓶，最后一龙以瓶小不能容，乃击毙于石上，众谓龙不可侮，其速下，君遂置之匣中，复以盖，封固完好，相将下山。时忽阳乌敛影，云气四拥，若将雨者。君毙一龙，心中不免惴然。

及至寺，寺僧谛视众人之容貌，一一检查，身畔均查过，而不知潜龙在匣，君计售矣！

君即归家，出瓶中龙，畜之淡水缸中，人或言龙不能捕，虽捕之必遁走。然君所捕者，了无他异，但不数日皆死。君殆未谙蓄龙之术欤！

闻茅山亦有龙，未知与张渚之龙何异也？《说文》谓鳞虫三百六十，龙为之长，能幽能翔，能小能大，能短能长，是以嘘气成云，吸水为雨，饮乎东海，休乎咸池，龙之为灵昭昭也。然此则渺小之动物，寂然无灵，而以龙称，当俟之博物家一为考证矣。

原载《联益之友》（1928）

热昏国游记

话说林之洋、唐敖、多九公等三人，漂洋过海，又来到一个去处。其时，天气炎热不堪，唐敖遥睹前面陆地上热气腾腾，忙问林之洋道：

"又是什么国了？"

林之洋答道：

"我前年曾从此地经过，听得是热昏国，只不曾上过岸。"

唐敖道：

"国以热昏名，奇了奇了，我们不如上去走走，探风问俗，不负此游。"

林之洋道：

"好的。"

遂带了许多折扇、团扇，以及电气风扇、汽水等各物，把船靠岸泊住，三个人走上岸来。赤日当空，好似张着火伞。路上没有树，不可以遮阴。

远远有热昏国人走来，唐敖一见，不由大呼："怪哉！怪

哉!"但见热昏国人身上着了很厚的棉被,脚上穿了棉鞋,匆匆地赶路,累得满头是汗。多九公道:

"我国俗谚有六月着棉鞋的一说,现在这里竟成事实了。"

林之洋要做生意,忙拦住一个人说道:

"朋友,可要惠购一些东西?"

一个热昏国人立定了,林之洋奉上扇子,那人问道:

"这有何用?"

林之洋道:

"贵国天气炎热,应有这种东西招招凉风。"

遂把扇子摇动。那人道:

"这种东西带在身边,讨厌得很,不要。"

林之洋又取出汽水,那人一摸是冷的,也喊不要,说道:

"我们国里的人,不喝冷水,讲究卫生,并且恐怕喝了冷水,五分钟热心要冷到零度,什么事都不肯做了。"

林之洋冷不防讨了个没趣,唐敖问道:

"你们着了棉鞋棉袜,不怕热死吗?"

那人冷笑道:

"热死吗?我们所以要穿棉袜,是要抵抗阳光的热,不射到身里去,自然不热,并且我们还有一个消极方法。"

说罢,将舌头伸在外面,急急走了。

二人哈哈大笑,又向前走了几步,见一个少年揪住一个老人的长髯,其势汹汹。多九公上前解劝道:

"你看他是一个老人,放了手吧!为了何事?"

少年怒道:

"你们这种老而不死的天演淘汰的分利分子的老头子，敢和我们青年主人翁顽抗吗？他是我的父亲，我因他不肯拿出钱来给我使用，所以要和他用武力解决，实行非孝主义。"

说罢，把老人痛打。热昏国人看了，都说打得好。三人只好回身走去。多九公道：

"这只有热昏国人做了。"

渐渐走到闹市，见热昏国人来来往往，奔走很热，可以说挥汗如雨。多九公究竟年纪大了，天气又热，走得气喘吁吁。林之洋因一个大钱的交易也没有做，十分懊恼，想觅一个避暑地方，却苦没有。唐敖笑道：

"究竟热昏国人是不怕热呢，还是热昏了呢？我们都变作热石头上的蚂蚁了。"

猛抬头见层楼矗立，门上有"热昏世界"四字，唐敖道：

"在我国上海滩上有许多游戏场，像大世界、小世界、神仙世界等等，不料这里有个热昏世界，倒要进去参观一番。"

林之洋首先去买门票，每人要一块钱。三人走进去一瞧，里面有各种游戏，还不及上海的大世界。走到一间方厅，上有标题大书"赤裸裸"三字，许多游客挤在里面观看，喝彩之声不绝于耳。

唐敖排开众人入看，见有一个个妙龄女郎走到台上，徐徐脱下衣裤，一丝不挂，捉对儿跳舞，十分猥琐。林之洋连喊搁霉头，向别处走去。

又见一个说评话的，拍着醒木，口里说道：

"……黑旋风李逵正坐在书房里吟诗，忽然跳进一个吴学究来。说道：'不好了，浪里白条张顺跌在水中要沉死了，快去救他！'李逵听说，慢慢地踱出去，遇见行者武松，在那里调戏孙二娘，恼了伊的哥哥孙立，提起铁禅杖便要动手……"

三人听得不知所云，一看牌上写着"小热昏的热昏水浒"。多九公笑道：

"热昏国人讲热昏水浒，可算无独有偶。"

林之洋觉得肚中有些饥饿，见左手有个餐室，忙和唐敖等进去坐定，点了一盘炒虾仁，一盘冻鸡，打两斤酒来。唐敖见茶烫得不可喝，便把带来的汽水开了一瓶喝下，引得热昏国人都来观看，齐说他们是冷血国里来的，所以喝冷水。唐敖笑笑。稍停，先送上一盘炒虾仁来。林之洋舀了一匙便吃。唐敖细细一看，跳起来道：

"咦！这是炒苍蝇了。"

林之洋一看，果见许多苍蝇，不由一阵作恶，大吐大呕。多九公也热得不可开交。三人都热昏了，连忙还了账，急急逃走。路上又遇见方才跳舞的妙龄女郎正排着队在街上裸体游行，大家唱着歌道：

　　打倒衣裳，打倒衣裳，脱裤子，脱裤子，妇女裸体

成功，妇女裸体成功，大解放，大解放。

多九公掩着面道：

"快走快走！不要被她们包围。"

于是三人逃出热昏国，下船扬帆而去。

原载《联益之友》（1928）

206

摇会志异

社会旧俗，凡欲筹款以应急需，得邀亲朋友好，能扶人之急者，合成一会，数之巨细，悉视首会之意志。每届会期，必以骰盘骰子摇点之大小，点最大者则得会，得与不得，未能预知，咸乞灵于此六小粒之骨骰。此俗谚有"摇会养儿子"一语，以形容其难也。兹闻友人言摇会异闻，颇以为怪，然言之凿凿，有人可考，有年可稽，固非向壁臆造也。因录之以告读者。

（一）状元摇会三个全红

吾苏吴状元，当其微时，颇穷困，其岳父曾合亲友成一数百元之会，而吴亦与焉。

某日为会期，吴以急需，颇欲得会，俾收款以应付债务。然何人得会？不能一定，其夫人乃思得一计，至摇会时，伪言吴有事他出，不能到会，嘱其夫人代摇。但夫人以深闺女流，未便亲至堂前摇会，故至其摇时，只得命下人将骰盘取至堂后，摇毕再取出观色。而预置一同样之骰盘，翻成红全色而盖之，以便调视，故堂前诸人咸听骰声清脆，及取盘出而开视，则见盘中六骰，粒粒红色，于是大呼红全色，吴得会矣！忽有一老者起而言曰：

"骰盘非原物矣！适间吾留心注视，见盖碗有绝细之裂痕一条，今则光滑与前不同。且少夫人在堂后一摇而得红全色，我侪皆未在旁，不能取信于人也！"

众咸和之曰：

"例当出而重摇。"

吴方在堂后，闻外间喧闹，知此事已偾，解铃还仗系铃人，遂出后门，复入前门至堂上。众曰：

"吴先生至矣！"

吴佯问其故，众以实告。吴曰：

"由我重摇可也，其毋哗。"

吴即取盘一摇，揭视则赫然映于眼帘者，红全色也。吴大笑曰：

"盍观之？以中殆有天焉！"

于是众皆瞠目结舌无异言。吴入内，顾谓其妻曰：

"会得矣！此天也！"

相视而笑。试揭吴夫人所摇之盘，则又一红全色也，皆惊奇莫名。

后吴殿试第一，衣锦荣归，家人皆以为预示吉兆云。

（二）三个全色一场奇祸

苏城黄鹂坊桥畔，昔有小茶肆。某日有众集肆中楼上摇会，某甲一摇而得红全色，以为收会矣。忽有某乙大言曰：

"既有红全色，尚有五点全色，六点全色，未可以收也！"

甲曰：

"全色全收，此会之常例，若安能反对？"

乙曰：

"反对则反对耳，非让我侪一摇不可。"

甲曰：

"乙强词夺理，众意何如？"

众曰：

"全色岂易摇出？始任其一摇可耳！何呶呶纷争为？"

甲无奈，遂命乙摇，乙果一摇而得五全色，众大奇之。曰：

"莫小视某乙，口强而手亦强。"

乙大笑曰：

"何如？我今可收会矣！"

时又有某丙挺身出曰：

"未可也，子不云乎？尚有六点全色，我侪亦须一摇方服。"

乙以其言直，亦无异言。顷之，有一老者上前一摇，揭盘视之，则盘中乌黑，六点全色也。

斯时，众以谓天下无此奇事，必有仙人过此，盖谚有仙人过，摇全色也。大为哗笑。

楼下茶客闻声群来趋视，不知此楼久已失修，不能载重，砉然一声，如天崩地裂，忽焉倾倒。摇会者与观客大半压毙，共死伤一百数十人，亦无妄之灾也！迷信者谓是中有冥报，余则谓国民缺乏常识所致。

此圣人所以有知命者，不立乎危墙之下之说也。

原载《联益之友》(1929)

征婚秘幕

　　日前读《新闻报》广告栏，见有闺秀征婚一则，其所提条件甚宽。大致谓二十五岁左右，人品诚实，愿与奉侍老母者，虽其所入月仅三十金，而貌平庸，亦得中雀屏之选，较之须限大学毕业、家资有五千金以上者，可谓特别迁就矣！友人聚谈，或云个中多黑幕。

　　前有某画肆欲出一求婚尺牍，苦无资料，遂登报征婚，不及旬日，而求婚之书，络绎而来，堆积案头，编纂之，尺牍之稿成矣！

　　某友又言，昔在汉口，曾闻一诡奇之骗案，亦与征婚有关系者。则某年汉口某日，报上忽登一征婚广告，其所提出之条件，与沪报上者略同。有某公司之书记秦某者，翩翩年少，尚无室家。原为皖籍人，早丧父母，飘零在外，庸书自给，固无力以求偶。阅此广告，不觉中心跃跃，欲一尝试，或有幸遇，遂修函投之新闻箱中。

　　不数日，忽接复函，笔迹娟秀，约秦至某旅社某号房间内一晤，然后定去取。秦喜出望外，至期，整容而往，果见一妙龄女子，姿色娟好，若不胜含情者。问讯之下，各诉衷曲，始知女有遗产甚多，徒以欲自由选择，故出此举耳！畅谈而别。

翌日，女以书来示允意，秦遂再往接谈，女愿出资与秦赁屋同居，且月贴三十金为日用。秦信之，乃与女偕出，赁一屋于租界中。凡器用之属，或购或租，陈饰一新，皆女之资也。

莺迁之日，即二人燕好之夕。女自随秦后，温婉异常，家事亲自治理，唯庸一女仆耳！秦之友人闻悉此事，群向之道贺，秦遂设酒欢宴，唯有一知友则谓女之本来不明，或恐他变，劝秦防之。秦亦以为然，然见女一心对己，凡事无不博秦欢，枕席之上，尤宛转温存，楚楚可怜，自思，余本一穷措大，彼固何所利而失身于余？人之多疑，亦可笑也！

数月后，女笑谓秦曰：

"余亲胡氏将嫁女，女与我为姊妹行，幼时相过从，今久隔阂，闻不日将来此购办妆物，君见之不必避也。"秦唯唯。

越数日，果见有一粲者携一鸦头而至，馈送礼物甚厚，与女絮絮谈别后状况。秦亦入见，称粲者曰胡家姊，粲者亦婉娈可亲。秦与女伴之出游，尽东道之主焉。

一日，女谓秦曰：

"今日君无事，盍伴我侪出外购物，胡家姊不日亦将回去矣！"

秦颔之。女与粲者遂靓装而出，同坐汽车，先至某大银楼，女等入内，选购金链、金镯、金碗及金制之玩物，约计五千余金，将付值，粲者探囊，忽呼曰：

211

"噫！出时匆促，所携之纸币忘在妹家矣！"

女曰：

"不妨。"

因开其皮夹，取一某银行之一千元支票，授店中人曰：

"适间匆匆忘携金来，此千元可先付，余款当立即回家取后送来。"

店中人犹豫不即允，女遂谓秦曰：

"彼等持重，不易信人言，然我侪岂欲诓人者？请君暂居此少俟，我与姊归家取来，尚需至某绸缎肆购衣料也。"

秦曰：

"可。但请速来。"

店中人见有秦留此，坦然无疑，遂视两人携物坐车而去。去久之，不见女等重来，秦颇焦急，欲回家，而店中不许。又待一时许，杳然如故，店中人方生疑。某经理详询秦与女之历史，秦以实告，经理顿足曰：

"事坏矣！速去速去！"

遂挟秦同坐车至秦寓，则不见二女踪迹。询之女仆，则谓：

"方出后即归，上楼匆匆取两巨箱去，鸦头亦从之行矣！"

于是秦方知受女之愚矣！经理遂控于捕房，侦缉此案，而秦亦被累入狱，尝铁窗风味矣！至女付之款，亦空头支票也。

世之妄冀幸运者可不慎乎？

原载《联益之友》（1929）

妖　祸

　　松江某氏妇，貌仅中姿，而其夫则一美少年也。家道富有，故其夫当喜作狎邪游，昵一小家碧玉，别筑香巢，弃旧怜新。妇虽知之，而无如何也！

　　一日，有一卖花样之妇人登门求售，妇见其温和可亲，遂邀之入内，购花样若干。卖花样之妇人得间谓妇曰：

　　"我视夫人之貌，似重有戚者，得勿有心事乎？吾辈虽卖花样，而习奇术，能为人解决一切疑难。"

　　妇信之，即以其夫在外荒唐，与己爱情日弛相告。卖花样之妇人微笑曰：

　　"是不难，我自有法挽回其心，不知夫人能信我否耳？"

　　妇闻言大喜曰：

　　"能如是，我当厚谢，尚请明以告我。"

　　卖花样之妇人遂自书中出一纸剪之小人问妇曰：

　　"请告我以尊夫之生辰。"

　　妇一一告之。卖花样之妇人遂乞笔墨，书其夫之生辰八字于纸人之背，而另以朱笔画一符于前胸，授妇曰：

"夫人可于今晚潜置入尊夫常睡之枕中，彼必归家与夫人相亲。夫人亦宜媚之，以博其欢，如是，则彼必一反昔日之所为矣！但请秘密，不足为外人道也。"

妇得纸人，感谢靡既。卖花样之妇人遂告辞而去，约月后再来省问。妇于是夜如其言行之，其夫果即归，谓妇曰：

"我甚念汝，不自知其故也。"

妇亦曲意献媚，绸缪竟夕，爱好逾往时。自此其夫辄守家中勿出，前后判若两人，弃其新宠不顾矣！妇私幸纸人之术灵验，中心颇感。

越月余，卖花样之妇人忽来，妇欲谢以金。卖花样之妇人笑而不受。曰：

"我非贪阿堵物者，愿与夫人结一相识，夫人其许之乎？"

妇诺焉，且下榻留宿。其夫问之，绐以他言。

翌日，卖花样之妇人即辞去，临行时向妇乞其夫之敝衣一袭，云归给其子衣者，妇乃予以完美之衣一袭而去。

旬余，其夫忽起疯疾，无药可医。妇忧心如捣，忽见卖花样之妇人复来，遂询其有无治疗之术，立答曰：

"能。予有同伴三人，明日晚可偕之来，收疯鬼去，则病自立愈矣！"

妇大喜，问：

"医资约需几何？"

卖花样之妇人曰：

"悉听夫人赐给，必不计较多寡也。"

遂去。明日傍晚，果偕一中年妇，及一丑男子至，见妇，则力言：

"丑男子王姓，专治疯疾，符咒甚灵。夫人今晚但听我言可也！"

于是妇具盛馔，宴请三人。丑男子据桌大嚼，意态自豪。黄昏时，卖花样之妇人又嘱妇曰：

"夫人同其余家人可居一室中，尽放心安睡，即闻声息，毋预外间事。我侪今夜将努力驱走疯鬼，犯之必无幸也。"

妇唯唯，仅留其夫在房中。人静后，卖花样之妇人偕丑男子及中年妇入室去，妇初不能睡，屏息听其夫房中初无若何声息，继则足声往来颇忙，想正驱鬼也。良久寂然，妇亦倦眠。

明晨醒来，开门出视，则见其房内杳无人声，双户虚掩。推门而入，又见其夫全身被缚，抛置床上，口塞棉絮，所有箱笼皆开，其中银钱首饰皆已不翼而飞，凌乱万状。急回身奔出，则大门洞开，此三人不知何往矣！始悟为卖花样之妇人所愚弄，损失不赀，急鸣于官，四出追捕，然而鸿飞冥冥，弋人何篡，终不可得矣！

又月余，其夫疯疾忽愈，始悟疾之作，亦由彼卖花样之妇人为祟也。昔人云，三姑六婆淫盗之媒，故善治家者，勿令入门，有以哉！

因以《妖祸》命题，详记之，使世之迷信者憬然悟焉。

原载《联益之友》（1930）

215

神童夺镖记

　　黑石关乃是由郑赴洛的孔道，那地方群山环绕，形势险峻。在黑石关的西北面，有个横山，山下住着几个人家，都靠着佃猎为生。

　　一天，有一少妇携带一个童子，又有一老仆相随，坐着骡车赶来，装着不少行李，好似从远道搬来的。到后，即鸠工庀材，在山边筑成三间小屋，他们便安居在内。

　　少妇姿容昳丽，难得和人见面。童子体魄强固，相貌英秀。老仆也是精神矍铄，不似年迈力衰的人，待人却很和善的。少妇时时独自出外，或一旬而返，或逾月不归。这地方的人都不知道他们的来历，并操何种生涯，有时和老仆谈笑间，偶尔问询一二句，老仆总是笑而不答。只知道他家姓徐，老仆称呼他的主母为大娘，因此大家在背后都唤那少妇叫作徐大娘。老仆自言姓关，人家唤他关伯伯。童子的名字却没有知道。

　　恰巧有一天，童子独自在外边游玩，山下古墓甚多，有一个佟家坟，墓前有一对石马，蹲在乱草丛中，对着斜阳，终古无

216

语。童子跨在石马上，折着树枝，当作马鞭，一边吹唇作声，一边把树枝鞭着马，好似驱走的模样。邻居两个猎人从山上归来，见了他，不觉笑道：

"这是石马呀！你一辈子也赶不动了。"

童子抬头对他们白瞪着眼说道：

"你们以为这是石马，我不能把它赶走吗？我偏生要使它走几步路。"

说罢，跳下石马，丢了树枝，双手抱着马头，只一摇，那石马已离开原有的地位，遂说道：

"来来来！"

拉着马向右边而行。说也奇怪，那石马果然似活的一般，跟着童子便走。两旁的草都被摧折，直走到右面一座石马边停住。童子回过身来，拍手笑道：

"你们瞧见的，它不是走了吗？"

两人估量那石马足有二百斤重，却被童子拖着就走，毫不费力，不觉咋舌称奇，连忙去唤乡人都来观看奇闻。

一霎时，团团围着男女老少二十余人，见好好两座石马，本来分开立对面的，现在却亲亲热热地厮并在一块儿了。这时，忽然那个老仆关伯伯也已闻信赶来，瞧见了便对童子说道：

"少主人又在外边闹什么玩意儿了？留心不要惹祸，大娘唤你回去。"

童子听得呼唤，便要跑回家去，老仆又道：

"且慢，你把那石马弄在一起，叫别人如何把它们分开？还是你去恢复原状吧！"

童子点点头，遂又拉着马头，拖到原处停下，跟着老仆去了。

众人亲眼目睹，见这小小童子竟能把石马拖来拉去，天生神力，一时罕有，都对他刮目相看，称为神童。又有人以后去问神童怎样有这般大力的，神童也不肯说，并且外边也不大出来了。有时听得他们家中书声琅琅，神童却在那里读书呢！

其时，天津有个振远镖局，局主倪长华已有四旬开外年纪，在外保镖二十年，江湖上赫赫有名，别号铁背熊，提起铁背熊倪长华来，北五省没有一个不知道的。他的镖车上常插着一面杏黄色的旗帜，上用红线绣成一个熊头，各处绿林中人见了这个熊头标识，便不敢来惊动了。因此倪长华颇以自豪，振远镖局的生意很好。

这一遭他又保着一路客商，载运重货，押着十五辆镖车，偕同几个徒弟，以及壮丁们，一共数十人，从汴入陕。汴省土匪甚多，在在而有，夙称强悍，然而他仗着铁背熊的镖旗，一路平安无恙，早到黑石关。倪长华正伴着一个客商在后队并辔谈话，忽见前面一阵骚乱，不知何事，正欲查问，只见他的徒弟跑来报告道：

"山下有一个十二三岁的童子拦住镖车，不放过去。"

倪长华怒斥道：

"原来为这些小事，区区孩童，难道你们还对付不来，要报告我知道吗？撵他一旁便了。"

他的徒弟又道：

"师父，便因这个童子十分厉害，非寻常小儿可比，所以只得有烦师父了。我们本来督着镖车，好好儿地赶路，不知哪里走来一个童子，在前面拦住去路。壮丁将镖车依旧向前推去，吃那童子飞起一足，把镖车蹴住，休想推得动半步。我们向他理论时，都被他挥拳打倒，并且口出狂言辱骂师父。"

倪长华道：

"他骂我什么？"

那徒弟道：

"不敢说。"

倪长华有些恼了，大声道：

"什么话？你尽说无妨。"

徒弟道：

"他说一向听得铁背熊的大名，故来领教。今天铁背熊遇见了他，必要拗去熊头，折断熊背……"

话未说完，倪长华早忍不住无名火起，将手一摆，说道：

"知道了，哪里来的小畜生？待我前去收拾他。"

把马一拍，跑向前去。但见自己许多镖车都停塞在途中，几个徒弟都被打倒在地。那童子抱拳立在对面，生得眉清目秀，英风豪气。身穿一件紫花布的夹袍，头上梳着一条小辫子，煞是有趣。暗想：那童子究竟有怎样大的本领，竟将我的徒弟打倒，却未可轻视他呢！童子也已瞧见他，便把手一招道：

"你就是铁背熊吗？很好，来来，我们今天较量一下，看我拗去你的熊头，折断你的熊背，挫挫你的熊威风，打倒你的熊镖旗。"

倪长华跳下马来，脱去长袍，过去对童子说道：

"童子，你小小年纪，休得妄自逞能，大概你不吃些苦头，也不肯走的。"

便稍进一步，使个"饿虎扑羊"势，来抓童子，童子却不慌不忙，身子向下一蹲，让过这拳。倪长华已扑个空，待收住脚步，童子已跳至他的身后，伸手轻轻在他背上一拍，说道：

"试试你这铁背结实不结实？"

倪长华觉得背上经这一拍，如有数百斤的重量突然推来，怎当得住？一个狗吃屎，跌在地下，爬不起来。童子哈哈大笑，过去把十五辆镖车前后勾搭住，贯串一起，遂双手拖着，向前跑去。

那十五辆镖车一齐跟着他轮转如飞，隆隆然地去了。众人见铁背熊又被打倒，哪敢拦阻？铁背熊从地上立起，跌了一面孔的沙泥，忙拂拭去，觉得背上有些微痛，解衣看时，早见一个手掌的印痕，都作青色。知道这童子一定大有来历，自己不是他的对手，十五辆镖车挽走若飞，他的力气可想而知了。但不知童子是何许人，镖车夺去，可能想法取还，他这番来夺镖，是无意戏弄呢，还是有心作难？若是有心，却就难了。众人一齐聚拢着商量，渐渐有许多乡民跑来观看，都说神童又和镖客闹玩意儿了。

倪长华正要询问神童何人，早见一个老家人模样的急急跑过来，问道：

"哪位是镖师铁背熊？"

倪长华道：

"即我便是。"

"那人道：

220

"我家小主人适才闯了祸，我家大娘又不在家，无人约束他，对于镖师们非常抱歉。我是他家的老仆，现在被我说了，小主人已将镖车抛在门前旷场上，只得有烦你们前往拖回吧！"

倪长华听镖车已有着落，又惊又喜，便和手下众壮丁跟着那老仆走去。众人随后跑来瞧看，跑到那里，忽见十五辆镖车一辆辆地堆宝塔般高高堆起，宛如一座钟楼。倪长华只叫得一声苦，众人也是面面相觑，没得法儿想。

原来，每辆镖车至少有七八十斤重，这样堆积起来，怎样去取下呢？又不能从底下抽的。老仆见了又道：

"哎哟！小主人不该这样恶作剧的，待我去唤他前来取下便了。"

遂向屋里跑去。不多时，那个神童笑嘻嘻跑得过来说道：

"镖车现成地放着，还不会拿吗？真是酒囊饭袋了。仍要烦你家小爷动手，岂非笑话？"

倪长华耐着气，挨受他笑骂。见童子卷起双袖，全身向上一蹿，凭空扶摇而上，双手掇着一辆镖车，轻轻落下，放在地上，又蹿上去掇着一辆下来。这样一上一下的，不消片刻，十五辆镖车一齐平置在地上了。回头对铁背熊说道：

"铁背熊，今天你可领教吗？你的镖旗快取下吧！小爷去了。"

如飞地跑进屋子里去。倪长华气得一句话也说不出，取下镖旗，命壮士们推着车辆赶路。此后，他自陕西归去，便把镖局闭歇，不干这生涯了。一生英名，败于童子之手，谁都想不到的，神童的威名因此传遍两河。

一天，众乡人忽见那老仆唤来几辆骡车，载着屋中的行李，徐大娘和童子各骑着驴，老仆押着骡车，一齐去了。众人见双扉虚掩，遂进去窥探，见只留下一些笨重物件，像是全家迁去的样子。唯有屋隅一对大铁轮，重可数百斤，不知有何用处，很是奇异，觉得这三个人突然而来，飘然而去，究竟是何等人物，却是一个闷葫芦，无从知晓。

　　隔了一个多月，忽见那老仆匆匆走来，大家很是欢喜，上前叩问行踪，老仆仍是笑而不答。跑到屋子里，东瞧西寻，别无所取，却把这一对大铁轮左右挟在胁下，回身走出大门，向众人点点头，说声再会，健步如飞而去。

　　此后，却一直没有人来，只剩着一座风雨飘摇的空屋。

原载《联益之友》（1930）

江上峰青

　　华灯影里，琴歌声中，男男女女的观众如潮水似的涌进万国大戏院来，千百个座位一刹那间已坐得毫无隙地，后到的只好一个个打回票。

　　原来，今晚是杏花歌舞团假座万国大戏院登台奏技。杏花歌舞团是最近上海异军突起、大噪艳名的歌舞团体，由团中主任歌舞博士徐灵飞苦心地导演和训练，方才有这杰出的舞女，伊们曼妙的歌声、优美的舞态，博得上海观众的同情，取得一时的荣誉，在徐灵飞博士眼见歌舞成功，可谓踌躇满志了。

　　今晚也是张翠云第一遭登台独舞的日子。张翠云是杏花歌舞团中的一个舞女，由徐灵飞博士最近训练出来的，娇小玲珑，如一只画眉，一种可怜可爱的神态，使人见了，没有不啧啧称美的。起先也不过充当配角，后来徐博士独具只眼，见伊是个可成之材，遂极力对伊教歌教舞，训练得尽善尽美，而探戈一舞，尤为出色。今晚的节目第五节便是张翠云的探戈舞，同舞的却就是这位歌舞博士。一会儿，五色放射的电光灯，闪闪地照着那位张

223

翠云舞女，从幕后姗姗而出，穿一件杏黄色的舞衣，上面钉着许多水钻小镜子，经电光映射着，更是耀人眼睛，而一只雪藕也似的粉臂，露到肩上，更令人发生美感，和那徐博士合舞起来，真个是身轻如燕，貌艳于花，进退有序，周旋中节。舞到后来，徐博士忽然把伊高高举起，伊一足踏在徐博士的肩头，一足向上，整个的娇躯向后仰下，恰成一个弧形，胸前的玉峰也隐隐高耸着，愈显得美丽了。大众不觉拍起手掌喝彩，徐博士遂把伊轻轻放下，重又翩翩而舞，五花八门，极尽其妙，益以悠扬的乐声，使一班观众靡靡然，陶陶然，极尽了声色之乐。

探戈舞毕，大家都说张翠云真好，可算是舞女中的明星。张翠云在舞的时候，见台下很是赞美伊，也觉喜不自胜，可以把平日抑郁不平之气一吐了。

当张翠云换了衣服坐在后台休息的时候，徐灵飞博士跳跳纵纵地走来，对伊带笑说道：

"翠云，恭喜你今晚的成功，你舞得恰到好处，竟可凌驾密司蒋而上之了！"

密司蒋是杏花歌舞团中最出色的基本团员，张翠云听到这几句奖励的话，是伊从来没有听过的，出于徐博士的口中，实在很非容易，好不光荣，便答道：

"这还是徐先生指导的效力吧！"

徐博士听了，点点头，又笑起来道：

"你这小妮子倒会说话！"

说罢，很是得意。在旁边的几个舞台星听了他们的对答，彼此眨眨眼睛，撇撇嘴，好似嘲笑张翠云的模样，又好似含着几分醋意。可是张翠云心中总是很快乐的,同时觉得自己的地位已高了不少。

寒冷的深夜,张翠云披着一件玄色斗篷,这是徐博士最近代伊做的,坐着人力车回家去。伊的家是住在城内一条弄内,很僻静的,租着人家一间客堂楼面和一个小亭子间,张翠云的卧室便在亭子间内。伊回家时,两扇大门早已紧闭,因为伊是常常归来很晏的,所以总走后门进去,带有一个小钥匙,可以自己开启。伊开了后门摸进去,扳亮了电灯,把门关上,又将电灯熄灭,然后一步步走上楼梯,来到亭子间中,开了电灯,将门闭上,觉得身体有些疲倦,口里也有些渴,要想喝一口茶,然后睡眠。但是,哪里有水喝呢?伊的母亲和弟弟在客堂楼上早已关了房门,深入睡乡,不敢去惊动他们,只好苦着自己的嘴,去了斗篷,还对着镜子照了一照,见自己颊上热烘烘的正有两朵红霞,不觉顾影自怜。因为时候已是不早,遂卸妆解衣,熄了电灯,到床上去睡。而睡魔偏偏不来,横在十字布的枕上,冥想方才舞的情景,台下的观众不是都在那里点头赞许吗?清脆的掌声,不是曾经一阵阵送入我的耳鼓中吗?我忍受了许多苦痛,今晚总算破题儿第一遭受人欢迎,被人激赏,连那徐灵飞也向我恭维几句好话,可知我确乎舞得不错,从此密司蒋不能独擅其胜,专美于前,把一种傲慢的神气显现在我的眼前了。想至此,心头很觉安慰。但是,继续一想自己的苦处,却又不禁微微叹了一口气。

原来,张翠云的身世十分可怜,是天下一个畸零的弱女子,伊的父亲是一个酸溜溜的文士,为人很是忠厚,在轮船局里当个文牍,郁郁不得志,妻子管氏做得一手好针线,井臼躬操,帮助丈夫撑持着门户，生了一个女儿，便是翠云，二人很是宠爱，不料以后管氏因为积劳成疾，心境不佳，犯了痨瘵病，医药无效，就此去世。翠云的父亲悼亡情深，自己拖着他的女儿，那时翠云还只有六岁。

过了一年，觉得自己也是时时有疾，而且天天要到局的，家务乏人照顾，爱女无人管领，不得不鸳弦重续，弥补这个缺憾。便有人来做媒，说合本埠一家开杂货店的陶姓女儿，订了婚，不到半年，便正式迎娶，和陶氏成了夫妻。

陶氏初来时尚觉和顺，翠云也十分乖觉，很得陶氏的垂爱。不过陶氏年纪正轻，喜欢浓妆艳抹，常常要到街上去，翠云的父亲对于这一层不甚惬意，到底是小家女子，不免有些轻佻，没有前妻那样的庄重了。可是他性子怯懦，不敢去说陶氏的不是，又将翠云送到小学校里去读书，见伊天性聪慧，很想将来把伊造成一个画家或教育家。后来，陶氏生了一个男孩儿，因为在五月里生的，取名榴官，不消说得，当然爱如珍宝了。陶氏就因此脾气不好起来了，以为我代张家生了儿子，是天字第一号的大功，遂把翠云渐渐虐待，没有好的衣服给伊穿，没有好的东西给伊吃。翠云一切都含泪忍受，哪敢和势焰方盛的后母反抗呢？翠云的父亲虽然见了情形，有些知道，但是也不敢多说，因为说了不但没用，而且陶氏反要更加虐待伊，那还是不说的好。

有一年，轮船局为受战事影响，要节省开支，裁减人员，翠云的父亲不会巴结上面的人，所以也在被裁之列。他想：我在局中供职十余年，虽无殊功，也无过失，平日也很勤于公事的，千裁万裁，不该把我这个小的位置也裁掉，为什么如某某等人，他

226

拿的月薪很多，位置也非紧要的，却不裁去呢？所以，他一气成疾，在家抑郁无聊，裹足不出。

他本来没有什么积蓄的，赋闲不到三个月，已吃尽当光了，只好东借西贷地勉强支持，终日如在奈何天中，加以陶氏不比前妻刻苦持家，能助臂力，哪里煎熬得过这种贫苦的日子？所以时时怨天骂地，寻事生非，怪丈夫没有才干出去赚钱，而翠云的待遇也益发恶劣了。可怜翠云的父亲，闷上加闷，愁上加愁，自己又不是个旷达的人，便在那年的冬里故世了。

陶氏丧了丈夫，并不悲哀，倒也不过如此，以为伊的丈夫既然不能赚钱养家，还是死了干净。然而伊又怎样去独自支持门户呢？好在像伊这样轻佻的小家女，又没有受过教育，"贞节"两字不在伊的脑中，以后便出去干那淫贱的勾当，反可以多少捞几个钱，回来维持生活。

这样过了二三年，翠云年已及笄，虽没有好的妆饰，却天生美丽，处处流露出来，令人可爱，都说伊生得不错。恰巧其时上海跳舞之风大盛，舞场一处处地开设，闺秀名媛也都学习跳舞，变为交际上所需要。歌舞团体便随之应运而生，很能轰动社会，尤其是上海的社会。

杏花歌舞团是后起之秀，主任歌舞博士徐灵飞在组织的时候，登报招收舞女，又设立一个学校，专门教人家女子学习歌舞。广告上大事宣传，说在他的校中，毕业后，便可入杏花歌舞团为团员，优美的则为基本团员，特别优待。试艺一年以上，成绩良好的有很高的月俸，以为报酬，平日一切舞场服饰，概由团中供给，且在校中习练时，膳宿费免缴，每月由校中津贴鞋袜费四元。

这个消息传到了陶氏的耳中，不禁心动，伊也曾看见有许多舞女的风流美好生活，很是快乐，因此嫁得富家子弟，一个筋斗跌到青云里。所以很愿意把翠云送到这新设的歌舞学校里去，遂托人前往报名，自己又带了翠云前去接洽。翠云的自由完全由伊的后母支配，叫伊到什么地方去，自然绝对地顺从。

那位徐博士一见翠云，见伊娇嫩的面孔和绝细的腰肢，很是合格，遂把伊收下了，叫伊天天前去练习，午饭由学校供给。陶氏见翠云已考取了，很是乐意，当日仍带着翠云回家，代伊做了一件新的自由布旗袍，叫伊在校中时须要听从徐先生的教导，好好用心练习，将来自有吃饭之地。因为徐先生是个热心提倡女子职业的人，不愁不会提携，翠云一一答允，于是伊遂做了歌舞学校的学生。因伊以前也读过书，曾在小学毕业，后来伊的父亲故世，才中途辍读的，所以伊对于歌曲，一教便会，于教授时一些没有困难，徐先生很是欢喜伊。后来，伊居然毕业了，徐博士便叫伊到杏花歌舞团中充当团员，伊当然无有不愿之理。陶氏心里也对伊存了很大的希望。

伊初为团员时，不过充当配角，没有月薪，却是一天到晚忙得很，因为杏花歌舞团时常在沪上表演，或是受着别地方戏院里的特约，出外去表演一二个月，徐博士带着许多舞星，以及乐师，排演歌剧，接洽大小事情，应付各界人士，也很不容易的。亏他做人圆滑，办事精明，又能大吹法螺，受人欢迎。

有一次，翠云跟着徐博士等到汉口去表演，不料为着战事影响，成绩不佳。徐博士看看情势要贴本了，心里十分发急，时时

228

发怒，骂那些团员表演得不好，众团员不敢和他争论，只好受他的闷气。恰巧张翠云到了汉口水土不服，病卧了两天，勉强挨着病起来表演，因此喉音变得不好，舞态也有些呆滞，未免减少全剧的精彩。等到剧终人散，各团员回转寓所，翠云正在房中洗面，摸摸自己额上很烫，十分疲乏，忽然徐博士怒目咬牙，一脸怒气走进房来，手中还持着一根藤条。伊也知道今晚表演得不好，未免有些心虚，现在见了徐博士这副狰狞面目，不禁心里怦怦跳动，把头低了下去。徐博士指着伊骂道：

"不中用的东西，你不想想吃的穿的都是谁供给你的，我熬着辛苦，带你们到汉口来，所为何事？你既然今晚做不动表演，何不向我早早陈说，却这样败坏我杏花歌舞团的声誉？好不可恨！"

翠云退后一步，露出觳觫的样子，颤声说道：

"徐先生，请恕我一次吧！实在我的病没有好，无力表演，然而又因我们杏花歌舞团到了汉口，营业欠佳，正在吃紧的当儿，人数不多，我也说不出要请假，满拟尽力随众表演，哪知精神实在不济事，请徐先生恕我一次吧！"

徐博士冷笑道：

"多谢你的好意，但你不要巧言多辩，今晚不惩戒你一下，别的团员都有话说了，快快脱下衣服。"

翠云木立不动，徐博士斥道：

"难道要我亲自动手吗？"

翠云知道免不得的，只好自把衫子脱下，只剩一件紧身短衫。徐博士道：

"快些将上下衣服一齐脱去!"

翠云忍不住对他跪下道:

"徐先生,我这是个处女,请你总须顾全我的面子。"

说罢,泪下如雨。徐博士恶狠狠地说道:

"处女处女,你早晚总要不是处女的,要什么面子! 若要面子,还是到家里去做千金小姐,可惜你没有这个福气!"

遂举起藤条,在伊身上一阵乱抽,打得翠云在地下乱滚,只说:

"徐先生,饶了我吧!"

幸有几个基本团员,究竟有些面子,听着翠云惨呼之声,心中老大不忍,一齐过来解劝。徐博士方才住手而去。伊们又把翠云扶起,使伊睡到床上,劝解一番,各自去了。

翠云越想越苦,以被蒙面而泣,整整哭了半夜。明日,病势更重,周身又觉疼痛,在汉口生了一星期的大病。徐博士执着伊一个人在寓中,十分凄惶,等到病愈时,杏花歌舞团也期满辍演,回转上海了。伊吃了这个苦楚,又不敢去告诉陶氏,恐反要受伊的埋怨。

徐博士回沪后,因有一二基本团员解约他去,遂把杏花歌舞团重行整理一下,加意练习。他虽把翠云痛责,然也知道伊究竟是个可造之材,前次失败,大半是为疾病之故,所以仍对伊用心教导,抱有厚望。

翠云警惕着前车之鉴,战战兢兢地格外用心练习,所以到底在这次探戈舞上一鸣惊人,足以一吐昔日之气了,这些都是以前的事。

现在翠云睡在床上，一幕一幕地回想，觉得俯仰身世，万种酸辛，适才一刹那间的快乐，都消灭于无何有之乡了，眼眶中珠泪也滴下来了，脑海里一阵迷惘，似乎瞧见伊的亡父的面庞，很慈祥地对伊瞧着。但是一睁目间，却又不见了，不过是个幻影。伊不觉微微叹道：

"唉！可怜的张翠云，你的痛苦有谁来怜惜你呢？"

这地，四下静悄悄的，人们都入了睡乡，只有里口小贩喊卖茶叶蛋的声音，一声声地喊着，好似助伊太息。

明天，伊一早起身，帮着新雇用的小婢打扫收拾，本来这许多工作要翠云一人做的，现在因翠云常要出外表演，渐事妆饰，似乎不能把这些肮脏的事再叫伊去操作，所以另雇了一名小婢，工钱还是要翠云付出来呢。翠云盥洗毕，听陶氏房中有了声音，遂命小婢去泡水，自己走到陶氏房中来请安，并告诉伊昨夜歌舞的成绩，如何受观客的称赞、徐先生的奖励。陶氏听了，也很喜悦。

这天晚上，伊依旧到戏院里去表演，格外卖力。一连三天，声誉鹊起，伊的舞影也在画报上刊出来了，被誉为新出世的歌舞明星。伊似乎觉得同伴们的对伊，比较从前也是大不相同了，不由深深地起了一种感触。

一天，正是休息的日子，张翠云在家里坐着看小说，陶氏带着伊的儿子出外去了，

忽听门上剥啄声，小婢出去开门，引进一个人来，却是徐灵飞博士。翠云见博士大驾光临，突然一呆，便请他到伊的亭子间里坐下。这个亭子间很小，而又不甚光明，布置也很简陋。翠云

231

取过热水瓶，倒上一杯开水给徐博士喝。徐博士带笑说道：

"翠云，你住的地方实在僻远，我虽来过一次，却又几乎找不到了。"翠云道：

"是的，今天徐先生亲移玉趾，特来看我，不知团中可有甚事？莫非外埠有来特约吗？"

说时，在徐博士的对面一只椅子里慢慢地坐下。徐博士道：

"我来告诉你一个好消息，且有一件要事和你相商。因为本埠千星大戏院的经理昨天前来和我签订合同，要我们杏花歌舞团全体团员在他戏院里表演两个星期，条件很是优待，这不是一个好消息吗？"

翠云听着，点点头。徐博士又道：

"但是，还有一事，必要和你商量的。"

翠云微笑道：

"什么事情？我总赞成的啊！"

徐博士道：

"唯恐你要不肯来同情，所以我亲自赶来。既然你无有不赞成的，这是最好了，待我来告诉你听吧！因为千星大戏院要求我们新编一种歌舞剧，要带有肉感的色彩，这个主角很难中选，密司蒋身材稍长些，密司倪、密司邱也够不到这资格，我觉得唯有你才合配，而且你是最近出过很健的风头，若然由你做主角，表演裸体舞的一幕，定能使观众满意。可是我怕你害羞，不肯答允，不得不先向你说明。翠云，你若要艺术成功，一定要牺牲你的色相，不要为害羞而阻碍你的前途。"

翠云听了，早已红晕上颊，低着头不答。徐博士又道：

"这一遭，我便请你做基本团员，给你月薪，特别优待，将来若能团务蒸蒸日上，当再加薪。你若顾念数年来师生情谊，断乎不能拒绝，并且这是和你一生很有关系的，你要成名，非走这一条捷径不可。"

翠云自思：要我做主角，自是荣幸的事，但要我裸体，却如何老得出这个面皮呢？他还说顾念数年来师生情谊，不说也罢，说起来使人痛心。伊想着，仍是静默地没有表示。徐灵飞见伊不语，未免觉得有些焦躁，遂又说道：

"翠云，我为杏花歌舞团全体请命，希望你不要犹豫，快些答应了吧！"

说时，把皮鞋尖不住地蹴着地板。张翠云被环境所逼，又被徐灵飞百般怂恿，使伊答应不好，不答应也不好，最后进了一个"是"字出来。徐灵飞大喜道：

"好！你已答应，这件事就好办了。"

又立起身来，拍拍伊的香肩道：

"预贺你因此剧而成大名！我现在为了编剧问题，要紧赶回去了，密司脱王和密司许等都在那里候我呢！"

遂又和翠云紧紧握了一下手，告辞而去。翠云送徐博士去后，回至房里，坐在椅子上呆呆地想，好似多了一重心事，自己本不欲答应这事，无如徐灵飞这样推车撞壁地要求，即使要不答应也不成功，况且自己吃了他的饭，也不得不如此。唉！我也顾不得许多了，像我这样薄命的女子，只好一辈子供人玩弄而已，舍掉这条路，有何自立之道呢？伊想了一刻，也不再想了。

不一会儿，陶氏母子回来，便告诉说徐灵飞博士曾来看伊的。陶氏听说徐博士大驾光临，似乎蓬荜生辉一般，忙道：

"你怎么不留他在此吃饭，让我们做个东道？"

翠云笑笑道：

"他有许多事情要干，怎有空闲在我家等吃饭？"

陶氏道：

"那么，他来做什么？"

翠云答道：

"他因千星大戏院和我们歌舞团订立合同，要表演二星期，有一歌舞剧，徐博士要请我做主角，所以他来和我商量，征求我的同意。"

陶氏道：

"你可曾答应他吗？"

翠云点点头。陶氏道：

"小妮子，你的好运来了，现在外边大家传说你的歌舞出色，真是红的时候，你快快卖力一些，将来徐博士说不定有许多好处给你的。我今天买得两条大鲫鱼，知道你爱吃肉塞鲫鱼，所以又买了些肉回来，你就吃了饭出去吧！"

翠云暗想：你自己要吃肉塞鲫鱼，倒假意做人情。也就点头说道：

"今天没有甚事，我本来要饭后出去呢。"

陶氏很高兴地去杀鱼，翠云也就来切肉，大家赶煮午餐。午餐过后，翠云妆饰一回，又到徐灵飞那里去探问剧情了。

大小报纸上宣传已久的杏花歌舞团又在千星大戏院登台表演了，许多小报上登着歌舞明星张翠云的各种小影，以及各种舞

234

影。有的刊着伊的小传，有的批评伊的舞术，有的预祝伊新编之剧的成功。因为这新编之剧《歌场惊鸿》，是经徐灵飞博士费了一星期的苦思而构成的，张翠云在练习的时期中，也是十分用心，所以有了十二分的把握。奏技之夜，千星大戏院看客热闹的盛况，不言可知。

那些看客自从在万国大戏院看了张翠云的探戈舞后，"张翠云"三个字，人人记在心中，张翠云的倩影，人人印在脑里，而况这新编之剧《歌场惊鸿》在报纸上宣传已久，张翠云又是剧中的主角，有一幕至为肉感的裸体舞，自然大众渴欲一饱眼福了。

等到《歌场惊鸿》上场后，许多观众延颈以待，忽然电灯一暗，台上正中只有一圈绿滟滟的电光映照着，幕后乐声徐徐奏起，悠扬曲折，飒飒然，靡靡然，使全场观众整个儿的心灵先被那乐声吸引住，似乎有一个妙人儿，如天女一般，即将翩然来临。

不多时，幕后闪出那个歌舞明星张翠云来，玉臂、粉腿、酥胸，一齐豁然呈露，只有腰下横着一幅茜红色的轻纱，璎珞下坠，越觉得醉心荡魄。张翠云在台中默默地立着，转了四个方向，渐渐舞将起来，舞到紧要处，发出清脆的莺声，依着音乐之声而歌。伊的技术本来已臻化境，此时伊也出神似的忘记了一切，心思都用在歌和舞的上面。台下也静默得只有鼻息之声可闻。全场观众的心灵都被张翠云吸引去了，尤其是月楼东首第二排座位上一个西装少年，如醉如痴，一双眼睛跟定了张翠云的身手，好似张翠云的手上腿上都有磁石一般，自己是块铁，被伊紧紧吸住了。

张翠云且歌且舞，蓦然将身子往下一矬，两腿向外，变成水平线式，在台上一伏。这样地起伏了三次，又伸一足成丁字式，在台上绕了三个圈儿。忽然，那绿色电光渐渐缩小，人也隐入幕中去了。

音乐之声还奏着不辍，四周电灯一齐重行亮着，顿时笑声、赞美声、谈话声杂作，一个天仙化身的美人儿倏已不见。大众看得痴了，恍如一梦。

戏院散的时候，大家口里讲起张翠云如何如何，尤其是一班急色儿，看得心猿意马，神魂离舍，这也不要怪他们，实在这种富有肉感的声色，除掉鲁男子，任何人不能不心有所动的。

次日，各报上都登着《千星观舞记》啦，《看了张翠云裸体舞以后》啦，《富有肉感的张翠云》啦，《翠云隽闻》啦，《张翠云之处女美》啦，种种赞美张翠云的文字。所以，张翠云一连在千星大戏院表演二星期，夜夜客满，成绩优良，大有杏花歌舞团中第一把交椅的资格。密司蒋、密司倪在旁看了，也自愧弗如，觉得后生可畏。其实，张翠云的天资和美貌本来不错，现在一出名后，格外见得出色了。

辍演之后，杏花歌舞团举行庆功宴，大家当面歌颂翠云号召的功劳，和伊艺术的进步，以及徐博士导演的力量。徐灵飞得意扬扬地说道：

"不错，虽有我的导演微劳，但若没有张女士这样卖力，也绝没有如此优良的成绩。现在我们这个杏花歌舞团基础巩固，声誉日隆，可以立足得住了。"

说时，一双色迷迷的眼睛向着张翠云面上瞧个不住。张翠云此时受宠若惊，心中说不出的快乐。大众都向伊道贺，一个个挨次向伊敬酒，伊推辞不过，喝得玉颜酡然，如红玫瑰一般，格外见得可爱了。

散席的时候，徐灵飞博士将自用的汽车载送张翠云回家，他自己又坐在车中，伴送伊归去。这种特殊的待遇，是很难得的，所以大家立在马路旁边的行人道上恭送，眼瞧着徐博士挽着张翠云的玉臂，一同坐入汽车中去。同伴们不免有些一半儿妒，一半儿羡，背后都说道：

"小丫头要交好运了。"

呜呜呜，叭叭叭，汽车上的喇叭不住地响着，徐灵飞博士口里衔着一支雪茄烟，偎傍着张翠云而坐，汽车一边向前走，徐博士吸了几口烟，将烟气徐徐从鼻中喷出，顾视张翠云，一手托着香腮，眼睛却向车窗外闲看。徐博士便对伊说：

"翠云，在这两个星期内，你确乎辛苦不少，我已提出一笔奖励金给你，明日请你早些到我处来，我签出一张支票，你就可向银行里去取款了。此后，我将力践前言，每月给你一定的月薪，表演费在红利上自当另行奉酬，待我酬定了再来告诉你。还有，我听得胡天报馆将要代你出一特刊，主笔小余先生连日向我索去你的照片很多，他一心捧你，很出力地大捧而特捧，你知道吗？"

张翠云微微笑了一笑，说道：

"这都是徐先生指教之力。"

徐博士刚要答话，汽车已到了老北门，突然听得前面一声吆喝，早有一个兵士和一个岗警拦住去路，不许通行。那兵士将明

晃晃的枪上刺刀指着汽车喝道:

"妈特皮！还不快退,带你到司令部去！"

徐博士一问岗警,方知今夜不知为了何事,华界已于八时下特别戒严令,无论何人,非有通行证不准来往。徐博士知道这是无可想法的,遂吩咐汽车快开回去。张翠云听得明白,不由吃了一惊,便对徐博士说道:

"怎的……怎的又戒严起来了吗? 哎呀！叫我怎样回去呢？"

徐灵飞博士将残余的雪茄丢在车窗外,回转头对翠云说道:

"翠云,你又不是吃奶的小孩子,一夜不回家打什么紧? 我送你到一个好地方去。"

翠云道:

"什么地方?"

徐博士道:

"稍停你自会知道的。"

遂向汽车夫知照了一句话,汽车夫点点头,汽车又向前驶去。不多时,已到了一家大旅馆门前歇住,电灯照得如白昼一般。徐灵飞扶着翠云下车,又向汽车夫低低说了几句话,汽车随即开向转弯处去了。

翠云还迟疑着不就走,却被徐博士催促着,一齐走进旅馆大门。早有账房含笑上前引导,坐着电梯来到三层楼上。徐博士拣了一个上等房间,和翠云走进去,光亮的铜床,柔软的沙发,以及一切精美的器具和陈设,在灿灿的电灯光下照入翠云眼帘,伊觉得十分疲倦,遂向沙发中一坐。徐博士向茶房写了一个假名,付了十元的纸币后,即将房门关上,走到翠云处,和伊并肩坐下，握着伊的纤手和伊闲谈。翠云觉得今天徐博士待伊十分优渥，瞧他这样眉开眼笑的脸，使人家哪里猜得到以前在汉口时候的一副狰狞面目呢？一个人的态度和面目，是跟着时代而变换的，此时大概他因我十分出力，使他得到丰厚的利益，所以对于我极力敷衍了。他究竟是团中之主，又是我的老师，我也不能怠慢他的，遂也有说有笑地伴着徐灵飞博士随意讲讲。不知不觉地，听壁上钟声铿地鸣了一下，翠云立起身来，打了一个呵欠，说道：

"呀！已是一点钟了。"

便立到玻璃大橱的前面，掠掠头上的云发。徐博士也立起说道：

"我今晚十分高兴，横竖没有事，再和你喝些酒，消此永夜吧！"

翠云未及回答，徐博士早又一揿电铃，唤了一个茶房进来说道：

"快与我拿一瓶白兰地，添四样下酒的菜盘子来。"

茶房答应一声而去。翠云一想，今夜因为中国地界戒严，我不能回家，所以送我至此，那么，你也应该去了，好让我早点睡，我实在已很疲乏，还要喝什么酒呢？可是嘴里不便拦阻。徐灵飞又坐在桌子旁唱着他新编的歌曲《我爱你》，翠云心里有些不高兴。徐博士道：

"翠云，你也唱唱。"

翠云将头一扭道：

"这时候我又不是登台，唱他作甚？人家都睡了，休要惊动他们。"

徐博士接着要说时，茶房早端进四盘下酒的佳肴，以及一瓶白兰地，放在圆台上，又放下杯箸，退出房去。徐博士便说：

"翠云，快来喝酒。"

翠云懒懒地过来坐下。徐博士代伊斟了一满杯，又给自己斟上，两人喝起酒来。张翠云哪有心思伴他狂喝？徐博士却兴高采烈地嬲着伊。翠云勉强喝了半杯，已像是喝得不少的酒，那白兰地又是性烈的，所以不多一会儿，伊就昏昏然地醉倒了。

阳光照在茜纱的窗帘上，充满着融和之气。翠云从睡梦中醒来，陡觉自己被一个人搂抱着同睡，别转脸去看时，正是伊的老师徐灵飞博士，同时又觉到自己赤裸着身子，伸手向下一摸，不由掩着脸哭了。

徐博士被伊一哭，也醒了过来，用手抚摩着伊的玉臂道：

"翠云，你别哭，请你原谅我这一次。我一时多喝了些酒，性欲冲动，遂至于此，翠云你别哭，不用伤心。"

翠云听徐博士如此说，暗想：你干了非人的行为，糟蹋了我的身体，一句请诉说话就此完了吗？须知我还是一个处女，不幸而被生活所逼，牺牲色相，供人玩笑，代人家赚钱，人家反而如此待我，还说什么一时的性欲冲动，简直禽兽都不如了。恨不得打他两下巴掌，所以伊听了，双肩耸动，泪如泉涌，更是哭得厉害。

哭了一会儿，徐博士默默无言，翠云只得起来穿好衣服，眼泪滴到地板上，倒在沙发中，不知道要说什么话。徐博士叹了一口气，也就披衣下床，顿足叹道：

"都是昨夜戒严得不好，否则何至于此？"

翠云听他怪了戒严，不觉又好气，又好笑，便颤声说道：

"徐先生，你害了我了，叫我以后怎样做人呢？"

徐博士见伊开口，便微笑道：

"翠云，你莫发急，你还不是好好一个人吗？究竟你的阅历未深，所以这样发急，这又有什么大不了的事情呢？别人家闺秀名媛如此如此地尽有特有，何况你是一个歌女？你别为了这个问题而发急，将来我可以代你做个媒人，包你一样嫁得如意郎君。你不知道，著名的交际之花穆女士、电影明星贾女士，她们何尝是个处女？如今天不是一样嫁得阔佬吗？"

翠云听徐博士如此说，觉得徐博士人面兽心，竟这样荒乎其唐，说得若无其事一般，反而拉扯别人来做榜样呢！再一想，以前团中的密司冯、密司钟，不是也受他蹂躏过的吗？即如现在的密司蒋，听团中人说，在汉口时也和他发生过暧昧的。他的性情本来如此，现在我又遭逢不幸，而受这恶魔的摧折了。唉！有什么理可同他讲呢？我现在明白了，如我们这些的女子，只得无抵抗般屈辱于他人手中，社会上的目光也是如此的。前天我从千星大戏院辍演出门时，也曾听得有两个滑头少年在那里戏语道：

"你要不要讨伊回去做个姨太太？"

又道：

"天津某女伶被人吻了一下颊，罚去五十元，你若要吻伊的颊，预备了五十元便得了。"

又听人说某歌舞明星夜度资若干若干，这种说话，轻蔑我们至于极点了。所以即使我要和他翻脸，社会上人也不会向我表示同情的，何况我总在他的势力之下，和他反抗不来。木已成舟，徒然自扬其丑，只好含垢忍辱了，遂叹了一口气说道：

"算了吧，看你的良心如何对得起我？"

徐博士道：

"你以后自会觉得的。翠云，别哭了，上午十点钟我还有要事去和人接洽呢！"

遂一揿电铃，将房门开了，茶房答应一声，早来伺候。徐博士吩咐去喊两碗火鸡面来。翠云见他如此要紧，只得立起来，走到洗面盆边，开了热水龙头，洗脸漱口，临镜梳发，心中老大不高兴。徐博士也洗了面。茶房早送上面来，二人坐下同吃。翠云一边夹着面吃，一边想起自身莫大之辱，面条时时夹断下来。徐博士早把一碗面吃罢，揩了嘴，点上一支雪茄烟，凑在嘴边猛吸。翠云勉强把面吃完，重又洗了一个面，敷上些香粉，修饰一遍。徐博士带笑对伊说道：

"今天你回家去歇一下吧，横竖这两天没有什么事，狐狸戏院的约还未安定呢。"

遂从衣袋里掏出钱来，唤茶房入内，付去了账，和翠云一同出了旅馆门。徐博士立在水门汀的人行道上，看张翠云雇得一辆人力车坐着回去，他和翠云点点头，又笑了一笑，嘴边的雪茄烟紧吸数口，烟气弥漫，从他的鼻子中喷出，然后大摇大摆地去坐公共汽车了。

翠云到得家中，伊的后母陶氏迎着伊说道：

"昨夜这里忽然特别戒严，我知道你不能回家了，挂念得很。"

翠云道：

"可不是吗？我回到老北门不能通过了。"

陶氏道：

"那么你到什么地方去住的呢？"

一边说，一边向翠云脸上瞧着。翠云被伊一瞧，心中先虚，低倒了头答道：

"我到黄小姐家里去住的。"

陶氏又道：

"你的眼睛怎么肿起来？"

翠云道：

"我同伊谈了大半夜，没有好好安眠，今日早上来的时候，路上灰沙迷了我的双眼，我揉搓了多时，以致肿了。陶氏道：

"那么你可以去歇歇吧！"

翠云从身边取出两张五元的纸币，交与陶氏道：

"母亲，这一些我请你去剪一件衣料的。"

陶氏一边接过去，一边说道：

"前天拿过你二十块钱，又要破费你了，你可有用吗？"

翠云说了一声有的，自己走到亭子间门前，开了门进去，又取过一面手镜来，照了一照自己的面庞，叹了一口气，卸下外面的大衣，便向小床上一横，和衣而睡。伊哪里睡得着呢？只是思想，眼泪又不知不觉地淌出来了，伊把手帕去揩，揩得一块手帕都湿透了。

不多一会儿，陶氏走进房来，翠云恐被伊瞧出破绽，将脸侧转着向里床。陶氏走到床前，把一封信放在伊的枕畔道：

"有信在此，你也起来吧，午饭快要熟了。"

翠云含糊答应一声。陶氏回身出房，翠云也回转脸来，取过那信一看，乃是一个紫罗兰色的信封，信封的一角上正印着海棠式的一个自己的倩影，下面注着"歌舞明星张翠云"七个小字。原来投机的商人已想法取得伊的照片制成信封信笺，借此牟利了。不独翠云是这样，别的电影明星、歌舞明星，凡是著名的，都有此例，可见一班商人的善于利用了。翠云一看信上写着"云自真美善大学寄"，知道是一个学生寄来的。

自从翠云歌舞声誉鹊起后，时时接到不相干的人寄给伊的函件，不是写些肉麻的话，便是写些恭维的信，也有约伊出去吃大菜的，也有邀她赴某旅馆幽会的，翠云都一笑置之，不去理会。今天来的这封信，当然逃不出以上的范围，可是这真美善大学，是沪上新创办的大学，校风很好，翠云常常听人家谈起的，难道也有登徒子在内吗？遂即拆开信封，抽出一张素色信笺，上面的字是用紫墨水写就的，秀雅得很。翠云读着道：

翠云女士：

我是一个学生，本该在学术上用功的，因为久慕你的芳名，很想一睹玉姿，解决我心中理想上的翠云果为何如人。所以前天你在千星大戏院表演的时候，我在星期六的晚上，抽暇前来一观。在那绿滟滟的电光之下，果然瞧见你雪肤玉貌了。

"手如回雪，身如旋波，翩若惊鸿，宛如游龙。"这几句形容词还不足够形容你的艺术高妙，确乎你的艺术

244

已臻绝顶了，使我佩服得很。但是，翠云翠云，你可知道那时在座的观众果真都来欣赏你的艺术吗？不，不，他们的心里不是这样的。你不知道歌舞团主利用你的色相为他赚钱，而观众人花去两块钱的代价，不过欲饱眼福，将你当作玩物看待，大都抱着亵视的态度吗？他们的赞美声，并不是尊重你，他们的捧你，不足加增你的荣誉，反能促成你的堕落，我把来说穿了，请你不要见怪，也不要气恼，因此我对于你的裸体舞不敢表同情了。

星期日的下午，我想来拜访你一遭，因我已探知你的地址，且有几句忠言要和你一谈。你若赞成我的，请你稍待，大约在二三点钟的左右，我一准前来。倘然你不以为然的，请你别等候，我就白跑一趟也不要紧的，因为我已对你尽了一点的心了。余话面谈，祝你健美日胜。

林扶云谨启

翠云把这封信看了几遍，伊的芳心不免有许多感触，第一层觉悟到自身的厄运，越是出风头，越是增加许多冤孽，观众的心理和团主的卑鄙行为，在伊脑中盘旋着，尤其是昨夜失身受辱的一幕；第二层想到以前也有许多来函，但没有人和伊说上这些话，那姓林的言辞诚挚，对于自己的苦况，他都能领会，那么他既说要来拜访我，我也很愿意和他谈谈。明天星期日，我准等候他不出门了。伊想定主意，遂把这信折叠好了，藏在怀中，自己起身下床，将泪眼拭去，下楼用午饭去。

星期日的下午，翠云要等候那个姓林的前来，所以不出去，坐在自己房中，看看小说。恰巧伊继母陶氏到间壁人家去打牌了，屋中很静，正好让伊和人家谈话，却不知道那姓林的要不要失约，但看到他信上如此说法，一定要来的。伊看了一会儿书，听得下面石库门上剥啄之声，伊连忙走下去，开了大门，只见一个俊秀的少年，身上穿着一件英白直罗长衫，脚下穿一双白皮鞋，面上戴着一副眼镜，见了翠云，一手将草帽取下，笑嘻嘻地对伊说道：

"张女士，你在家呢？"

张翠云点点头道：

"你是林先生吗？请里面坐！"

那个林扶云果然跟着翠云走进门。翠云把门关上，引导着林扶云走到伊自己房中，便请他在沿窗桌子边坐下。林扶云先向翠云说道：

"请你恕我冒昧，因为我很愿一见张女士，且有几句话贡献。"

翠云倒了一杯茶，送到林扶云面前，然后在对面坐了，一手支着香腮答道：

"多谢林先生赐函指教，我也很愿意和林先生相见，我是一个没有智识的女子，还望林先生不要见弃，时时赐教。"

林扶云听了，面上一红，带笑道：

"张女士不要客气，前天我写了那封信给你，觉得似乎我不

246

能向女士说道这些话，自悔有些孟浪，但又转念，我很应该向你进一些忠告，所以我奋着勇气前来了。"

翠云见林扶云吐语温文，更是可敬，便道：

"难得林先生看得起我，肯来和我谈谈，我是感谢不尽的，换了别人，哪肯说这些话呢？唉！林先生不知道我的环境实逼处此，我所以身为舞女，也是不得已啊！"

林扶云听了，点点头，将手指在桌上轻轻点着道：

"不错，环境是很可怕的，但是一个人应该和环境奋斗。"

翠云叹口气道：

"林先生，我是一个可怜的女子，虽要奋斗而没有这种能力啊！"

遂将自己身世约略告诉林扶云知道。林扶云低头沉思了一下，然后又向翠云说道：

"一个人迫于生活问题而做一种不得已的职业，自然没有妥善的方法去求解脱，但愿女士心志立定，依旧抱定奋斗的宗旨，不为环境所屈服，或是任何势力的利诱，将来自能跻于光明之途的，是不是？"

翠云听了林扶云的话，心中更觉难过，暗想：你劝我不要为环境所屈服，或是利诱，谁知我已屈服于恶魔势力之下了，好不悲痛！勉强抑住眼泪说道：

"林先生的金玉良言，自当遵从，我自恨没有受到相当的教育，又被环境所逼迫，很欲摆脱，无奈没有力量，难得林先生垂爱，肯来向我说些很有价值的话。从今以后，我很望林先生时常指导我，使我走上光明的路，感德不浅。"

林扶云瞧了一下，说道：

"我自己不顾瓜李之嫌，先写了一封信给你，今天又跑到你门上来问你，说了许多话，换了别人，不肯冒失的，但我的性子素来如此，想到什么就做什么，自问已有很正当的理由，不顾旁人说话的。女士能听我的忠告和直言，已非其他舞女可比，我也明白女士的苦衷，实被环境所迫而出此，这是我很原谅的，并且很代你表同情，你既然能够虚怀请益，我自然很情愿时常扶助你，希望将来女士得有光明的一天，也不负今日我们二人一番的说话了。"

遂又和翠云闲谈一刻，自己觉得坐的时候已长，起身和伊告别，翠云约他下星期日再来谈谈。林扶云一口答应，又对翠云说一句："愿女士珍重芳体！"然后别了翠云而去。翠云送他出了大门，立在门口，直望到他的背后影走出了弄口，伊还没有回身进去，却自痴痴地立着出神呢。

到了下一个星期日，林扶云果然又来看翠云了。此刻陶氏也在家中，没有出去，翠云告诉陶氏说是伊新交的朋友。陶氏估量林扶云像是个好人家的子弟，难得垂青于伊的女儿——前母的亲生女，所以采取放任主义，绝不干预。林扶云这一回带了许多浅近的小说杂志和画报送给翠云，叫她闲时浏览，多少可以增长些学问，又有两包糖果送给翠云吃的。翠云分给一半与伊的弟弟吃，自己殷勤招待着扶云。

年纪轻的姑娘们，心理本是活动得很，而时时可变换的，何况翠云的环境又和人家不同呢？伊自从听了林扶云又温文又诚挚又正当的一番说话，伊的芳心顿时改换了一下，大大地倾向于他，以为林扶云是伊的益友，对于伊的前途大有帮助的，见了徐博士，却畏如蛇蝎，使伊实在不敢亲近了。可是为了职业问题，还不得不大着胆，强着笑，去和那恶魔周旋。在这七天之中，伊最渴望的便是这个星期日，好容易星期日盼到，林扶云又在伊房中坐着谈话了。试想，伊的心中怎样快慰呢？这一天，二人促膝谈心，没有第一天那般客气，而林扶云对于翠云，更是善言诱导，大有拯拔伊出此苦海的意思。苦海本来是虚拟的名称，世间有许多人堕入苦海，载沉载浮，不能自拔，即如张翠云起先年纪幼稚，还没十分觉得，然而一次一次所受的苦痛已使伊觉悟到，像自己这一类正在苦海之中，但为环境所迫，也不能脱离，抱诞登乐岸的希望，更加着徐博士的狰狞面目、露有的荒暴行为，使伊受到重大的创痛、深深的耻辱，益信自己在苦海中将有灭顶之虞。难得凭空来了个林扶云，好似苦海中来一个救命圈，伊如何不要抓住这个可宝贵的救命圈而不放呢？

林扶云是个世家子，天赋着一种侠骨仁心，钟情独厚。他在真美善大学里研究到社会学的时候，对于今日被压迫的妇女的一种可怜生活，尤其是慨叹，毅然以先觉自任，想将来服务社会之后，有所建树。自从那天在千星大戏院看了张翠云的裸舞归来，更觉娟娟此豸，楚楚可怜，大有爱助之意，因此他探到了地址，先写出封信来，自己特地来看她。难得翠云不比其他的女子迷恋在苦海中而一些不自觉的，极其诚恳地招待着他，因此，林扶云也把这事视为很重要的了。讲了半天的话，二人心中都很快活，翠云要求林扶云时时到伊家中来教伊补习中英文，因伊自幼失学，识字不多，自愧没有学问，要请他指教，林扶云额首许可。

翠云留他吃夜饭，忙着预备酒肴，虽不丰盛，却都是翠云端整的。扶云却不过情，吃了一顿，向翠云母女道谢，告别回去。临行时，瞧着翠云两颊中酒，红如玫瑰，十分妩媚，两道水汪汪的秋波向扶云注视着，问他几时再来。扶云回答说下星期。翠云代他穿上长衫，戴上草帽，然后送出门去，看他在昏茫的电灯光下走出弄口去了。

人生是变化无穷的，天下事大抵在不可知之列。林扶云和张翠云本来是陌不相识的，现在却成了朋友，情感超出在其他之上，这也非二人始料所及啊！因为林扶云答应了翠云的请求，所以每逢星期六或是星期日，必要到翠云家里来教她补习中西文字，把学识来灌输给伊。翠云是个聪明的女子，当然进步很快。恰逢暑假到了，林扶云校中没事，足迹愈密。陶氏探林扶云是一个富家子弟，很放心让他来。林扶云有时带些食物，或其他应用的东西，送给陶氏，陶氏更觉快活，伊自有伊的心思。至于翠云，自从被林扶云灌进了许多学识，益发觉得伊的生涯是可怜之至了，然而伊仍被环境所逼，无法摆脱。徐博士与狐狸影戏院订的合同已经成就，翠云又要出演了。

翠云出演的前一日，林扶云约伊同游法国公园，在那夕阳西下的时候，二人坐了一辆摩托车，驶到那里，二人并肩走入，拣着林荫深处，坐在一块儿闲谈。一对对的游侣走过二人近处，都向着他们注视一下，以为这一对青年男女真是神仙眷属，二人也没觉得，换了几口新鲜空气。林扶云见翠云有不欢之色，便问道：

"明天狐狸影戏院的歌舞大会，你又要到场了，《大光报》上代你鼓吹得很厉害呢！"

翠云将头一扭，叹了一口气道：

"我真是没法想，拿了他们一些钱，只好凭他驱使，谁要这些小鬼在报上鼓吹呢？这几天徐博士见我不高兴的神情，他似乎有些疑心，正在那里侦察我的情形，他这个人真不要脸，又要想……"

说到"想"字，顿了一顿。林扶云道：

"他要想什么？"

翠云面上一红道：

"他无非想引我入彀，上他的圈套，一辈子死心塌地代他赚钱。"

林扶云听着，握了拳头说道：

"这个魔鬼真可恶，人道的蟊贼！"

翠云又道：

"明天我也只好去。林先生你想，像我这种人有什么抵抗的方法呢？好比我国人对于万恶的倭奴，也只有无抵抗啊！唉！"

这一声叹气，挟有无限怨恨，林扶云想不出用什么话来安慰伊，也摇摇头长叹一声。翠云把足尖蹴着芳草道：

"我只恨跳不出这个环境，因为以前我未免有些糊里糊涂，任人家摆弄，倒也不过如此。现在我自从受林先生的熏陶以来，内心觉得这种生涯我实在不愿意再干下去，可是依旧没有法儿避免，你想，我的心上何等的苦痛啊！"

林扶云抚着伊的香肩说道：

"不错，你的心里真的感觉到痛苦，即如我也代你非常难过，

251

只恨我的力量薄弱，只有托请空言，不能释放你从这苦痛的环境里出来。我想我只要有钱帮助你，能够供给你一家的家用，使你的后母不生问题，那么徐博士也不能再来强逼你去干这生涯了。说也惭愧得很，我的家庭是个又陈旧又顽固的家庭，我父亲只知念佛茹素，着重古旧的礼法，与新潮流是格格不相入的，我的母亲也是旧式的人物，和我父亲同一主张，所以我对于我的家庭很是厌恶，而不愿意和他们多说什么话的。幸亏我的姨父很喜欢我，对我时常有经济上的补助，我所以能在真美善大学里读书，大半也是他的力量。他的主张，我在那校里修业已有三年之久，再习一年，便可毕业，毕业之后，我可找寻自立的生活。等到我能够自立之后，对于你就能在经济上帮助，不至于如今天这样空口说白话了。现在我是心有余而力不足，对于你很是抱歉的。"

翠云沉吟道：

"还有一年……这一年工夫我能打熬的……只是……"

说到这里又不说了。林扶云道：

"我希望你能够立定宗旨，和这环境奋斗。再隔一年，我一定能够辅助你，和那恶魔脱离关系，请你不要自馁。"

翠云勉强一笑道：

"我很侥幸，遇到林先生指示我的迷津，援助我的奋斗，再好也没有了。我只望光阴过得快些，一页一页的日历早早撕过去才是。"

林扶云不觉笑了一笑。这时，天色已黑，二人在黑暗里喁喁清谈，一钩明月在云中涌出，照着二人的影子，头并头地紧贴在一起。清风徐来，暑气顿消，还有点点流萤，在丛树里飘着，夏夜幽境很是恬静。

　　翠云得了林扶云的安慰语，苦痛稍释，絮絮地和他闲谈一切。二人坐够多时，因为肚子饿了，遂走到公园，到一家咖啡馆去用晚膳，仍由扶云雇着一辆汽车送翠云回去。不料车至马路转弯处，迎面驶来一辆青色汽车，车上正坐着徐灵飞博士，左右偎傍着坐的又是密司蒋、密司俞，双只眼睛各自打了一个照会，不及招呼，车行如飞，攸已远离。翠云遂告诉扶云知道，且说明天他们见了我，一定向我说笑了。扶云道：

　　"怕这些妖魔做什么？我和你光明磊落，何畏人言？"

　　翠云点点头。林扶云将翠云送到伊的家里，他又坐着汽车，说一声再会，又赶回去了。

　　翠云在狐狸戏院的表演，当然仍受着大众热烈的欢迎和赞许的，不必著者细表。但到星期日的下午，扶云照例跑到翠云家里来看伊，细瞧翠云的面上，好似罩着一种愁云，隐有不欢之色，便握着伊的玉手追问。翠云起初不肯说，后来被扶云逼紧着问，便说道：

　　"那天我和你坐着汽车从法国公园回来的时候，不是曾在途中遇见徐博士的吗？次日我到团中去，他就细细查问，我虽然谎骗了一回，说你是我的表兄，他始终不相信，对我很是揶揄，使人难堪。"

　　林扶云道：

　　"你虽是他们团员中的一分子，可是你交朋友也有你的自由权，徐博士虽为团长，也不能干涉你的啊！"

　　翠云叹了一口气说道：

"不是这样讲的，表面上虽是可说我有我的自由权，但是如我这样吃了跳舞饭的人，一大半的自由权已被剥夺了。我的可怜情况，有不可告人之处，外间大都以非人道目光来看待我，他们实在认我作玩物，我已是堕了人格的女子了，哪里有像你这样地把真心来待我呢？"

伊说到这里，眼眶中隐隐已有泪痕。扶云忙安慰伊道：

"你不要自视太轻了，你确乎是个可怜的女子，这是环境逼迫你使然，只要你自己有定力，保全你白璧无瑕，人家轻视你、侮辱你，那是他们自堕人格，于你何涉？总而言之，这是关于你的职业使然，至如你的人格，却不相干的。莲花出在污泥之中，它也会一尘不染，发出它的清香来呢！"

翠云听了扶云安慰伊的话，心里更是感激，却更觉悲伤，眼泪滴了下来。扶云代伊将手帕去拭泪，且取过一本书来说道：

"不要讲伤心话了，我来教你念书吧！"

于是翠云勉强忍住酸辛之泪，听扶云教伊读，直到傍晚，扶云才去。而翠云的芳心中，不知怎样，只是闷闷不乐，自从伊遇见扶云以后，伊的忧愁与日俱增，不似以前的随人摆布而懵然不觉了。

暑假中扶云校内已放了假，以为可以常常到翠云处去盘桓了，谁知翠云偏偏反没有多暇好和扶云晤谈聚首。因为徐灵飞博士新编了一种歌舞名剧，唤作《最后一舞》，剧中主角当然是张翠云，他们想要在暑期中编练成熟后，在七月中表演，又可以一新沪上仕女的耳目，所以翠云常被徐博士羁绊住，反较以前忙得多，更是使伊怨望。

有一天下午，林扶云来访伊，翠云尚在徐家没有回来，亏扶云很有耐心地坐守了两个多钟头，翠云方才返家，一见扶云，便说大大对不起。扶云却并不觉得怎样，很能体谅伊，二人便到邻近饮冰室去饮汽水，讲了好一刻话。翠云露出些疲乏的样子，扶云瞧了，便对伊说道：

"你莫不是练习得乏力吗？"

翠云把一手支着香腮，点点头答道：

"可不是吗？他们要赶紧赚钱，我们都不得不忙了，凑巧天气又热，非常累赘，而且我是主角，比较别人更忙，一会儿练舞，一会儿又练歌曲，好似一头狗，被徐博士牵来牵去地指使。虽说是吃他一碗，凭他使唤，然而我现在已明白了，真不情愿做他的傀儡。"

扶云道：

"翠，你为什么如此气愤？"

翠云道：

"我现在已觉悟了，觉悟之后，徐博士等那些人的行为，在我的心目之中，已观察得出，全暴露着卑鄙龌龊，我已厌倦我的生活，恨不得立刻脱离了，解放我的苦痛，洗涤我的污秽。"

扶云不由点头道：

"很好！翠，现在你还只好暂时忍受一下，你有了这个志愿，将来总可实现的。"

翠云听了他的话，将手放下来，取过杯子，喝了一口汽水，将手指在桌布上画着圈儿说道：

"将来吗？恐怕等不及吧！"

扶云刚又要开口，翠云忽又轻轻地对他说道：

"林先生，你明天有空不有空？"

扶云道：

"我已放了假，天天空的，只是你反不空罢了。你问我作甚？可有事吗？"

翠云道：

"明天下午四点钟后，请你到我舍间来，我要同你出去游玩下，消散消散我的闷气，不知尊意如何？"

扶云点头答应道：

"原来为此，我准来的。"

翠云见扶云已经允许，微微一笑，说道：

"谢谢你，那么今晚我要回家歇息，明天再和你畅谈吧！"

扶云遂付去了饮冰之资，和翠云走出店来，说了一声晚安，分头归去。

夕阳斜挂在林梢，蝉声絮聒得人们耳鼓里更觉烦热，西边天空里一片红云笼罩着，像蒸着这个酷热之夏。林扶云在家里洗过浴，换了一件白夏布长衫，坐着人力车，来到翠云家里，走进门去，见翠云正在楼下等候他来呢，一见他来，连忙端出一盆热水来请他揩脸。扶云把草帽取下，长衫脱下，翠云接过去，挂在壁上。扶云洗过脸，翠云捧出一个浜瓜来，取过小刀，剖开了，请扶云吃，且说道：

"今天我买得两块钱的浜瓜，方才已尝过，瓜味很甜的。林先生，请试吃些。"

扶云道：

"谢谢你!"

遂坐下吃瓜,且问道:

"你的母亲呢?"

翠云答道:

"我的继母和弟弟正伴着此间邻人出去看电影去了,所以家里很静。"

扶云道:

"这样热的天气,坐到电影院中去,不是活受罪吗?"

翠云答道:

"你怕热,他们不怕热,我想和你出去走走,你愿意不愿意?"

扶云笑道:

"哪有不愿之理?"

翠云嫣然一笑,遂即走上楼去。隔了一会儿,扶云已将浜瓜吃毕,揩过嘴,便听楼梯上叽咯叽咯的革履声响,一阵香风送来,翠云已走了出来,面上薄傅着一些脂粉,越显得红白,耳边悬着很长的翠环,一摇一宕地更见娇小,身穿一件黑色乔其纱的长旗袍,里面衬着一件白纺绸长马甲,都是很轻松而透明的,胸前玉峰隐隐隆起着,衣袖短到肩下,一只雪藕也似的手臂露在外边,右臂上套着一只绿色的翠镯,手里握着一个皮夹,妆饰得很是肉感。扶云只是对伊细瞧。翠云笑嘻嘻地说道:

"你看我作甚?难道还不认识我吗?我们走吧!"

扶云笑笑,遂披上长衫,戴上草帽,和翠云并肩走出去。翠云又吩咐邻家用的老妈子来关门。二人走到马路上,起了一些凉风，吹到身上来，很觉爽快。扶云遂问翠云道：

"我们到什么地方去？"

翠云凑近了扶云，低低说道：

"逍遥别墅。"

扶云听了，不由一愣，因为逍遥别墅在静安寺路，是新开的大旅馆，其中具着园林格式，可以供人消暑，到那地方去住的，大都是达官贵人、富家子弟，内有舞场，可以说是个纸醉金迷之地。他自己和翠云是个朋友，怎么可以一同到这种地方去呢？瓜田李下，悠悠者之口不可不防的，所以他踌躇着没有回答。翠云又紧问了一声道：

"你不去吗？今晚我有一件心事，要和你细谈一下，故而借那里的房间避居一下，请你不要犹豫。"

扶云被伊这样一说，只得答应了。于是两人便到汽车行里，雇了一辆汽车而去。

逍遥别墅的门前，电灯通明，恍如不夜之城。当扶云与翠云双双步入门内时，旁边恰巧立着几个男子，翠云的面孔自然容易被人认识，因为伊是有名的歌舞明星，便有一人指着伊，对旁人说道：

"你瞧，你瞧，这个女子便是舞星张翠云，多么漂亮，你们没有瞧见过伊在《歌场惊鸿》一舞剧里的裸体舞吗？真是呱呱叫的！"

又有一人道：

"这个年轻男子是谁？大概来住夜的吧！"

扶云本是个学者，不大惯到旅馆去的，何况今晚又伴着一个惹人注目的丽姝？经人家一说，不觉脸上红起来。翠云也不顾什么，跟着向里紧走，自有侍者来招待，拣定了东边楼上一间精美的上等房间。扶云又把长衫和草帽脱下，挂在壁上，侍者请他填写了姓名，笑嘻嘻地走去。翠云见扶云面上涨红得好似关公一般，便向他说道：

"林先生，对不起，今晚我也大胆同你到这地方来，你必然很觉奇怪，但是稍停你自会知道的。"

扶云点点头，恰巧侍者又端着茶壶进来，问二人可要什么。扶云道：

"来两杯鲜橘子水吧！"

不多时，侍者将盘托着两杯鲜橘水来，问道：

"二位坐在房里呢，还是阳台上去纳凉？"

翠云道：

"阳台上。"

侍者便把盘放下了，端一张小几，放在阳台上，又端过两张藤椅，把鲜橘水放在几上，请二人出来坐。二人遂走出室来，相对坐下，微风吹来，凉快得多。楼下花水丛深，有一条甬道通到外边去，时常有皮鞋橐橐的声音经过，此外却很岑寂，和别的繁嚣的旅舍大不相同了。二人喝着鲜橘水，随意闲谈。扶云因不知翠云究竟为着何事和他来此，这个闷葫芦急欲打破，遂向伊询问。翠云摇摇头说道：

"你不要急，少停再告诉你，此刻我和你乘凉，我不愿意便谈我的事呢！"

扶云见翠云不肯便说，也不好强逼。两人坐着，喝了一会儿汽水，天色早已黑透，侍者便过来问要用什么菜。扶云点了几样。不多时，侍者已搬到房中，二人遂进去将晚餐吃毕。翠云喝了一些白玫瑰酒，两颊越发晕红，洗过脸，重敷脂粉，握着一柄纸团扇，脚下革履脱去，换上一双拖鞋，伴着扶云，走出室来，仍到阳台上小几边坐下。扶云瞧伊这个样子，今晚要住在这里不回去的了，他心中很是忐忑，自思伊虽然是个舞女，却还是个处女，我是一个洁身自好的大学生，如何可以和女子在外旅馆里住夜呢？我还是先走了吧，但不知伊究竟有何事要告诉我啊！翠云见扶云默然，也有些猜得出他的心思，本要在这个时候告诉他，可是，隔壁房间里也有一对情侣正坐在阳台那边喁喁谈话，声音很低，听不出讲些什么，似乎在讲游普陀山以及某小姐的事，因此翠云欲言而嗫嚅，仍旧缩住了。这时，楼下西首舞场里已在开始跳舞，靡靡然的西乐声随风送来，翠云听着，更多怅触。扶云忍不住问道：

"翠，你今晚要住在这别墅里吗？"

翠云道：

"我开了房间，怎么不住呢？我又不是傻子。"

扶云又说了一个"我"字，却没有说下去。翠云早已会意，便对扶云说道：

"我们到房里去坐吧！"

扶云点点头，二人立即回身入房，开了电气风扇，在窗边面对面地坐下。扶云刚要开口，翠云先说道：

"我早已料你被我约到此间来，已充满着一团疑云，现在我告诉你吧！我有一个很难的问题，要请求你代我解决。"

扶云忙道：

"有什么难问题？翠，你快告诉我。"

翠云道：

"我快要嫁人了。"

扶云骤闻此语，不由一怔道：

"你将嫁给谁呢？如何以前没有提起一句而突如其来呢？可是你自己看中的人吗？"

翠云把足一蹬道：

"哪里是我自己看中的？老实说，我自遇到了你，已把我的心灵启导，觉悟到自己的环境不良，我的一颗心早已储着一个你，心中满望早早脱离火坑了，不料我和你的交友，被徐博士侦知，他对我便有些怀恨。"

扶云问道：

"奇了，我和你交友，干他甚事？徐灵飞何以要恨你呢？"

翠云被扶云这么一问，颊上不由一红，顿了一顿，却不直接回答，继续着说道：

"他在我继母面前探问明白，要想把你我的感情打破，友谊分裂。他也曾亲自劝过我数次，无奈我的意志坚决，不听他的话。"

扶云道：

"徐灵飞真是一个妖魔，团员只要肯代他表演罢了，团员的私事何用他来干涉？我没见他的面，倘然相遇时，我倒要问问他有什么理由！"

扶云说时，有些怒气。翠云道：

"你不要气，听完了我的话再说。"

扶云道：

"好！你再讲下去吧！"

翠云把扇子扇了两下，又道：

"他无非恐怕我听你的说话而觉悟，不甘心再去做他的傀儡，牺牲色相，代他谋利，所以他横了良心，竟背着我向我继母介绍一个厦门地方姓曾的富翁，因为姓曾的往来闽沪间经商而得豪富，去年丧了老妻，想娶一个小星，以求娱乐。那老头子也是个好色的，他和徐博士相熟，早已垂涎于我，好几次向徐博士说项，允许他若得成就好事，当酬以重金。起初徐博士要利用我，要我一生一世做他的奴隶，所以总是婉言谢绝，哪里知道今番他故意将我出卖，在我继母面前锦上添花地说得那姓曾的如何豪富，且有三千两银子的聘金，所以我继母允许了，专待我表演了《最后一舞》之剧以后，便将实行了。我得到了这个消息，心中充满着悲哀，向谁去告诉呢？因此今晚约你前来谈谈。林先生，你能不能援救我这可怜人呢？"

说着话，泪珠已从伊眼眶里滚出来了，悲怨之色，溢满在伊顿时变得惨白的颊上。

扶云听了翠云这一番告诉的话，方才明白翠云所以约他至此的缘由，听伊哀哀地泣诉，如闻巫峡猿啸，蜀道鹃啼，怎么翠云的厄运有增无已，一重重地压迫加到伊身上去呢？人生不幸而为女子，如翠云那样身世可怜，只有向她投井下石人，自然伊只能向我来泣诉了。昔人有诗道："佳人已属沙叱利，义士今无古押衙。"现在翠云将属沙叱利了，谁能做古押衙呢？我自问虽然有

262

心援助伊，而且伊也是我的心上人，不忍眼见伊被恶魔攫去，然而我现在无财无力，如何去援助伊呢？将什么去安慰伊呢？他想到这里，不由叹了口气。翠云见自己已将被压迫情形告诉了扶云，而扶云嘿嘿无表示，伊的眼泪不由越涌越多，一条花手帕已揩得完全湿透了，胸前也湿了一堆。扶云心里非常难过，却仍想不出用什么话去安慰伊。唉！翠云提出的这个难问题竟使他呆住了。

这时候，翠云再也不能忍了，便颤声向扶云问道：

"你听得我的话吗？你是爱护我的，你是指导我的，我完全信仰你，爱你，我情愿如驯羊一般投在你的怀里，要得你的保护。现在我受着这样压迫，你能援助我吗？我希望你来援救，因为我相信世间只有你肯真心诚意地爱护我而援助我，其他都是恶魔，伪仁义假面目的恶魔！"

扶云见伊发急得这个样子，只得立起身来，站在伊的面前，把自己的手帕去代伊拭泪。说道：

"翠，你且不要哀泣，我当然一百二十分的情愿爱护你、援助你，我也完全明了你的悲哀，而且深深地表同情于你，我听到了你的报告，心中也充满哀感，像这样的压迫，实在是使你难以挣扎的。我不救济你还有谁来救济你呢？但是我的处境也早已告诉过你的，这件事倘然在一二年以后发生，我也很可出力帮助你，不过现在却难说啊！"

说罢，他自己的眼泪也从目眶中流出来了。翠云道：

"倘然你能出三千两银子，或者稍少些，我还可以向继母疏通，不去嫁给那个姓曾的而情愿跟随你去。因为我继母是一样得

263

到钱，伊得了钱，可不再听徐博士的说话了。你究竟能够不能够？”

扶云苦笑一下道：

“我当然也很愿如此，不过我终恨没有这个力量，三千块钱在富翁方面固然是轻而易举，然在我学生时代而论，却非咄嗟间可能办到。我的父亲虽然手里有钱，可是他死也不肯拿出来的，而且倘然知道了我用在你的身上，他先要反对，休想他的钱了。唉！黄金黄金，你害尽了世上多少人啊！”

翠云听了扶云的话，大为失望，便把头一扭道：

“那么你真的无法可想吗？”

说罢，又哭泣起来了。扶云心里说不出的难过，只得安慰伊道：

“我有一个相熟的朋友姓赵，他是本埠银行界闻人赵某的幼子，现在银行中做事，他自己虽然没有多钱，我想可以同他恳求，要他代我向他的父亲借贷，将来由我偿还，只不知此事可能成功，这要看我们的命运如何了。”

翠云听扶云这样说，虽然没有答应一定可以援助，然而至少有一些侥幸的希望了，遂将徐灵飞博士的如何操纵团员，以及玷污女团员的罪恶，一一告诉扶云，且说自己在恶魔手中已有多年了，苦痛得很，常欲摆脱，只因被生计逼迫，无法脱离苦海。现在倘然你的借款可以成功的话，可以还我自由了，我将终身侍奉你，但不知你要不要我这败柳残花？扶云听到这四个字，不由一怔道：

“你说什么败柳残花？你不是白璧无瑕吗？莫非……”

他说时，睁圆了两个眼珠，怀疑似的向伊紧瞧。翠云不由脸上大红，轻轻说道：

"你要惊疑吗？这也怪你不得，以前我也没有和你谈起，现在我不愿意再隐瞒了。"

遂将自己以前如何被徐博士乘机骗伊同住旅馆，将酒把伊灌醉，醉后失身的经过，告诉了一遍，一边说，一边泪珠儿又从眼眶里滚出，低着头说道：

"你知道了，可还当我一个人吗？"

扶云听得，怒发直竖，痛骂徐博士荒谬淫恶，其罪不赦。又安慰着翠云道：

"这是徐灵飞恶魔的罪恶，非你之过，你还不是好好一个人吗？我是开通的人，知道贞操问题是可达观的，你是被环境所害，我只有怜惜你，何忍再来怪你？总而言之，你自己并不甘心堕落，只因中了恶魔之计，对于你的人格没有损坏什么，你不要悲泣，我既认你是一个可怜的女子，完全对你爱惜，别无其他问题的，我知道你是和别的妖媚的舞女薰莸气味不同，这一点别人也许认为重要，而我却原谅你的。"

翠云听着这种安慰温和的话，心中更是非常感激，也说道：

"我亦知道林先生怜惜我的，所以把这事直言相告啊！你今后又知道我的苦痛实在不浅了，在我身边眈眈而视的大有其人，不止徐博士一个呢，我是何等的危险啊！"

扶云点点头，又用好话向翠云慰藉一番，好容易才使翠云停止悲泣。伊立起身来，到面盆边开了热水龙头，重洗过脸，又敷上一些香粉，可是双眼已红肿了。扶云一看手表上已近十二点

265

钟，踌躇着还想要走，翠云对他微笑道：

"时候已晚，难道你还想要归去吗？丢了我一人在此，我也胆小不敢住的啊！"

扶云见翠云如此留他，也就笑了一笑，不走了。这一夜，二人直谈至天明，方始蒙眬而睡，同入睡乡。

一个无抵抗的可怜人受到了外来的压迫，自己没有法想，没有勇气去抵御，杀开一条血路，走上生的途径，总是要想人家来援助的，甚而至于听天由命，完全抱着悲观，露出弱者的现象。翠云亦何尝不是如此？伊自从那天在逍遥别墅里把自己的压迫情形告知了扶云，认扶云是伊唯一的救星，也是伊终身可以寄托而谋归宿的人，因为伊的芳心早已爱上扶云了，扶云应许伊去和友人借贷款项来援助伊，在三天之内可以得到回音，这便是伊生机上一线的希望。这几天，伊又每日要去徐博士那里练歌舞剧，忙得很，身体也很觉疲乏，而徐博士的态度对伊已有些改变，不再像以前有说有笑的亲昵，但是郑重地叮嘱伊在这剧上必要多多卖力，增进杏花歌舞团的声誉。伊向徐博士瞅着不睬，密司蒋等在旁带讽带戏地和伊说笑话，密司倪却来暗暗地告诉伊，伊又听人说那个姓曾的允许徐博士事成之后，另酬他三千金呢，所以他情愿把伊放弃了，想不到自己竟做了人家牟利的贩卖品，可恨不可恨呢？

这是第三天了，扶云前两日没有来，今日总要来给我回音了，不知这回音是佳音呢，还是恶音？伊很迫切地期待着扶云的到临，所以伊在这天上午，很早地从徐博士那里回来，饭也等不及吃，向徐博士撒了一个谎，回到家中，吃过饭后，在楼下坐

266

着，专等扶云前来。伊暗暗思量：觉得扶云倘然早能借到钱，他一定不等到今天了，早就要来报喜信给我听的，那么恐怕前途不稳吧！想到这里，心里不由跳荡起来。伊的继母却在楼上打午睡，榴官也在邻家和邻儿玩耍，翠云坐候了好多时，才见扶云前来。坐定后，瞧他面上毫无喜色，双眉紧蹙，只是揩汗，这一下已表示失败的样子了。翠云忍不住问道：

"你带来的是好消息呢，还是恶消息？"

扶云叹了一口气道：

"不成功，但是你千万不要失望，容我再到别处去想法。"

原来，扶云前日跑去和他的朋友商量，谁知他的朋友一则因为父亲新近投机失败，损失了二十多万，正在懊丧之下，不能再去开口；二则那朋友听说扶云正当求学时期，却和人借了钱去娶个舞女，大大的不赞成，虽经林扶云把张翠云的身世性情以及他自己怎样和翠云相识的情况一一告诉，而他的朋友抱着他主观的见解，依旧不以为然，且说即使现在有了金钱，将翠云得到了手，可是他家中双亲都没知晓，何以为金屋藏娇之计？将来一定有种种困难问题，不要为了一个舞女所累。扶云的朋友说的话，未尝不是很正大的理由，但是扶云起初以怜惜翠云，一心要想拔伊跳出火坑，呼吸自由的空气，所以不顾一切地引为己任，满望忍耐到将来自己毕业之后，可以徐图成功，千不料，万不料，半途钻出了一个曾老头儿，以致翠云又受到一重极大的压迫，而向他呼援，自己爱莫能助，焦急无似，不得已而出借贷之计。现在见他的朋友不但不肯借钱给他，反说了许多不入耳之言，心里充满着失望和懊丧，颇不以朋友之言打动他本来的宗旨。不过三天

267

之期已满，料想翠云期待得非常迫切，不得不前来给伊一个不快活的回音，他也不敢将朋友的话去告诉伊，恐怕更要引起伊的悲观，遂允诺翠云再去想法。然而翠云听了"不成功"三个字，一颗很热的心顿时渐渐地冰冷起来，良久良久说不出话。扶云懊丧着，也没有适当的话可以慰藉伊，不使伊失望，他领会得翠云心里怎样的难过。此时他不自觉地自己亦已陷身愁城恨海之中，岂是他的始衷呢？他为情丝所缚，竟是欲摆脱而不能了。两个人相坐着，如石像一般，不再似以前见面之后喁喁情话了。

隔了一歇，翠云方才说道：

"这个突如其来的袭击，使我们猝不及防，也是我的命运使然，对于林先生，我也原谅的，因在这个时候，你虽然很愿相助，无奈你的力量不够，也为环境阻碍，我自然不能怪你。"

扶云听伊这样说，并无怨恨他的意思，只怪伊自己的命运不好，更觉得伊十分可怜，同时他心上更是难过，只得又对伊说道：

"翠，承你能够原谅我的无能为力，但是我总觉得自己是个七尺须眉，若不能救护一个可怜的女子，而且你又是我心头爱悦的人，反而眼睁睁地瞧着你被恶魔攫去，这是何等惭愧的事！"

说罢，把拳头紧握着，露出恨恨的样子，又问道：

"你此番表演之后，他们就要进行吗？大约总还有一个星期的光阴吧！无论如何，我须得代你想法去。"

翠云忽又凄然下泪道：

"林先生，你的深情厚谊，我一辈子忘记不得的，你的为难情形，我也明了，过去时候已费掉你不少黄金的光阴，我这个不

268

祥之身何忍再来累你？我不要再使你代我为难了。我胸中已有方针，自会对付这些恶魔的。"

扶云听着，有些不放心，又说道：

"翠，你有什么好方法呢？你不要趋向消极一方面走，虽然你的压迫很是重大，又无有力的援助，然而你须得挺起身子，和恶魔奋斗，我依然愿意相助你共同奋斗，在此时候，我仍去想法弄钱，万一不成，你不好向你的继母坚拒吗？伊未必能够将你硬行卖身啊！"

翠云笑道：

"伊又不说卖的，这三千之数只算是聘礼的，伊说女大须嫁，把我嫁人就是了，你好说伊不是吗？"

扶云低声道：

"现在时候的婚姻，非买卖式的了，你不好说不得同意绝不嫁那老头儿吗？"

翠云点点头道：

"我知道了，无论如何，绝不嫁给那姓曾的，你能够代我想法最好，否则我也有法子摆脱。"

扶云道：

"女子最容易寻短见，外边自杀之风很盛，你……"

翠云不待他说完，苦笑一下道：

"好端端的人何必要寻死？你放心，我绝不至于走这条路的。"

扶云听了，方才放心，正想再安慰伊些话，恰巧楼上午睡的陶氏一忽醒来，听得楼下有人谈话声，连忙起身走下楼来。扶云见了陶氏，当然站起招呼。陶氏今日的情态有些不同了，伊已被徐博士甘言所绐，一心想要在翠云身上发财，而且伊经徐博士探询之后，已将扶云屡次来家教翠云读书、两人感情甚洽等事一一告知了徐博士，徐博士已叫伊对于翠云和扶云的往返特别注意，恐怕扶云引诱翠云，要发生反对之事，而趋于决裂。陶氏又因前天他们二人出去以后，一夜未回，心中也有些猜疑，所以实行监视了，而且对于扶云也不如以前那样的有礼貌了。扶云碍着陶氏的面，当然也不便再和翠云谈起这问题。坐了一歇，见陶氏对他很是冷淡，而翠云也默默地暗藏着幽恨，不像以前那样的有说有笑了，他心里自然非常没趣，暗想：我如筹划到三千两银子，便不难使陶氏眉开眼笑地向我投顺了。黄金这样东西，多了固然不好，然而少了它，也使人无可奈何的。他想得闷气极了，便起身和翠云告辞，翠云也不留他，只说道：

"后天星期六晚上，你可到新上海大戏院去看我的《最后一舞》一剧，这是我费了许多功夫练成的。"

扶云有气无力地答道：

"再看吧！"

翠云把说话的声浪响重一些说道：

"林先生，一定要请你去看的。这个《最后一舞》切莫要错过。"

扶云含糊答应了一声，穿上长衣，和翠云说声晚安，又向陶氏点点头，走出门去。翠云送到门口，也就停住，陶氏更是淡漠，一句话也不说。

扶云走出弄口，心里想：人的面孔瞬息变换，最是可怕，方才陶氏那种神气、那样面孔，使人坐着难受，不得不走了。此去我能够想法到手，自然别无话说，否则我也不再上这里了，再想机会和翠云去奋斗那些恶魔。他越想越气，这是他生平第一次最大的烦恼。

歌舞名剧《最后一舞》出演于新上海大戏院了。这个歌舞剧在报纸上宣传已久，更兼主角是张翠云，当然来谋一饱眼福的人非常之多，连票子买不到而立在铁门外边怅望的，也如潮涌一般，卖座之盛，比较以前万国大戏院、千星大戏院跳舞的时候更要什百倍蓰。这出戏剧的内容，是写一个少年军阀纵情声色，当外侮紧急、胡马来侵的当儿，他还是恋爱一个舞女，而想藏之金屋，同圆好梦。那舞女自然被他用武力和财力得到了手，团圆之夜，军阀意兴甚豪，在帐中置酒高饮，要令舞女曼舞侑酒。那时，警报传来，各城陷落，而军阀谈笑自若，酣舞不已，那舞女遂尽言劝谏，希望他快快出兵抵抗，反触军阀之怒，舞女羞愤交加，引刀自刎，卒致闹成一幕惨剧，而军阀仍不悔悟，舞女徒然牺牲，从此香消玉殒，不能再睹美人艳舞了，故剧名《最后一舞》。

当舞女自刎的时候，观众有愤怒的，有悲叹的，激动了他们的心弦，而东边包厢楼上有一少年，竟失声而呼道：

"为什么自杀！死不得！"

这人便是林扶云了，观众尚以为他被剧情所感动而笑他痴呢！

明日，报上忽然宣传舞星张翠云的失踪，据云这晚舞罢，翠云尚谈笑自若，和徐博士等告别回去，坐着人力车走的，但不知何以没有回家，不知走到哪里去了。徐博士和张家的家人四处侦查，然而杳无下落，有人以为翠云已自杀，有人以为翠云跟人走了，种种的猜测，轰动了上海。但是，这《最后一舞》的名剧今夜却不能继续出演了，使许多不曾见过的人抱着很大的失望，于是这《最后一舞》竟成为张翠云的最后一舞了。

在张翠云失踪的次日，扶云独坐书室中，出神地遐想，手里捧了一封信，自言自语道：

"怪不得伊前天说过伊自己也有办法，原来伊已决定了这么一着，情愿脱离了这个繁华的大都市，孑然一身，到天涯去飘零，大概伊认识了这生涯的苦痛，再加上重大的压迫，使伊纤弱之质，再也受不了风打雨欺，而爱伊的人又无方法可以援助伊，这样更使伊怀着一种极大的失望，死既不愿，生又难能，不得已而一走了。这是伊对于环境的横冲，但不知伊此后能否诞登彼岸，而获得安定的栖止，倒很使人挂念的。这《最后一舞》竟成了一个神秘之谜了，所以前天伊必要叫我去一观了！唉！早知今日，悔不当初，伊本来在伊环境中过这生活，还没有觉悟到自己的苦痛，自然到今天伊也绝不至有这么一着，如某某电影明星，某某交际之花，某某跳舞明星，不是一样仍在灯红酒绿中度她们争妍取媚的生涯吗？都是我偏偏生了怜惜之念，特地去看伊，把知识去灌输伊，一心要伊觉悟，以便援助伊脱离火坑。果然伊觉悟了，有了知识了，然而环境的逼迫却更是厉害，竟会发生意想不到的事情。我又是一个有心无力的人，对于我的初愿不免矛盾，以致有今日之事。唉！这反而是我的罪过了，我既没有能力，何必多此一举，生出这极重大的烦恼？现在伊去了，虽然写了这封信给我，却是连通信地址也没有的，叫我到哪里去找伊呢？翠云翠云，你倒有这样的勇气，背了家庭和朋友，飘零到别地方去吗？此时报上已宣传这事，徐博士和张家闹出了这个岔儿，一定不肯罢休的，我当然是个嫌疑人，虽然我与翠云的往还都是光明磊落，陶氏也眼见的，便是伊今番的失踪，连我也没有先知，不必情虚。可是他们终要疑心到我的，那么翠云这封信留着反多一重痕迹，不如把它烧掉吧！他遂立起身来，取过火柴，划了一下，把信笺信封凑在火上焚化了。然而他心里的难过也如火烧一般，得不到安慰，且不知如何是好。

翠云去了，从此天涯海角，到何处去睹伊倩影呢？以前的事好如一梦，但是这个梦可以说他醒，也可以说他不醒，梦中的主角在哪里呢？恐怕这个梦是毫无止境的吧！他不觉叹了一口气，口里微微吟着道：

曲终人不见，江上数峰青。

原载《新上海》（1934）

273

一封绝命书

余前著《啼鹃小录》，为普天下失意情场者写照，颇有悲天悯人之思，乃得多数读者之同情。复有续录一书出版，哀音弥漫，非无病而呻，实有感而作也。

前日至及门某君处，其异母兄于去年病故，搜其遗箧，得秘函一通，墨迹已旧，纸亦变黄色，娟妙如女子所书，检阅之，则一封绝命书也。

某君知其兄在日曾私昵一女学生，后忽绝迹不往，以为彼女学生固已别字人矣，不图红颜薄命，早已香消玉殒也。

兹将原书录出，不加改易，以存其真，而人名则隐之，俾读者一雪同情之涕焉！

□□君鉴：

前数日枉顾，予因精神恍惚，并未谈衷曲。今承慈母之命，延医调治，所请者□□□。两剂后，但觉精神稍振，然终是不起之症。□医所用药石，是大补之剂，

274

故满身之精液皆朝于上，只可稍延数日耳。

予之历史，君亦未知其细，容予详述知之：

自出母腹，娇养成性，二兄早故，严父爱若掌珠，八岁即延师至家课读。二七之年，闻里巷中立有女学校，即入□□之□□。至二八之年，严父黄粱梦醒，撒手红尘，赴玉楼之召，予不敢违父之志，自行报名于□□学校。

肄业二年后，知女子无是德，即行悬崖勒马。然世之光怪陆离，已知一二，性情已为其所移矣。

但予知史以来，即存革命之思想，常忧无伴。去年得遇知己，窃以为一世有靠矣！因君心急，遂行失身。不料祸根已种，弄假成真。呜呼！今日之事，所谓天作孽，犹可违，自作孽，不可活也！但予自知罪孽深重，严父如是之爱，不能承父之志，反以不洁之名污之，故于本月初四即服是药，堕下胎种，报名于赤十字会，本欲稍立名望于后世，遮予之丑，赎予之罪，终父之志。不料祸起旦夕，于初六夜倏而瘀血大冲，红而紫，紫而青，连厥数次，性命已不保矣！予不能承父之志，反扬父之丑，予之罪孰有大于此者乎？

予父即君父，予今竟不能承其志，望君承之，不置之脑后，若能如是，予在黄泉之下，亦应瞑目矣！然老母、幼弟又将置之何地耶？所以，予千祈万托，以后应办之事，君一力担之可也。君可知古训云："叮咺噜唁能伤神，七情六欲能伤身。"君自重其躬，办予之事，较咺唷于予，何啻万倍哉？切不可应禅经之不是冤家不聚头之语。

呜呼！在世之时，名为知己，既死之后，如同陌路，君是等思想，所一刻不能存于胸中者，予观君，亦非此种人也。所有你我之事，予今一一述于慈母知之矣，因将来可得君之照顾耳。予母不咎君，而反咎予之不早白于老母知之。老母曰：

"我若早知，何致有性命之忧？此亦予之失于检点者也！"

前章二则遗托之事，君如不照此行，予虽死亦将为厉鬼以啖汝也。今有一事与君相酌，将来君之子有余，可移一子寄予名下，可与否？睹君之心矣！亦不勉强，予只担一虚名耳！

噫！予今死矣，虽有千言万语，已不能出之于口，况亦无许多之精神，故所有未达于笔墨之间者，望君心领神会可也。

呜呼！何人一犯绝病，即如是之无用哉？《圣经》云：鸟之将死，其鸣也哀，人之将死，其言也善，泪滴和墨，书此数语，予之精力告竭矣！君勿悲之，望君勿作楚囚之泣，予与君长别矣！嗟乎！悲夫！

中华民国元年四月八日
古吴□□□绝笔

276

按：此为民国元年之事，至今二十余年矣。个中人皆已先后埋骨泉壤，而此书独留于箧中，使后人读之，凄然泪下，不能已于言也。

某君云：其兄私德不修，故为先父所恶，然则彼女子所遇匪人，诚一失足成千古恨矣！青年男女因一时情欲之冲动，往往不顾后来，径情直遂以行之，致陷于绝境，大可惧也！

余虽未悉书中主人翁如何结合，而两人间之出于一种不正当之自由恋爱，则于此书中可以知之，想彼女子握笔作书之时，一字一泪，其心中之苦痛，亦非文字所可形容矣！而书中绝无怪怨其情人之语句，可知其情之痴且专。且行文造句，虽尚有未惬当处，而已楚楚可观，于国学有相当之程度，绝非无智识之女子可比，而其结果如是，惜哉惜哉！

今世恋爱之说大盛，社交之风日广，故录之为一般青年男女告焉。

原载《新上海》（1934）

277

新　　人

一片很大很广的草地，四围是跑道，远远地尘土大起，有十数头骏马风驰电掣般驱骤而来。马上的骑师穿着花花绿绿的短衣，戴着奇奇怪怪的小帽，磬控纵送，腾踔而前，各个人都如飞将军争先入垒，莫肯落后。

旁边看台上黑压压地挤满了许多人头，千万道眼光急切注视着这一群飞奔的骑师和骏马，有些人伸手挥帽，高声大喊着骑师的名号，或是马名，如醉如狂，热烈得无以复加。

一会儿，乐声悠扬而起，看台上的人立时如波浪般向四处分开，甚至疏散得只有二三人影。但是领奖处又挤满了，有些人捧着一束一叠的法币，旁人见了，个个歆羡，说他运气好，眼光高，门槛精，魄力大。其他失望的人都是垂头丧气，把手中所有的马票撕得一片片如蝴蝶乱飞，散满了场地。这些花花绿绿的纸张不知有无数金钱的代价，一场一场，若以总数计算起来，也足惊人。

每个星期六的下午，自有许多男男女女，源源不绝地向这广大的跑马厅里潮涌而来，每个人的脑中不是都抱着胜利的希望吗？结果能有几个赢得多金，含笑而归？大多数的人，不是金尽囊空，嗒然神丧而回去吗？好一个公开赌博的场所，这也是西方文明灌输中国的一件玩意儿，乐此不疲的，上海一埠大有人在呢。

在这一伙人群里面，有一个中年男子，赤鼻头，近视眼，手里拿着一个望远镜，不住地放在眼睛上向外瞧。场里第六次起赛，正有一群马飞驰而至，那人拍着站在他旁边的一个西装少年的肩膀，很兴奋地说道：

"顺之，你瞧这匹飞列华雷，果然不错，亨特生很是努力，快得头马了。我们买的独赢，此番可以拿他一笔钱了。"

这时，果然有一位穿着黄色衣服的西籍骑师，跨着一匹黑马，当先冲至，快要到终点了，众人一齐喊起亨特生来。但是很奇怪的，一刹那间，在亨特生的背后又有一匹白马怒跃而前，和亨特生的黑马只错一步了。于是大家又喊起恩卡纳沙，便在最后的一秒钟，恩卡纳沙的白马夺了第一，亨特生屈居第二。在这少年顺之的面孔上满露出颓丧的情绪，回头对男子叹口气道：

"沈先生，完了完了！只差一步，如何会被恩卡纳沙抢去的？我们都失败了！单这一趟，我输去五百块钱，今天又不利了。"

说罢，把手中握着的一叠马票哧哧哧地撕得粉碎，抛于地上。沈先生也恨恨地把他手中的马票照样撕碎，长叹无言。两个人静默了一会儿，走下看台，第七次赛马又起始售票了。沈先生凑在顺之耳朵上说道：

"我身边的血没有了，你能借给我七八十元吗？"

顺之道：

"今天我带得不多，头几次输多赢少，已输去三四百，现又输去五百，所剩下的也不过三百元了，你拿三十元去吧！"

一边说，一边从他身边掏出三张十元的法币递给沈先生，于是两人商议了一会儿，又去购得马票，等候决赛。但是，这一次竟又告失利，连战皆北，顺之的衣袋里千余元法币已不翼而飞，迅速无比。·————————————

暮色苍茫中，顺之离了跑马厅回家去，他家住在辣斐德路一条里弄里，是新式的两上两下住宅。顺之家中并没多人，只有他的妻子纫秋和十岁的男孩子祥龄，用了三个仆人，靠着祖先的荫庇，很安乐地过着无忧无虑的光阴，朋友们都知道傅顺之是一个快活的少年。当他走到后门口时，见纫秋正和婢女阿宝在那里称硬柴，一担一担地堆个满。顺之皱皱眉头说道：

"这些东西很讨厌的，买许多做什么呢?"

纫秋带笑说道：

"我因王先生介绍来的，价钱比较便宜，又是干燥不着水的，所以多买一些，总有用处。"

顺之便踏进门，走上楼去了。纫秋称毕，叫阿宝和娘姨堆叠好了，付去了柴钱，一步一步地走上楼来。见顺之坐在房中沙发里听收音机，面上没有笑容，伊就走过去，亲自冲了一杯可可茶送到顺之的手里，带笑问道：

"今天你又送去几多钱呢?"

顺之道：

"真倒灶！一千块钱都输完了。有一次我本要买恩卡纳沙骑

280

师的独赢，都是沈先生说亨特生的马好，稳得第一，才买了五百元，不料恩卡纳沙跑出，你想这不要活活气死人吗？"

绚秋叹一口气说道：

"输了金钱还要受气，这又何苦呢？我觉得最近你益发沉溺在赌博中，跑马、跑狗、回力球，一天到晚忙个不停，总计你输去的钱也很可观了。赌钱不输，天下第一营生，你应该早些觉悟才是。"

顺之道：

"今天我买了恩卡纳沙的马便赢定了，至少有一千多块钱，这总是运气不好，错听了人家的话。"

绚秋道：

"你又这样说了，我已不知听过数十百遍。那沈先生是个赌精，可是他输得怎么样？行里亏空了钱，险些歇生意，都是他妻子出去借债合会，然后弥缝过去的。他还是不能觉悟，仍要跑马、跑狗，你和他在一起，真是危险。你借给他的钱也不少，何尝还过你一个大钱呢？我再要劝你及早回头，这种地方少去吧！"

顺之喝了两口可可茶，把手搔搔头道：

"胜败乃军家常事。你又要絮絮叨叨，使人更不快活。"

绚秋听了这话，面上一红，也显出不悦的样子，退后数步，站在妆台边，将两手反扶着，又说道：

"你嫌我啰唆吗？我不会使你快活了，忠言逆耳，迷途莫返，请你想想看，我的肝胃病从何而起？我也给你气够了。你若是怜爱我的，总该听我话了，我虽不该像尊长般向你训诫，不过心所谓危，不敢不告。也因我与你是夫妇的关系，有福同享，有难同当，忍不住一再向你劝谏。假使你破了产，我也要受绝大影响的啊！我们乡间有田，此间有房屋，又有公司股份，又有银行存款，可称小康之家。但这些钱并非你挣来的，都是你亡父遗传与你，你就该好好儿地守着，怎能狂赌不休，挥金如土呢？况且自己也有了儿子，要代儿子留些地步，莫要后悔不及……"

纫秋的话如三峡倒流般说个不休，顺之却立起身来，往楼下一走。

晚饭后，祥龄拿着一本算学练习簿，跑到顺之面前说道：

"爹爹，这一个百分法的习题，算来算去，答数总是不对，爹爹你代我算一算。"

顺之看了一看，说道：

"你先把大数目给小数除了，然后再乘便得了。"

说毕，匆匆地跑上楼去，取了钥匙，从保险箱里取出一大卷纸币，检点了一下，正合毛诗之数，便往衣袋里一塞。纫秋跟着上来，瞧见了，便问道：

"你又要到跑狗场去吗？日里输了不算数，晚上还要去送。唉！我同你去看电影吧，不要跑狗场去。"

顺之摇摇头道：

"我不要看电影，你莫管我的事。"

说罢，披上大衣，急步下楼而去。纫秋颓然倒在沙发中，两手掩着娇容，只是流泪。

次日的早晨，顺之又向钱箱里取出一个银行存折，要去取款，因为昨夜跑狗场又输去三百元，家中没有现款了。夫妇俩不交一言，空气紧张，纫秋的秋波红肿未退，早餐也不要吃，伊的肝气痛病又发作了。

顺之自去银行里取钱而归，又把一大叠纸币藏在怀中。今天他准备上回力球场去，所以拿着一张小报，只是仔细察看回力球的成绩表、盘数、胜号、分额，用心揣摩。

午饭后，刚要出门，纫秋突然对伊丈夫说道：

"你去赌博，我也看穿了。不耐烦坐在家中代你节省，因我不是不会赌钱的人，静安寺路的曾姨太太屡次要我去打牌，我只是推托不去，因为输赢太大。现在也要去玩玩了，你拿两百块钱给我作赌本。"

顺之笑道：

"很好！你要钱自己去拿吧！赌输了不要怪人。"

便匆匆地走了。纫秋待顺之走后，也就妆饰着出去。直到晚上，顺之先回家，见纫秋尚未还来，他就一个人在房中独酌。停一会儿，纫秋已归。彼此问起胜负消息，顺之道：

"今天我赢了一百数十元呢！"

纫秋道：

"这算什么？也许明天要输去数百元的。"

顺之问道：

"你今天打牌如何？"

纫秋道：

"我却输了一百六十余元。"

顺之道：

"不算大，明天希望你反败为胜。"

纫秋笑了一笑。

从此，夫妇俩各自征逐于赌博场中，顺之喜欢去跑马、跑狗、回力球输盘赌，纫秋却喜欢麻将、扑克、花会、牌九等类，夫妇二人各不相管，终年狂赌，亲戚朋友知道了，都不赞成。

顺之本有一个小位置在银行里，可是常常不去的。纫秋也抛弃了家中主妇之责，一天到晚在外边混，浪费浪用，前后好如换了一个人，性情大变了。但是，他们常常输的，单就纫秋一人计算，也要输去二三万了。

光阴很快，过了三年，傅家家道中落，银行里的存款渐渐告罄，公司的股票也转让给他们的亲戚王先生。

那位王先生是纫秋的表戚，是一个长袖善舞的商人，最近在苏州开了一家米行，时常往来苏沪间。顺之如有缺乏时，常请王先生来想法，王先生是有求必应的，可是顺之所有的一些田单房契，纫秋所有的一些珍宝首饰，逐渐移转到王先生手中去了。利上滚利地借款，很可惊人。然而顺之夫妇俩只要金钱到手，可以去纵博，不惜饮鸩止渴，贻患将来了。家产虽渐渐消失，而顺之、纫秋二人的赌博依然不止，所以，到后来，连自己住的一座房屋也售与他人，到手的钱一半还了王先生，一半留在身边，不到一二月，却又输得精光了，于是人家都说他们是一对败子败媳。

顺之的住屋卖去后，搬到嵩山路，租了一间统厢房居住，所有屋中的精美什物，也是十去七八，可是二人没有改变他们的赌博生活。

约莫又过了一年，傅家的景况愈是凄惨了，已住到一个亭子间里去，仆人也只用一个了。顺之身边的钱也是时常竭蹶，东挪西移，欠得满身是债。然而只要手中有二三十块钱，跑马厅、跑狗场依然要去的。这时候，纫秋不赌了，整天坐在家里看小说。

他们的境遇已贫困极了，顺之已没有钱到跑马厅去了，连每日用的钱都要纫秋去想法张罗，欠了房金，二房东摆出一副严酷的面孔，要催他们搬场。顺之实在没有钱，只得把衣服去质当，可是半年以后，早又吃尽当光。他在银行里的职务，早已在两年前辞去了，此时虽想找个枝栖，然而还有谁肯推荐他呢？天气冷了，自己的丝棉袍子破了，没有钱制新的，马裤呢的大衣也破旧了，实在寒酸毕露，走不出门。家中没有钱用，不得已，硬着头皮再到他友人家中去借贷，可是受尽奚落，只借得一元法币回来，反被朋友讥笑了一场，叫他下次不要再去，说他是自作孽。他回家后，又气又恨，夫妇俩愁眉相对，竟作楚囚对泣。也许此时顺之真心懊悔了，想起前尘，追悔何及？只是仰天长叹。纫秋静默了一会儿，忽然对顺之说道：

"我们本来是有产阶级，现在变得室如悬磬，都是赌博害了我们，不然，何至于此？恐怕傅氏在地下要把我们深恶痛恨，我们将来也无颜去见祖宗于九泉的。我深悔跟你一样纵博，以致败家，这真是自作孽不可活了。"

顺之听了纫秋的话，心里十分难过，好像有刀刺箭穿，颤声说道：

"你以前本劝我不要赌的，后来我不听你话，你也学我狂赌了。细想起来，都是我一人的罪过。现在我明白那些跑狗、跑马种种赌博，简直是害人的陷坑。我意欲自杀，写一篇绝命书，去痛告那些陷溺不返的人，请他们把我做殷鉴，不要再蹈我们覆辙。我自觉很惭愧立足在这世界上了，只是我尚有些舍不得你和可爱的祥龄，小小年纪，叫他如何过活呢？唉！我走错了路，一晌不想走回，现已到了绝境，进退狼狈，日暮途穷，所以只有一死了。请你不要笑我，我想你心中也是很难过的。"

顺之说到这里，潜然下泪。纫秋点点头道：

"你果然悔悟了，但是像你年纪尚轻，怎样便要死呢？死了也是轻如鸿毛，仍给人家唾骂。我想你我还不如奋发起来，洗涤前肯吧！以前种种譬如昨日死，以后种种譬如今日生。"

顺之叹道：

"你的话也未尝不是，但我这份家业已完了，叫我怎样奋发呢？"

纫秋道：

"你不瞧见外边尽有许多贫家子弟，赤手成家呢？就叫作生于忧患，死于安乐。我想以前假使我们没有很多的遗产，那么你必要为了生活而奋斗，反不至于沉溺在赌博中了。"

顺之听了，点点头，带着迟疑的音浪说道：

"我将怎样做才好呢？"

纫秋道：

"我已有打算了。你若肯听我们话，不如跟我回到苏州去住。苏州是我的家乡，母家也在那边，生活程度比较上海稍低，地方安静。我可以向亲戚处商量，再恳王先生帮忙，在苏租一宅小小住屋，我们搬到苏州去。我再托人代你在那边银行里谋一个位置，我也可到小学校里去执教鞭，夫妇俩节省度日，也可以过得去了。因为我没有面目再在上海受人耻笑了。"

顺之想了一想道：

"你能有这办法，我也赞成。懊悔以前不早听你的话，现在你说什么，我总听从的了。"

纫秋听顺之这样说，方才笑了一笑道：

"这件事由我去办妥吧！"

在这两星期中，纫秋时常到苏州去，往返甚忙。有一天接到王先生的快函说，房屋业已租定，器具亦已布置齐备，请他们夫妇即日赴苏，又汇了五十块钱来。顺之得到消息，赞许他妻子办事能干，且感谢王先生的相助厚德。于是他们俩便在一个初冬的早晨，带了祥龄，以及很简单的行装，赶至北火车站，坐特别快车赴苏。

到了苏州车站，早见王先生和纫秋的弟弟雅秋都在站上迎候。顺之见了雅秋，不免有些羞愧，他们遂坐着人力车进城。顺之不知他的新居是怎么样，大约很简陋的。

不多时，车子拉到公园路一座新式的小洋房面前停住，大家跳下车来，顺之跟着众人下车，瞧那屋子很华丽，心中不觉有些忐忑，以为是王先生的府第，暂时进去打坐的，遂跟着众人步入。屋子里陈设非常富丽堂皇，庭院中花木扶疏，还养着金鱼和百灵鸟。忽然抬头瞧见客堂里正中挂着一幅文征明的山水中堂，本是自己宝藏的东西，一年前卖给王先生的，心头不禁奇痛。但又见旁边挂的对联也是自己家中东西，上款还写着他"顺之"两字的大名，这使他大大奇怪了。正要询问时，又有一个玲珑小婢跑出来，叫应纫秋道：

"少奶来了！"

纫秋毫不客气地答应着。顺之心中更是疑惑，自己业已是个赤穷的败家子，不得已而到苏州来借住，怎住得起这种屋子呢？这个闷葫芦亟待揭晓，便向纫秋问道：

"我们到哪家去？这是王先生的府上吗？"

纫秋笑道：

"呸！你没瞧上面挂着的对联，这不是我们的家却是谁的家呢？"

顺之给纫秋这么一说，更是大惑不解起来。纫秋当先引导，好像走熟了的，跑上楼梯。顺之随着到卧室中一看，更是华丽，妆台上有许多银器，大半都是自己家中之物。他瞠目惊异，连呼啧啧怪事。又问纫秋，这里到底是谁的家？纫秋按着他向沙发中坐下，对他含笑说道：

"这是你我的家，你不相信吗？"

顺之摇摇头道：

"我不信，因为我所有的金钱早已输完、用完，哪里再有这样的家呢？纫秋，我们不是在梦中吗？否则你会弄什么障眼法的，来戏弄我？"

说得坐在一旁的王先生、雅秋等都哈哈地笑起来了。纫秋侧身坐在他坐的沙发扶手边上，很愉快地说道：

"我会弄什么障眼呢？也不是在梦中，光天化日，明明是真的。顺之，待我把真相来告诉你吧！"

于是纫秋便将以前经过的事细细倾吐胸臆。原来，以前顺之不肯听他妻子的忠告，天天跑马、跑饮，不知输去多少金钱，纫秋十分忧虑，千思万想，无法禁止伊丈夫不赌，也就无法使伊丈夫守得住这份家产，心如万分苦痛。最后伊才想得一条好计策，就是自己表面上也去狂赌，麻将、扑克，天天不休，其实却躲在亲友处看看书报，或是偶然去观电影，并没用去什么钱，不过每天回来在顺之面前总说输去数百元，或是数十元，暗地里便将这款项存入银行生息。那时候，顺之赌得发昏，什么也不管，利用他妻子赌钱，可以不在自己面前麻烦，大家胡天胡地地过日子。

想不到纫秋是个有心人，陆续将自己要卖的东西先后收去，运到苏州母家来珍藏。一面托了王先生，将自己名下的钱背着顺之，在苏开起一爿米行，就托王先生做经理，顺之还以为是王先生开设的呢。待到顺之已至山穷水尽的地步，方才想出迁苏的计划，其实这座房屋在去年早已托王先生购置了。伊自己又暗暗到苏州来安排一切，然后偕顺之回苏，卜居新宅。数年来守口如瓶，秘密得很，顺之自然瞒在鼓中，怎会料想到他妻子有这种锦囊妙计呢？此刻经纫秋说明之后，顺之又惊又喜，真是喜出望外，立刻跳起身子，对纫秋深深鞠躬，且说道：

"纫秋，我至爱的纫秋，你真是女诸葛，我傅顺之若没有你贤德的妻子苦心安排，怎能有今日呢？我真惭愧之至了！"

王先生也微笑道：

"傅先生，悟既往之不谏，知来者之可追。你幸有嫂夫人苦心挽救，虽荒唐而未至末路，真不是容易的事。天下有许多人悔之无及呢！愿你们此后过着快乐的光阴，创造新世界吧！这一切的事完全在我心目中，你该大大感谢你的夫人呢！"

顺之道：

"不错，这样的恩情，铭心刻骨，一辈子感激的。"

纫秋道：

"计算我们所有的动产和不动产，约有三十万左右，经你连年赌博，输去不下二十万，这是我无法挽回的。至于我输去的，却实际上代你收藏着生息，加以这米行的盈余，总计尚有十多万。你若果然洗心革面，不再纵博，那么在苏州地方尽可逍遥度日了。且可做些小事业，以补前途，你大概听得进吗？当初若没有我代你藏起这一些钱财，恐怕也要一起输光的，那就真的不堪设想，同为饿莩了。"

顺之连说是是，又对他妻子深深作揖，说不出心中的感谢和快活，因他现在宛如从黑暗里踏进了光明之域。这时候，女仆跑上楼来问道：

"义昌福的菜挑来了，可要摆席？"

纫秋道：

"我们肚子有些饿了，快将筵席摆在客室中，我们就下楼来了。"

女仆退去。纫秋又对顺之说道：

"今天我们要吃搬场酒，并且王先生和我弟弟相助我布置这新屋，辛苦好多时候了，也该多喝几杯酒。隔一天我还要请请苏地的亲友呢！"

又对雅秋说道：

"嫂嫂和侄女此时怎没有来呢？不如打个电话去请一声吧！"

雅秋道：

"快要来了。"

290

说着话，小婢又上来报称舅少奶来了。大家于是一齐下楼，见雅秋的夫人和伊女儿都穿着新衣服，含笑相见。顺之脸上红红的，有些愧赧，祥龄却跳跳纵纵地十分快活，和他多年不见的表妹一起携手玩耍。

大家走到客室中，一切陈设幽雅华丽，酒席早已摆好。众人挨次入席坐定，顺之提壶斟酒，要敬王先生三杯。王先生笑嘻嘻地说道：

"这要敬你的夫人的，我今天还要贺你们三杯呢！"

又指着上面几上安着的一座大银盾说道：

"这是我敬送的礼物，上面镌着'新人'两字，恭喜顺之先生重做新人，聊表微意。"

顺之敬谨答道：

"敢不如命！此后我要做个新人，换了新世界，过新的生活，有新的生命，还要创造一些新事业，方不负我纫秋的苦心深意呢！"

遂斟满了一杯去敬给纫秋吃。纫秋接在手中，喝了一个干。此时，伊的娇颜上充满笑容，好似表示伊得到最后的胜利，因为伊的丈夫已觉悟，已悔改，而要立志做一个新人了。

原载《罗汉菜》（1939）

291

橄　榄

　　金风飒飒，梧桐叶落，街头清脆悦耳的卖橄榄声也是点缀秋天的一种市声。橄榄的颜色青翠可爱，它的味道，初上口苦涩，而回味甚甜，所以苏州有句俗话："乡下人吃橄榄，扒坍草屋。"尤美和徐毅都是吃橄榄的同志，他们是同居，又是同学，又是同年，性情同，学问同，面貌也是同样的秀丽，样样都同，不过有点大不同，就是尤美是女性，而徐毅是男性。

　　两人同在一个高中学校里肄业，朝则同出，晚则同归，可以说得形影不离。外边人还以为他们是兄妹，因为站在一起，尤美比较徐毅短去数寸呢。他们既然爱吃橄榄，一到青橄榄上市时，卖橄榄的小贩天天要跑上门来做他们的生意，凑准了时光，总是在四点钟以后。有时，尤美和徐毅迟迟不归，卖橄榄的便把一小篮上好的橄榄交给守门的送进去，待他们回来吃。他们吃惯了这卖橄榄的上好佳品，自然也不向别人去买了，家里人代他们起了一个别号，叫作橄榄大王。

　　两家的家长很是亲密和好，无异亲戚，对于尤美、徐毅这一对小儿女情投意合、鹣鹣鲽鲽的情况，都是具着一种愿望：就是尢家愿意认徐毅为坦腹东床，而徐家愿意娶尢美为咏絮新妇。新约虽没有订定，而无形中已不啻承认了。他们俩也彼此认为相当的佳偶，默契于心，所谓"心有灵犀一点通"了。

有一天星期日的下午，徐毅和尢美坐在家后小园中葡萄架下看书吃橄榄，尢美吃了橄榄，把橄榄核随意吐在地上，吐了不少。恰巧有一只螳螂飞上尢美的额首，尢美素怕这类飞虫，喊了一声"啊呀！"徐毅连忙伸手代伊驱逐，那螳螂去而复来，一再向尢美猛扑，尢美慌得立起身来便跑。徐毅跟着立起，说道：

"这种小虫怕它作甚？"

尢美跑了数步，那螳螂又向伊作正面逆袭。尢美回转娇躯，想跑到徐毅身前去求他保护，不料脚下踏着了什么，这一抱虽使那尢美不致倾跌，而再巧也没有的，尢美的樱唇仓促中碰到徐毅口边，徐毅一缕柔情荡漾而起，便和尢美甜甜蜜蜜地亲了一个吻。

螳螂去了，尢美兀自把身子偎倚在徐毅的怀抱里，徐毅挽着伊的玉臂，仍坐到树下椅子上去，将嘴附在伊的耳畔，低声说道：

"我一向要向你表示我的爱心，和你接一个甜吻，但是你若不肯答应我的请求，我也不敢孟浪从事。今天给我这个机会，达到了我的愿望，真是天赐我也。你恨我吗？喜欢我吗？"

尢美带着薄嗔说道：

"幸灾乐祸，此之谓矣！我万不料你有这么大的胆子，我恨你，也喜欢你。但我恨这可恶的螳螂，把我唬急了，脚底下踏着的不知什么东西，险些把我跌了一跤。"

徐毅将手向地下一指道：

"你瞧，这不是你自己吐出的橄榄核吗？你只得怪自己。哦！这也不是螳螂之功，倒是橄榄造成我的机会。还有方才我和你接吻时，你的檀口里完全充满着橄榄的香味，可说是橄榄之吻，今后我更要大吃橄榄了！"

说罢，哈哈大笑，露出一团高兴的模样。

八一三沪战既起，八一六苏州首次遭到轰炸，全城人民非常恐慌，都纷纷避到乡间去，尤、徐两家也避在一个小小荒村。尤美和徐毅此时没有书读，在乡下仍是同出同进，河边钓鱼，山上打鸟，这样消磨着他们的光阴。不过有一件事使尤美闷闷不乐，因为乡下没有橄榄吃，于是徐毅有一天特地回转苏城去，代尤美觅购橄榄，不料许多铁鸟飞来在天空中，盘旋不已，且投下数十枚炸弹。徐毅恰巧买着了两篮橄榄出城，慌得他伏在田沟里不敢动弹，灰尘烂泥沾满了全身。等到飞机去后，他方才爬起身来，急急地坐了船回乡。尤美一见徐毅这种狼狈的情景，不由吃惊，问询之下，方知飞机轰炸苏城。徐毅为了买橄榄，险些送去生命，心里万分抱歉，万分感谢，便把这两篮橄榄视如珍果，一个一个地慢慢咀嚼。伊对徐毅带笑说道：

"我们现在正在吃苦，但是以后一定很甜的，像这橄榄一样。"

伊又把橄榄核收集起来，晒干了放在灯火上燃烧，便有一朵朵的兰花吐出，很是好看，足够消磨乡间无聊的黄昏。

光阴迅速，一年已过，在去年的凉秋时节，橄榄正在上市，尤美和徐毅却从乡间避居到这孤岛上来。然而徐毅经过这番国难，把以前的生活大大改变了一下，他决计到西北去苦干一番，不愿意留在孤岛，在奈何天中过日子。尤美也能不以儿女之情牵缠，赞成徐毅前去，自己也愿同往，两家的家长劝阻不住，到底让他们成行。临行之日，亲友赠送许多的橄榄，因知二人都有橄榄癖的，好解他们舟车里的寂寞。

二人临别时，也对亲友们说道：

"承你们送给我们橄榄吃，我们感谢不尽。我们此去，不但为国努力，也是为了自己而奋斗，这大概能得到青年们的同意吧！我们希望我们中国有苦尽甘来的一日，像我们吃这橄榄，咀嚼它的回味一样。愿孤岛上的同胞们各自努力吧！"

这几句话说得十分爽快，留在人家耳朵里，不容易忘掉。大家在吃橄榄的时候，想起这一对青年，谅他们已安抵西北，担负起他们的使命了。

这真不愧为时代青年啊！

原载《橄榄》（1939）

冻结西瓜

天气热得叫人气都透不过来，云龙先生却兀自伏在桌上，挥汗作画，因为有许多扇面，人家正催索得紧呢。看他濡墨挥毫，在雪白的扇面上，东一涂，西一抹，便现出一层层的乌云，围着一条神龙，似乎睁着两只眼睛，炯炯地直要射透人的心灵。这是云龙先生的得意之笔，他仔细地端详着，觉得满纸风云，飕飕然，隆隆然，似乎立刻将有大雷雨下降。

"爸爸，我要吃西瓜，你看楼上人家又买了一个……"

年方四岁的小龙，看见人家买西瓜，就拉着他爸爸的衫角讨瓜吃。小龙的大哥家驹，也在旁边附和着说：

"真的，爸爸，天气这样热，我们还没吃过西瓜呢！"

"今天可算特别热，爸爸，我们也该买个西瓜来吃吃。"

三女儿小凤是一向为爸爸、妈妈所赞许，说她最会看风色的，这时她也插嘴进来。

"别忙，天快起阵，大雷雨一来，天气就凉快了！"

云龙先生鉴赏着那幅墨龙，不觉得意忘形。

"梦话！太阳热辣辣的，鸭子也烤得熟了！哪儿有一丝起阵头雨的光景?"

云龙夫人过来，把他轻轻地一推，叫他看看窗外的天色。

云龙夫人一低头，看见了那张水墨淋漓的扇面，才哦了一声，笑起来了。在云龙先生听起来，这笑声中还夹着三分揶揄。

孩子们因为爸爸青天白日会说梦话，都天真地笑了起来。云龙先生也只有忸怩地跟着一阵哈哈。

孩子们的絮聒和窗外的蝉鸣一般地噪得人头昏，云龙先生没心绪作画了，披了件长衫，挟了几帧完了工的画件，往笺扇庄去了。

待到他回来，书架上又多了一包求画的扇面，云龙夫人的手里也塞进了一叠钞票。

"妈妈，妈妈，前楼又在开西瓜了，他们一会儿已经吃了三个西瓜了呢！你看，现在张妈正在切一个大西瓜。"

二儿家骥、四女小鸾从后面灶间跑出来，向妈妈报告新闻一般地说着，还伸起了他们的小手，拉着妈妈去看。及至瞥见妈的手里捏着钞票，都欢喜得跳起来道：

"妈妈，买西瓜的吗？哈哈！我们也买西瓜，我们也买西瓜!"

云龙先生把长衫挂在衣架上，回转脸来呵斥道：

"不许嚷！小孩子这样嘴馋，人家是做投机发了时，我们比得来吗？饭都吃不饱了，还要吃西瓜!"

孩子受了呵责，看看爸爸的脸，又看看妈妈，两颗泪珠在眼眶里滚。

"孩子懂得什么？你对他们发这样大的脾气！买了米和煤球，也许可以买一个西瓜回来。本来你也是爱吃西瓜的，如果在乡下，这时恐怕吃过几十个了，今年还没进过门，也应该买一个来尝尝。"

云龙夫人对丈夫说着，又看看孩子们和手里的钞票。

孩子们听见妈妈去买西瓜，都不由得嘻开嘴来。云先生也不再反对。

云龙夫人捧了一个西瓜回来，五个孩子都丢下手里的玩意儿，围着母亲又跳又笑。

"什么事，你们今天这样的快乐？"

云龙夫人提了刀刚要剖西瓜时，彭家表兄从外面闯了进来。

"吃西瓜！表叔吃西瓜！"

孩子们欢呼着。

"这几天天气热，西瓜正贵得很，这一个瓜恐怕要三四块钱吧？"

"四块钱呢！"

云龙夫人还在一手按瓜，一手持刀，踌躇着没有切下去。本来他们商定了吃半个，留半个待洗了澡乘凉时再吃。这时来了客，这样办未免显得小派，便把眼光射向云龙先生的脸上，意思是问他怎么办。

云龙先生在家乡时，欢喜一个人捧着半个瓜，用匙慢慢地舀着吃。夫人的主张，他原是勉强赞同的，这时接到了夫人的眼光，正是他的机会，他便说：

"你把半个切了片让孩子们分着吃，还有半个让我和表兄吃，拿两把匙来得了。"

云龙先生把半个瓜摆在小几上，和表兄对坐了，每人拿了一

298

把小匙，又各放了一个小碟子在面前，他不管夫人的白眼，在家乡吃瓜，他是喜欢这样地排场的。

云龙先生舀了一片瓜瓤送进嘴里，接着却哎了一声。

"怎么！不好吃吗？"

云龙夫人正在为孩子们分配西瓜，自己还没上口，听了丈夫似乎不满意的声气，便不快地问。

"味儿倒还不错，只是温而不凉，岂不失了吃西瓜的本意？"

"这是被热气熏炙了的缘故，大概你们在摊上买来就开，假如在水里浸一会儿再吃，就不会这样了。"

彭家表兄吐出了嘴里的瓜子，表示他的见解。

"这些孩子，见了西瓜，大嚷大跳的，简直都是炒虾等不及红的性子，怎由得你慢慢地再放在水里浸？"

接着，云龙夫人又感慨似的说：

"在上海吃西瓜，只是吃个名，怎比得在我们家乡时呢？"

她对手里薄薄的瓜片看了一眼。孩子们却不管好坏，每人抓着面前的西瓜，稀里呼噜地大吃，还比赛着谁吃得快，谁吃得干净，几乎连皮都一齐啃下了肚。

云龙先生看着孩子们那种狼吞虎咽的吃相，不禁望着彭家表兄，叙述他的今昔之感。

"在家乡时，我们夏天把吃瓜看作和喝水一样地平常，要吃时，园里摘几个，装在吊桶里，沉浸在井里，剖出来吃时，真是又鲜又甜又凉。一天吃它几个，又有什么稀罕？即使自己园里的吃完了，向人买，一块钱也买上一大堆呢！我家小凤，吃瓜最是精灵，瓜瓤不肯吃，全要榨汁水喝，现在是连瓜皮都恨不得吃下去了！"

云龙先生把瓜向表兄面前略微推了一下，举匙让着，随后自己也舀了一块，放在嘴里细细地咀嚼。

"吃东西总是在家乡好，在上海即使出了大价钱，也总没有我们园里现摘的鲜甜。唉！不知哪一天再能过到从前的日子！"

云龙夫人一面抹拭着桌子，一面叹气。

"我也是自小爱吃西瓜的，坏的不吃，要吃好的，我又编了一本西瓜谱，把西瓜的品、类、色、香、味，都详细地分析考证，因此家里的人，都叫我西瓜精……"

"哈哈！西瓜精，爸爸是西瓜精。"

孩子们的一阵笑声。

云龙先生继续说道：

"记得有一次，我和几个同学赌东，一口气吃了三个浸得冰凉的大西瓜，吃得和苏曼殊饮了五六斤的冰一样，动都不能动，像死了一般，明天却又照常地吃瓜，同学们不得不佩服，都称我西瓜大王。"

"哈哈！西瓜大王。"

又是孩子们的一阵笑声。

云龙先生的话却不会打断：

"现在别说没有那么好的胃口，就是吃得下，也吃不起呀！除非做他一票投机生意，发一笔财，单靠这些润笔之资，正是塞饱肚子，还是勉强，更莫想在家乡时那种舒服的享受了！"

他嘴里嚼着瓜，含糊地说着，脸上满现着不胜今昔之感的神情。

彭家表兄听他说起做投机生意的话，忽然想起了一件事来。

原来，他有一个姓裴的朋友，因为这几天酷热，西瓜行市非常俏，一班瓜贩莫不利市三倍，也想合股贩运西瓜。姓裴的还有一个朋友姓刁的，对于西瓜是内行，也加入合作，彭家表兄已经加入了一股。据说像这几日的天气，每担可售四五十元，除去开支，还可以对本对利。彭家表兄因此也劝云龙先生加入一股，趁他们还没有动身之前。

云龙先生正把没有了甜味的附着瓜皮的瓤用小匙挨次地轻刨，泌出许多汁液，又找了一个茶杯，把瓜搁在杯上，用小匙柄在对着杯口的瓜壳上挖了一个小洞，让瓜汁流到杯里去，他眼睛对着盛瓜汁的杯子，看它慢慢地满起来，耳朵却听着表兄的述说。当表兄劝他合股时，他随口问道：

"一股要多少钱?"

说时，眼睛还是望着杯里的瓜汁，手里不停地刨着。

"至少一千元。"

一杯加糖的西瓜水，放到了表兄的面前。

"我手头哪里凑得出这许多钱?"

云龙先生又找了一个茶杯，盛着近乎白水的西瓜汁，手里的小匙不停地活动。

"你说能凑得出多少? 不足之数，我借给你就是了，这么高度的生活，单靠着你一支笔维持，也就够可怜了! 趁着这个机会，赚几个钱，虽说发不了大财，暂时总可以舒一舒气，错过了是很可惜的。况且做得顺利，还可以做几批，暑天刚只开头呢!"

彭家表兄很诚恳地劝说。

"那么你们还有几天动身呢?"

云龙先生把小匙一丢，兴奋地望着彭家表兄。

"明天晚上我来听信，后天早上我和裴先生一起走，那姓刁的今晚上就动身了。"

"让我试试看！"

云龙先生似乎有一点把握，送表兄到门外。

经了一天的奔波，云龙先生总算张罗到七百多元，还把夫人的一个五百元的定期存折做了押款。

表兄替他代垫了三百元，凑足一千，三天多之后，就运瓜来沪，上海方面的广告宣传，由云龙先生负责接洽，费用就由表兄在股款内提出丢下给他。

表兄动身的一天，天气是异样的闷热，巷子里叫卖西瓜的，一天要走过几十个。云龙先生汗像雨一般地流下，平时遇到这种天气，他一定要抱怨，累他不能作画，现在可是心理转变，他但愿天气能持续着这样的热度，他们的西瓜来时，才可以抬高价格。他很高兴地在烈日下奔走，为了接洽送货和宣传的事。

在表兄约定来沪的前一天，他借定了电话送货的地方，电话的谐音是"试试灵不灵"，又聘定了两位滑稽家，假座大陆电台广播宣传，电台电话的谐音是"实在吃不落"，恰好是形容着西瓜的硕大。

云龙先生伉俪，每天望着那火焰也似的太阳，心里蕴藏着无限希望。云龙先生撇下了绘事，把一切都布置停当，单等着表兄运瓜来沪，大发利市。

表兄是终于来了，和他们约定的时间迟延了半天。因为在途中遇到了意外，瓜船被劫持，费了许多唇舌，又费了一笔很可观

302

的款子，才得脱险。现在划算起来，成本加重了二成。

云龙先生陪着表兄到电台上，知照他当晚就报告，每担售价四十五元，又送广告到报馆里去，再到送货处去转了一转。回家的时候，云龙先生在路上，只见天上一朵朵淡墨般的云头渐渐地渗化，加浓，从一角蔓延到半爿天，由半爿天渗染了整个的天空。一层层浓淡相间的乌云，有时露出一丝白光，很像一条龙首的轮廓，倒是有些像云龙先生画墨龙的意境。飕飕地一阵凉风，把云龙先生在电车里挤得被汗浸透了的衣服都吹干了，身上顿觉一阵爽快。可是云龙先生的心却给风吹得像秋千一般地摇荡着。乌黑的层云，障住了他的眼帘，几乎连家门都认不出。

云龙先生跑进门，一面连忙脱下被大雨打湿了的长衫，一面连连喊着：

"糟糕！糟糕！天也会和我们开玩笑，我们的生意刚开始，它就来捣蛋了！"

"夏天的阵头雨，一会儿就过了，有什么大惊小怪的？况且伏天下阵雨，下一阵热一阵，明天还要热呢！"

云龙夫人嗔怪着他太没有常识。

云龙先生虽然受了夫人的一顿埋怨，心里倒坦然了。

果然，不多一会儿，雨过天晴，云龙先生自己也觉得好笑，刚才是白担了一会子忧。

半夜里，云龙先生醒来，却觉得枕簟生凉，身上盖的薄被单竟挡不住那一股凉意。侧耳一听，却是淅淅沥沥地下着雨。赶着起来，把半开着的窗子关上，桌上已淋湿了一大块。又找了些较厚的毯子给孩子们盖上，自己也添了一条夹被，心里未免又忐忑

303

地感到不安。再听听雨声，已经由渐而骤，哗哗地像奔瀑怒潮，雨点打在玻璃上、铅皮上，叮叮当当地像有千军万马，金铁齐鸣，驰骤而来的样子。云龙先生这时转侧枕席，再也莫想入睡，全身就和淋在暴雨里一样。

黎明时，云龙先生稍一合眼，又给孩子们闹醒了。他想天也许晴了，但是事实和愿望相反，窗外的雨声还是潺潺地和鸣泉一般。

孩子们起来，看见院子里积水成潭，都快乐得拍手大笑，忙着找纸折船，放在水面上漂浮，连洗脸吃早饭的心思都没有了。只有云龙先生夫妇，苦在心里，愁锁眉际。

云龙先生没精打采地翻阅着报纸，半张报纸泻下了地，小龙捡起来，瞥见报上有个西瓜，叫道：

"爸爸，西瓜！西瓜！"

把那印着西瓜的报直往云龙先生的身上送。他接过来一看，正是自己的大手笔，昨晚送到报馆去登的广告，刊出来了。在西瓜的旁边，还有西瓜大王包退包换等字样。他看看天，抚摸着小龙身上的羊毛背心，他觉得这广告是不会生效力的了。

下午，表兄来了，也是一脸懊丧的神情。

"今天开始送货，偏偏碰到这种天气，真是捣蛋！昨晚倒有好几个电话，叫今天送货的，可是都在西区水深的地方，今天不能送出，天气一凉，人家也许要退。而且今天市价已经下跌，如果明天不热，市价恐怕还要跌呢！"

表兄正说着，忽然飘来一阵收音机里的滑稽歌唱声。

"这正是大陆电台在报告西瓜的价钿。"

表兄辨明了对云龙先生说。

云龙先生静默地祈祷着上苍，快放那炎皓的赤日，出来曛炙大地，帮助着自己发一点小财。不！现在只想少赚一些，可是太阳像躲债的一般，老给你一个避不见面，虽然云龙先生的条件越来越低，只希望不要蚀本，只希望少蚀一点。

云龙先生的希望全和事实相反，他的虔诚的祈祷没生一些效力。谛听着电台上的报告，瓜价每天下跌下跌……四十余元到三十余元，又泻到二十余元，二十元，却没有一家公馆照顾生意。

试试看：给小龙把羊毛背心脱去，便啊嚏啊嚏地拖鼻涕。自己试试：把厚布衫换了纱衣，也觉得颈背上凉飕飕地汗毛直站。夜里想不盖夹被，换上了薄棉，天气竟是不热，一点不热，像仲秋时候的天气。

云龙先生心里真焦急得像热锅上的蚂蚁，眼见得自己罗掘得来的一千块钱都随着雨丝飘去。不过这么凉快的天气，于云龙先生的作画倒是有利，况且催画的函件像雪片，润资早已跟着他的希望飞去，但画件却不得不交，他在无可奈何之下，也只得把作画来消遣。现在只有努力工作来弥缝着经济上的罅隙。

云龙先生既忙且愁，没有几天，竟憔悴了许多。

"命里穷来总须穷，拾到黄金变了铜。好端端的想做生意发财了，现在事已至此，只得听天由命，又何必焦急到这般？急坏了身子倒反不值得了。"

云龙夫人倒是个宿命论者，虽然她有一个存折被卷入了旋涡，还是劝慰着云龙先生。

一天下午，表兄来了，还车了十来个西瓜来。

"我们这一批瓜，本来不是顶生辣的，偏遇这几天下雨潮湿，堆在那里更容易腐烂，已烂了好些个了。反正这一批瓜赚不了钱，与其烂掉，不如吃了。所以把较熟的剔出，大家分派，你这里孩子多，我多送几个给你。"

表兄见大家惊异的样子，就加了一遍说明。

表兄坐下以后，继续说道：

"这两天水果行大大贬价，我们的西瓜格外无人请教，只有比他们还要贱卖来竞争一下，可是这一批生意亏本得着实厉害，要不这样，资本一个也捞不回。西瓜又比不来别的货物，可以囤积起来待价而沽，我们只得忍痛牺牲了。"

云龙先生一抬头，才要说话，啪的一声，窗洞里丢进一份夜报，他且不接话，先翻看报。最触目的是英美冻结中日资金，从此投机者将大受打击，物价可趋于正常。

这个可以兴奋的消息，在云龙先生看来，还是一个苦闷，他看了看地下的一堆西瓜，苦笑道：

"冻结，冻结，我的资金也被冻结了。"

"哦！你也有钱存在外国银行吗?"

表兄从椅子上站了起来。

云龙夫人也觉得诧异，紧紧地注视着云龙先生。

云龙先生看了大家一眼，缓缓地解释道：

"我的资金，就是西瓜，这天气不让我们的西瓜销出去，我的资金就不得移动，不是跟冻结一样吗?"

接着一声叹息。

"呵呵！英美冻结中日资金，上帝冻结我们的西瓜，1941 年

306

真是不平凡的年头。"

表兄也说了似乎算是笑话。

"本来，谁叫你不安分地做你的穷画家，却想天开地要做起贼来！"

云龙夫人埋怨着丈夫。

这一说激得素来温文的画家跳了起来。

"这……这……是什么话？"

表兄也诧怪着这位太太说话有些不伦不类。

云龙夫人仍是那么温和地笑着：

"你别着急，你们不是想靠投机发些意外的财吗？投机和偷鸡不是谐音吗？你们投机，非但没赚钱，反而要蚀本，不是'偷鸡不着蚀把米'吗？偷鸡的不是贼，是什么？"

经云龙夫人一解说，才恍然大悟，她说的原是笑话，但总觉得有些刺耳。

"你那西瓜谱上，我替你想出了一个新名目，叫作冻结西瓜。"

云龙夫人极尽揶揄的能事，接着她又是一阵娇脆的笑声，使云龙先生也不得不跟着她笑。

孩子们蹲在地下，捧着球形的西瓜滚来滚去，想起前几天爸爸说人家投机发了财，才吃许多西瓜，现在自己家里也有这么多的瓜，爸妈都快乐得哈哈大笑，想是爸爸也发了财了，于是他们也拍手大笑起来。

原载《万象》（1941）

粉笔生涯

　　五年级任李先生，挟了国语教科书，兴冲冲地往教室里跑去。他低了头想着今天所选的课文：《阿美利加的幼童》，他可以乘此大大地发挥一下，激励小朋友们效法书中的故事，也来一个大中华民国的幼童，给小朋友们造成一页光辉的历史。他想到这儿，含有无限热望的笑意，又潜上了他那枯黄而憔悴的脸颊，闪扬着他那黯淡而少光的眼波。

　　一间只可容纳四十个小学生的教室，现在坐了七十个人，双人课桌，却大部分作为三人合用，课桌的排列，却是左抵窗，右挨墙，后靠壁，没有一丝空隙。有的，只是前面和黑板相距一尺左右，是教师站立的地方。后排的学生，如果要出位，就只有跨越他人的课桌，打翻墨水瓶，扯破衣裳角，是教室里最多的纠纷。

　　上课钟响后半分钟，李先生笑意犹浓地站立在那仅有的空隙里，喧哗热闹的教室，顿时静默。

　　"一……二……三！"

教师来了，级长喊着敬礼的口号。

静止未满一分钟的教室，又起了骚动。

循着级长的口号：站起——鞠躬——坐下。

站了起来，贪看窗外麻雀争食，忘了行礼，也忘了坐下。

"告诉先生，张大魁看野眼，不鞠躬。"

"先生，赵吉生踹我一脚。"

"告……诉！陈兰珍把臂肘子撞痛我的眼睛。"

"砰……啪！"

墨水瓶翻下，蓝色的液汁，像蛇一般地游行着。惯会监视他人的，自己也闯下了祸。

"哇！先生，我今天才买的新墨水，给他打碎了。要他赔！哇哇！要他赔！哇……"

被损害的一个哭喊着，那原是平素最不肯吃亏的。

"哎呀！苏巧英，你的袜上溅着墨水了！一大块呢！"

专用冷眼看热闹的喊了起来。

"哎哟！怎么得了？我妈见了一定又要打了。哎……哎……"

又是一个哭的。

"啧啧啧！可怜！她家里有的是后母，没错还要寻事打骂她，如今弄脏了袜子，还有不打的吗？真真作孽！"

角落里几个女生的头并在一起。

争讼、斗辩、怨诉、悲泣，还夹上闲谈是非，闹得一团乌烟瘴气，这里不是教室，是雏形的社会，小小的人生舞台。

李先生只得掩上书本，暂缓发挥，听着，看着，想着，计划着，判断着，驾驭这骚动的一群。

经过了一番劝说、慰诱、申斥，面色忽弛忽紧，像弹簧般行使着弹性，才让难驯的一群帖然受教，骚嚷的教室复归宁静。一个个昂起了头，注视着教师的脸，准备接受新知的灌溉。

可是李先生刚才预备着的一股激励热烈的情绪，都让这一阵叫嚣纷扰赶走了。好容易停了会儿神，把情绪整理了一下，才开口说了一句"小朋友……"教室的门上忽地起了一阵剥啄。

"进来！"李先生望着那扇室门，未免又皱起眉心。

进来的是教务主任张先生，身边还有两个十二三岁的孩子，各捧着一叠新书。李先生明白了是什么一回事。

"李先生，这两个是刚才取的五年级新生，请您给他们排一排座位。"

张先生很对李先生的脸上看了几眼。

"我这里学额早满，委实不能再收新生，况且开学已将一月，您看这教室……"

张先生不耐烦听下去，回身走出门去。

"如果李先生觉得有什么困难，不妨直接和校长去谈。"

张先生的尖嘴又出现在半开的门隙里。

"狐假虎威！"李先生看着那副奸而狡的笑容，在心底暗骂了一声。把两个新生问了一会儿话，知道程度又不够年级，从此不知所云的课卷，又多了两份。

"无限制地滥收新生，口号是叫作'乐育英才'，但是既不增辟教室，也不添聘教员，把学生像货物堆积在仓库里样地挤在教室里，把教员的精力像失去了旋钮的自来水样地浪费。失去了教育的真谛——不管，减低了教学的效率——无关，这何尝是育才？简直是育财而已！"李先生望着一对新生想呆了，忘却替他们找座位。

教室里一阵子叽叽喳喳，"宁静"退避，"喧嚣"复活！

李先生挟了一大包作文卷子，气喘喘地跑进他的公馆——灶披间。放下了纸包，忙不迭地揉摩着快要痛折的瘦臂。

李师母跟进来，抚了一下纸包，抱怨道：

"弄到这时候回来，卷子还没批完，又带上一大包回家，改到夜深，房东又要发话了，房租欠了不付，还要费电！"

"工作紧张，我要不赶也不成！房租过几天领了薪水给，又不少他的。"

李先生望桌前的椅里一坐，揉臂的工作逐渐弛缓，两眼却望了一望那盏十五支光的电灯。

"房租可以欠几天，等领了薪水给，我们的肚子却不能空几天，也等领了薪水才买米煮饭吃呀！今晚上米一粒也没有，煤球还剩三个，人家的晚饭都已煮熟，只有我们的锅灶空无所有。你倒是怎样打算打算呀！"

"我这里只有五块钱，这时候买米也来不及了，随便弄些什么吃了，明天再说。"

李先生把身边仅有的一张五元钞币丢给了她。

丢下面碗，李先生草草擦了一把脸，就打开作文卷子批改。看到那些一圈乌糟的卷子，固然头痛眉皱，但是批着清丽通顺的文卷，他又很觉孩子们有些意思，一阵安慰的笑意袭上了他的眉尖。有时不但形之于色，还传之以声，在那枯悴的嘴唇里，迸出一阵愉快的笑声。

"又看到什么好文章了？这么高兴！"

李师母收拾过碗锅进房，听见了丈夫的笑。

李先生翻着一本文卷，旋转身来，送到夫人面前：

"……"

"你不要发议论，我没心肠和你谈这些。今天的晚饭总算将就过去，可是明天作何打算呢？"

李师母先是不让李先生说话而说出了自己的话，这时，她又走过去，斜对着他坐下，静候他的答话。

"我们折子上不是还有几个钱？明天拿了来就是。"

他没有抬头，仍是批着文卷。

"折子上果然还有钱，只是一块钱够做什么？买米？买煤？给你做夹袄裤？送方姑母的寿礼……"

"只剩一块钱了？用得这么快？"

李先生把笔放下了，对李师母望着。

"生活程度这样高昂，你拿的薪水还比从前省实小里少，哪一个月不是入不敷出？几百块钱又经得几次贴？还不完！"

"那么先把几件衣服去当一下，敷衍几天再说。"

李先生算是有了办法，又低下头去批改他的卷子。

"你不能向学校里预支几天吗？你想家里有几件值钱的衣服？当了也维持不到几天。"

李师母按住了丈夫执笔的手。

"我们学校里向来不准预支薪水的，否则，我还待你说？只有先把衣服当一当，再想别法。"

李先生说完，不禁叹了一口气。

312

"……"

李师母的眼睫有些潮润。

星期日的早上，李先生去访他的旧同学施礼仁，想向他挪借一些款子。他的名片是由仆人在九点半钟传递上去的，直等到十一点钟，还不见主人下来。

柔软的沙发，华贵的家具，美丽的陈设，这些在平时李先生看来未尝不觉得舒适、悦目、可爱，可是这时候，柔软的沙发像针毡，华贵、美丽都成了丑陋、可厌。李先生在这华丽的客室中，一颗心像辘轳般不定，他惦念着被搁置了数小时、改不完的课卷，他担忧着家里妻子的待米举炊，他怀疑着友情的会否转移，此来的目的能否达到……他时时向门外望去，当听到一点脚声的时候。可是，每一次带给他的，都是失望。

"阔了不过几个月，便摆这么大的架子，在一个素称莫逆的故人面前，也许他是不愿见我，把我干搁在这里，那么我的愿望终虚，又何必白费时间，在这里痴等呢？"

李先生这样一想，他的心顿时像冰一般冷，抓起帽子，想立起身来……

橐橐橐，一阵革履声夹着一股雪茄气味，直向客室里送来，李先生的帽子不由得又落在小几上。

"哼！'书中自有黄金屋，书中自有颜如玉'，那是书呆子的欺人之谈！现在只有投机囤货才是积黄金、娶美人的捷径。自己上了书本的当，还教人念书，真是造孽不浅！处在现代的社会，发财但凭手腕，会用手腕，衣食住行的享用，声色犬马的娱乐，都可以取之不尽，用之无竭。'百无一用是书生'，倒是不移的确

313

论，如果你还一味地清高自负，那只有饿得口吐清水，饥肠如绞了。"李先生的耳边还不断地嗡嗡嗡响着这一大串话，他的手拉着电车里上面的铁杠，身子摇摇晃晃的，心也随着这颠簸而动荡。那个裹着流线型灰色的西装，跷起了腿斜躺在沙发上，眼睛朝着天花板，嘴一翕一张地吐着白色的雾，他的总角之交施礼仁的面型，也不停地在他的眼前闪映。

枯候了二个钟头，换得了一场嘲讽。二十余年的友情，却只值一张五元的钞币。友道凌夷，这是世风的浇薄？该是归咎于教育的不振。正风移俗，还在负教育之责者的努力呀！李先生想到这里，精神不觉一振，晃动着的身子竟立得挺直，黯淡的眼波中又闪耀着热烈的光辉。

锅是空的，炉是冷的，家里正等着他的钱去买米。刚才自己赌气，没有拿那张五元的法币，空手而回。妻子的絮叨，又是免不掉的，而且来日艰难，些微教薪，不足维持二十天的生活，典质无物，借贷无门，这日子将如何度过呢？一串现实的难题闪上了他的脑际，两腿又挺不住了，便望三等车厢的门框上一靠。

改行！改行！只有改行！刚才施礼仁说赵复明势弃粉笔生涯，在什么公司任事，职薪以外，还有房贴、米贴，还有廉米廉煤可买，生活较以前安定得多了。"民以食为天"，吃不饱肚子，又谈什么清高？讲什么教育？趁早托人想法，另谋别业吧……不过董事长的气焰、经理的架子、主任们的冷面孔，较之校长、教务主任更甚，而且那一股浓重的市侩气，也绝不是一个书生所能受得了的。"君子忧道不忧贫"，改行？算了吧……

从电车上下来，走到家里，李先生的思潮一直这样回环着。

教室窗外，几只鸽子在朝阳下咕咕咕地叫，站在黑板前的李先生的肚子内，也咕咕咕地和鸽子互相应和。

楼外小巷里担卖食物的小贩，喊着各种食物的名称，引得李先生胃里的清水直往外溢。原来李先生家里这几天每天只二餐粥，至于早餐，只得暂欠一顿。因为，夜来迟眠，早起空着肚子上了两课，他的眼里几乎冒出金星来，下课钟一响，今天他例外地很快退出教室。

在休息室里喝了两杯开水，李先生又进精神食粮——当天的报纸。

他读到《大学校长揖盗记》一则新闻，不觉辗然失笑。他想：教员之苦，不自我始，大学教授，已成"教瘦"，我们小学教师，"教死"也不足异了。

"李先生为什么好笑？报上有好听的新闻，讲些给我们听好吗？"

窗口现出两张天真的笑脸，是五年级的两个优秀生。

"……"

李先生胃里一阵翻绞，来不及答话，跑到痰盂旁，吐了几口清水。

"李先生，您不舒服吗？怎么老吐清水？刚才教室里见您已吐了几阵，脸色也是怪难看的。"

又来一个学生，是那么温婉地、关切地笑问着先生。

"没有什么，谢谢你！"

李先生笑着回答，温和地看了他们几眼。他觉得孩子们无邪的心，天真的情，是他最大的安慰。

"小学教师不可为而可为也！"上课钟打了，他还在呆想着。

上海滩真成了上海坍，一到秋雨秋风的季节，马路都成泽国，行路之人莫不愁煞。电车停驶，人力车抬价，李先生受不起这意外的剥削，只好涉水回家了。

瘦弱的身体，经了忙、愁、饿、冷的多重压迫，再加上妻子的抱怨、羞愤恨怨，积聚满腔，于是乎，病倒在床。

教师缺席，是学校最感头痛的。尤其像李先生任教的学校，每一教员都排足了课程，抽不出空可替人代课的。没有先生上课，家长未免要说话，于是校方就接连着来人催李先生了。

为了学生的学业，为了自己的责任，为了那一只吃不饱的饭碗，李先生睡了三天，不得不勉强起床，虽然他的病并没有痊愈。

偶然在镜子里一照，李先生几乎认不出是自己。虽然他平时原很瘦弱，却还不至于仅存皮骨。现在这镜里的容颜，却只是骷髅外面裹了一重皮而已。教授"教瘦"，教师"教死"，恐怕真会成语谶了！他想。

李先生为了节省起见，已有多天不乘车了，每天都是步行到校。今天因为病后乏力，就破例以电车代步。

早上的电车、公共汽车，车厢里无不塞满了人。李先生挤在三等车里，座位当然占不到，连站都不得自由。一会儿让人挤到左，一会儿给人推到右，一股刺鼻的烟味，一阵自世界大势以至闺阃私事的高谈阔论，闹得李先生头里只是嗡嗡地响，眼睛火辣辣的，眼前只不停闪耀着金光，两腿软软的，身子直像钟摆一样地摇荡。下车的时候，两腿一挫，几乎跌下，亏得旁边一个乘客

316

扶住。

　　在街旁站立了一会儿，似乎头脑稍觉清醒，又摇摇摆摆地慢慢走到校中，却已是上课时候了。匆匆走到楼上，才跨进教室的门，"李先生来了!"一阵热烈的欢呼声，李先生的脸上泛起了笑容。

　　可是这空虚的安慰，终于撑不住他那缺乏营养的病体，当学生们起立向他敬礼时，他俯下头去，眼前一阵乌黑，两腿一软，便晕倒在课桌脚边了。

她们的归宿

一

一间华屋中，桌子上堆着许多珠玉锦绣，光怪陆离地炫耀在人们的眼睛前，一个穿着满洲服装的清将，面孔胖胖的，额下蓄着短髭，约有三十多岁的年纪，额上还有一个刀疤，可知他是一个久历战场的将军，此时他睁圆了眼睛，对旁边站着的一个小卒说道：

"你快去催促那老婆子快快送伊前来，不要恼怒了我啊！"

他说话时露出十分焦躁的样子。

侍卒答应一声，回身走出去了。一会儿，那侍卒早走来报告道：

"阿将军，张氏来了。"

门帘一掀，便有一个五十多岁的老婆子推着一个二十多岁的少妇走进室来。那少妇姿色美丽，可是脸上带着啼痕，云鬟蝉鬓，不加膏沐，身上穿着淡蓝的衫儿，下系着八幅罗裙，金莲窄小，楚楚可怜，像是个大家闺妇，勉勉强强地走至那个阿将军面前，低倒头站着。

"张氏，你为什么这样的倔强不从？我们的豫王天潢贵胄，统率貔貅到江南来，可说除了我们大清皇帝，就要算他权势最大了。他又是个多情男子，此番物色佳丽，充列下陈，我好意要把你献上去，你为什么不愿意呢？倘然豫王宠爱了你，将来你大富大贵，不可限量了。这也是很巧的，你扮了男装在一帮难民中奔逃，却被我部下掳了前来，又识破了你的庐山真面。我以为你生得这样花容月貌，理当去侍奉豫王，所以不许部下来污辱你，这一点好意，你可知道吗？若然懂得好歹的，应该听从我的命令了。"

那阿将军摸着短髭对张氏说。

张氏依然低倒了头，盈盈欲泪，一句话也没有回答。

"老婆子，你也劝劝伊吧！活性命的快快听从我的话，伊心里究竟打算怎样？"

阿将军又向那老婆子问。

"阿将军，我已劝过伊不知好几次了，无奈伊的性情十分固执，口口声声说要死，不肯妆饰，只是哭哭啼啼。我恐防伊要寻短见，所以很小心地监视着伊，现在请将军自己问伊吧！"

老婆子说着，向阿将军福了一福。

阿将军口里咄了一声，又对张氏说道：

"张氏，你是个聪明的女子，为什么这样的不明白呢？既然你全家失散，不知生死，只剩下你一人，孤孤单单地到哪里去呢？外边兵荒马乱，危险得很，你不如侍奉了豫王，锦衣玉食，

319

一世享受不尽，豫王绝不待亏你的。我因为可怜你生得美貌，所以要献给豫王，若是换了别的女子，不是杀却，便要让部下去恣意污辱了。你该知道我的好意啊！快快答应了吧！"

"将军这样的好意，但我并不感谢的。小女子既然家破人亡，身为人掳，别的没有希望了，只望早早赐我一死，完我清白之躯，魂归地下，去会见我的父母丈夫。我不想富贵，我不愿苟活，死志已决，谁也不能来污辱我。"

张氏说话的时候，声音颤动得很厉害，脸色泛得惨白。老婆子和那侍卒在旁听着，倒都代伊捏着一把汗。

"哼！"

阿将军冷笑了一声，说道：

"你这个人为什么这样的固执？谅你一时还不肯回心转意，再宽限你数天吧！你须要知道我的好意啊！豫王邸中佳丽甚多，你不要被他人捷足先得，夺得专房之宠啊！"

阿将军说了这话，便叫老婆子仍伴张氏退去，再用话好好劝诱。

张氏和老婆子退去后，阿将军仰着头，叹一口气道：

"华如桃李，凛若冰霜，这样的妇人我还是初次遇见呢！唉！伊若能听了我的话，我早把伊献给豫王，豫王一定欢喜伊的，而我也就可以得一功劳了。"

豫王北返了，他的部下有一大半跟着他同行，旌旗蔽空，舳舻横江，许多兵船从长江里渡过去时，在阿将军的船上，忽然有一个少妇从船艄头乘隙跃入江心。等到同伴的人发觉，喊船上人向水中捞救时，江流滔滔，早已不见了影踪。跟着又有一个老婆

320

子连连哭喊着说：

"我也没有命活了。"

也自沉在江里，这就是阿将军俘获来的张氏，要献给豫王没有成功，现在那娇躯弱质早已与波臣为伍了。阿将军的美梦也顿时打破，心中却不由不惊叹张氏的节烈。

隔了一天，有人在高子港发现有一个美丽的女尸随波逐流而来，浮至芦苇的沙滩边搁住，遂把妇尸捞了上来，在伊身边搜寻黄金二两和楷书绝命词五首，已浸湿了。那捞尸的人一面便去报告，一面把那绝命词送给一个士人去观看，那士人便一齐辨识清楚，抄录下来，末后还有"广陵张氏题"五个字，笔姿非常娟秀的。那五首绝命词就此留传人间，不致湮没了贞魂。那五首绝命词乃是：

深闺日日绣凤凰，忽被干戈也画堂。

弱质难禁罹虎口，只余魂梦绕家乡。

绣鞋脱却换鞲靴，女扮男装实可嗟。

跨上玉鞍愁不稳，泪痕多似马蹄沙。

江山更局听苍天，粉黛无辜实可怜。

薄命红颜千载恨，一身何惜娱芳年。

翠翘惊跌久尘埋，车骑辚辚野堑来。

离却故乡身死后，花枝移向对园栽。

321

吩咐河神仔细收，碎环祝发付东波。

已将薄命拼流水，身伴豺狼不自由。

二

在顺治十一年的秋天，清军大队人马从湖南省班师回去，也有大批的女子被掳。其中有一个少女，秀外慧中，确是巾帼中的翘楚，伊把上下亵衣密密缝好，带了一柄并州剪在身边，以防不测。清将几次要想觊觎伊，只是近身不得。但是伊蛾眉紧锁，玉颜惨淡，层层阴霾笼罩在伊的心坎里，前途茫茫，何处归身，早已拼了个宁为玉碎，毋为瓦全。

船至鹦鹉洲，因为将帅们要在武昌有一二天逗留，当地文武官吏设筵欢饯，宾主们自有一番热闹的酬酢，而船上监守的小卒也因此有了一些懈怠。

一钩凉月照在江心时，许多战船沉浸在月光中，笳声剑气，上冲牛斗，江面上静悄悄的，没有船舶往来，鱼龙悲啸，波涛汹涌，在雄壮之中带些惨淡的光景。一艘小船上悄悄地走出一个女子，立在船头，月光照到伊的面庞上，却见伊珠泪纵横，不胜哀怨。仰起蟪首，望着月亮，微微叹了一口气。听得船中起了人声时，这女子便对着大江东流，纵身一跃，水里起了几个漩涡，也就不见一点儿影踪。

月亮照在江心，茫茫的一片白，那多情的月姊恐也在天空里一洒同情之泪，吊那江畔的贞魂呢！

322

隔了一天，那女子的尸身却在黄鹤渚边浮起，经人打捞到岸上来。地方上的有司官可怜这女子的贞节，遂把伊葬在渚上。但从伊的衣裾间也发现一纸绝命诗，共有八首，语语惊心，字字泣血，乃是：

征帆已说过双姑，眼泪声声泣夜乌。
葬入江鱼波底没，不留青冢在单于。

厌听行间带笑歌，几回肠断已无多。
青鸾有意随王母，空费人间设网罗。

遮身只是旧罗衣，梦到湘江恐未归。
冥冥风涛又谁伴，声声遥祝两灵妃。

少小伶仃画阁时，诗书曾拜母兄师。
涛声夜夜催何急，犹记挑灯读楚辞。

影照江干不暇悲，永辞鸾镜敛双眉。
朱门曾识谐秦晋，至后相逢总未知。

生来弱质未簪笄，身没狂澜叹不齐。
河伯有灵怜薄命，东流直绕洞庭西。

当时闺阁惜如金，何事牵裾逐水滨？

寄语双亲休眷恋，入江犹是女儿身。

国史当年强记亲，杀身自古以成仁。
簪缨虽愧奇男子，犹胜五朝共事臣。

原载《万象》（1942）

油瓶小姐

　　虽然酒家饭店一处处地开张，富丽堂皇得无以复加。在这里，酒香肉味充满了屋子，侍女仆役，如穿梭般地来往不停，一切的一切，都是供人家快乐的享受。便是坐在新式的矮沙发里，喝一杯绿茶，呼几口纸烟卷，对着颜色幽雅、光线和谐的电炬，便好似置身在乐园里，忘记了痛苦与疲倦。可是只要一脚踏出了大门，来到外边的马路上，顿时就要感觉到是两个世界了。

　　为什么呢？在马路旁的人行道上，人头挤挤地摆着一字长蛇阵，声音喧哗得震聋了耳朵。警士们常常在那里呵斥着，弹压着这一群民众。那些人忙的什么呢？就是在那大饭店酒家里充溢剩余的东西。

　　轧米轧煤球的潮虽然过去了，而现在继续闹着的就是轧糖……轧油，一样是十分严重的。

　　这一天差不多是上午九点半钟的时候，在万昌酱园门前的人行道上，拥挤着许多男男女女，喧嚣庞杂，有两个警士正在那里代他们排队，禁止他们的纷争。而马路上一辆一辆的双人三轮车络绎不绝地驶过去。车上坐着的都是布尔乔亚式的仕女，穿着簇新的西装，时式的大衣，都到所谓酒家饭店里去喝早茶、用点心，消磨她们的一个上午。好在她们家里，米呀，糖呀，酒呀，都是一担担、一箱箱地预先买进而储藏着的。别人家闹荒，而她们是不受到影响的，反而很高傲地讥哂着那些轧糖、轧油的民众，庆幸他们自己还在用着最廉价的东西呢！

轧油的民众手里都是提着大大小小的油瓶，他们自然顾不得肮脏，也顾不得拥挤，延颈企踵地只要能够买到油，便是欢天喜地的事了。而酱园里的店伙，因为时候没到，还不肯将食油起始发售。好似他们也珍贵着那些数量很少的油，而不舍得将它卖去。不错，这限价的油比较起来实在是很便宜的。倘然照黑市的价钱卖出去，至少要有两三倍的收入了。横竖他们坐在柜台里，外边尽管轧，也轧不到他们身上去的。

一个十六七岁的小姑娘，头上梳着两条小辫子，好像双尾蝎一般拖在后面，身上外面罩着一件暗色布的旗袍，外加一件大红绒线的短大衣，修饰得清清洁洁，面庞也生得讨人喜欢，手里却捧着一个很大的油瓶，从东面马路上匆匆地走来。伊一见店面前有了这样一大伙的人挤着嚷着，就不觉立停着身子，有些趑趄不前。但伊低下了头，想了一想，家中实在万分地急需这样东西，终于又鼓着勇气，挤进了这一大堆的人群。

这位小姑娘挤在人丛里，时时紧蹙着双眉，好像无可奈何的样子。因为前边正是一个衣衫敝垢的江北人，一阵的大蒜臭扑到伊的鼻子里去，几乎要使伊呕出来。又见他时时伸着一只肮脏的

326

手在他背心里摸来摸去。伊心里暗想：那江北人莫不是在那里捉白虱？听得人家说，外面有一种很流行的斑疹伤寒，就是那白虱做的媒介，一颗心便不由惴惴地顾虑起来。而在伊的背后，便是一个很粗鲁模样的妇人，身材又胖又大，因为挤得紧的缘故，常常用手向伊背心上、屁股上乱推。伊忍不住回头说一声："你不要这样推啊！"可是那妇人对伊眨了一个白眼，仍旧要乱推乱搡，使伊的抗议归于无效。

扰攘了好一会儿，钟鸣十下，酱园里便开始出卖食油了。

这时，大家呐喊一声，好似欢迎什么人的样子。这一群买油的民众已开始蠢蠢地向前发动他们的攻势。酱园里的伙计却是从容不迫地收票子、收钱，然后接了油瓶，舀油出来。警士们忙着监视他们的秩序，可是仍旧弄得一团糟，酱园前面的柜台也挤坏了。

小姑娘挤了许多时候，见油已起始发售，透了一口气。只望前面的人快快都买过了，好让自己挨着上去，也买到一斤的食油。所以伊耐着性子等候，不欲功亏一篑，空着瓶回去。虽然在伊背后的那个妇人仍旧拿只手向伊身上一推一推。

前面的人已有许多买着了油回去，顿时松了许多，而伊也渐渐靠近着柜台，在伊的前面计算只有四五个人了。伊捧着油瓶，两眼望着柜台，真是如饥如渴一般，又如恋乳的羔羊。忽见有一个顾长的男子，穿着黑呢大衣，头上戴着一顶呢帽子。他也不顾警士的干涉，大踏步地排开众人，走到柜台前，把一个油瓶递给伙计，一边又把钱交上去，伸着一个指头，说道：

"一斤！一斤！"

伙计便问他有票子没有，那男子摇摇头说道：

"没有，没有。我们这辈兄弟平时保护你们的酱园的，还不知道感谢吗？今天家里缺少了一些油，到你这里来将钱买油，已是很客客气气的了，什么票子不票子？"

男子说了这话，双手向自己怀里一抱，打了一个结，睁起了两只怪眼，露出一团凶焰来。

那伙计见他这个模样，便摇摇头说道：

"这是工部局里规矩，无票不能买油，你不能怪我的。"

"真的不卖吗？你们不要懊悔。"

男子说着话，其势汹汹。

旁边有一个伙计说道：

"卖给他，卖给他，半斤，半斤。"

那先前的伙计只得将油卖给他了。男子提着油瓶，大模大样地走出店去，嘴里又咕一声道："不怕你不卖！"

小姑娘瞧在眼里，暗想：买油要有票子的吗？心里便觉有些忐忑。但是自己已挤了许多时候，无论如何，必要上去度一下子了。伊不相信方才那个男子买得到油而自己买不到。

到底挨着伊了。伊一半儿欢喜，一半儿惶惑，一手举起油瓶，一手递上一张十元的纸币。那店伙且不接伊的瓶，先问伊票子在哪里。小姑娘摇摇头道：

"没有。"

"没有票子吗？不能卖，不能卖。"

那店伙摇摇头，不肯接伊手中的瓶。

"我已经挤了好多时候了，你就卖一斤给我吧，我家里好几

328

天没有吃油了！"

伊哀恳地向那店伙说，露出很迫切的样子。

"不成功，不成功，半斤油也不行，这里是没有票子不卖的。"

店伙不耐烦地大声向伊说。

"方才那个长子，也是没有票子的，你们为什么卖给他？我就不好通融一下子吗？"

小姑娘又说。店伙听了这句话，面上一红，厉声道：

"人家是有交情的，你凭什么呢？去去去！"

一手对伊挥挥，一手去接伊背后那个妇人手中的油瓶。

那妇人已挤到伊的前面，将油瓶、票子、钱一齐交上去，回转头来，又对小姑娘冷笑了一声。

小姑娘买不到，又和店伙争论不过，心里非常的难过，几乎要哭出来，脸上涨得红红的，立在店面前，露出无可奈何的样子。

旁边便有一个人走上来对伊说道：

"你不懂规矩，到这里来买平价油，必须先领票子，有了票子，方才可以买油，好在明天还有油卖，你明天早些来领票子吧，本来这是很难买的啊！"

小姑娘立了多时，见买油的人都去了，店里一点油也没有了，只得捧着空瓶，垂头丧气地走回家去。

当伊走到一条里弄的时候，有几个顽皮的小孩子立在旁边，一跳一跳指着伊说道：

"油瓶小姐来了！油瓶小姐又来了！"

跟着哈哈拍手大笑。

伊听了这喊声，脸上飞起两朵红云，低倒头匆匆地向弄堂里面走去。原来，伊昨天出去买油时，走过那里，那一群顽童在那边踢皮球，中间有一个年龄较大的顽童，一眼看见伊捧着油瓶走过去，便一手指着伊，带笑喊道：

"咦！一个小姐拖油瓶，真是油瓶小姐了！"

几个小孩子一齐喊起来，站在旁边的人对着伊也露出讪笑的样子。

伊知道那些顽童是不可以理喻的，只得不去理会他们，一边放快脚步，走出弄口去。但是，油瓶小姐那个雅号伊实在不愿意接受，尤其是那"拖油瓶"三个字听在耳朵里，令人怪难受的。因为凡是已出嫁的妇女，到了中途，遭着脱辐之凶而另外去嫁了人，把伊和前夫养的儿女带过去抚养的，人家便要加上这"拖油瓶"三个字的诨号，当然是充满着冷嘲热讽，而很不好听的。无怪这位小姑娘要引为奇耻而难受了。

伊急急地转了一个弯，走到一个后门，很快地钻了进去，一脚踏进客堂间。这客堂间现在权充了卧室，列着两张床，陈设一些桌椅和箱橱，也收拾得干干净净。沿窗桌子上正有一个四十多岁的中年妇人，用一个小肉砧在那里切肉丝。

小姑娘将空油瓶咚的一声，放在旁边一张茶几上，噘起了嘴，呆呆地立在室中，一声儿也不响。

那妇人听得声音，抬起头来瞧见了伊，便问道：

"凤宝，油可买着吗？"

"没有，妈，你看瓶里空空的，有什么油？我现在再不高兴去买油了，宁可没有吃的。”

凤宝指着几上的空瓶，恨恨地说，且把酱园门前挤轧的情形以及买油的手续一一告诉伊的母亲。

凤宝的母亲叹一口气道：

“今天看来又没有油吃了，但是这些肉丝是要用油烧的，如何可以白吃呢？我本不要去买肉，也是乡人硬掗的，现在怎么办呢？你父亲停会儿回来时，要吃冬笋炒肉丝呢！”

“妈，你何不把肉丝放在蹄膀里一起白烧烧呢？没有油，父亲也不好怪你的。我已去轧了两天，都跑个空，真是令人懊恼。而且又被弄堂里的野小鬼说笑我，叫我什么油瓶小姐，拖油瓶，拖油瓶，怪难听的。旁人听了，不要引起误会吗？”

凤宝气愤愤地说着，身子向床上一坐，全身动了两下。

伊母亲听了这话，又好气，又好笑，不由停着手里的刀，用话安慰伊的女儿道：

“横竖在这个时世，大家都急着买油，绝不会有误会的。你是小姐，你妈是好好儿正式嫁给你父亲的，一些没有拖油瓶的嫌疑。任凭那些野小鬼去胡说八道，你不要认真。油买不着也就罢了，只好听你的话，将这切就的肉丝和蹄膀一起去烧吧！”

她们既然买不到油，于是母女俩怀着一肚皮的闷气，去做菜烧饭，预备凤宝的父亲和小弟弟停刻回来吃午饭。

凤宝的父亲是一个老教育家，学问渊博，写得一手好楷书。以前在南市一个中学校里当教务主任时，他们的家也住在南市的。战后，那学校停办了，凤宝的父亲便迁到租界里来，借了人家一个客堂做三房客。

他是没有恒产的，只得仍旧劳心劳力地谋事做，就在两处学校里教授国文，一天到晚地忙着粉笔生涯，可是生活程度一天一天地高压下来，别的物质都是涨上数十倍，而教员的薪金却至多加上一二倍，自然显得捉襟露肘，十分竭蹶。幸亏有个知己朋友介绍他到一家著名的药厂里去当文牍主任，兼做那经理的私人秘书，当然比做穷教员好得多了，然而物价仍是与日俱进，狂涨不已，家用一月一月地增高。他被生活的鞭子鞭策着，不得不再想办法，所以他在晚间又去做人家的西席教授，教两位女学生，得到一些挹注。此外，又抽出工夫代人家写扇子对联，居然订了润恪，大胆鬻书。在这个上，每月也可以得到一些润笔之资，可是因为他的名气没有人家大，又不会自我宣传，以及旁敲侧击，所以终是不甚得法。

他家里除了他的夫人以外，有一个女儿，便是那个凤宝。还有一个儿子，刚才七岁，在小学校里念书，名唤小白，因为他的大名是叫慕白，当然是羡慕李太白的意思。他别的都不欢喜，唯有杯中物是他生平酷嗜的，大有刘伶、阮籍的风度，在这个上，他也耗去一些金钱的。

这学期因为不但生活日高，而学校的学费也加得很多。凤宝本在女子中学里高中部读书了，只因父亲没有钱付学费，暂时辍了学，在家里帮做事。也因家中本有一个女仆，为了米的问题，在上半年也歇去了。慕白的夫人常要生病，身体不好，需要伊的女儿在家里帮忙了。凤宝为了中途辍学的关系，心中时常要不高兴的，此番买油买不到，自然更要怨恨呢。

台上的自鸣钟敲过了十二下，先是小白拖着书包跑回来了，嚷着要吃饭，一会儿，慕白也挟着一个皮包回来了。今天是星期六，他因为下午有些别的事情，同厂中告了假出外，又因家中有蹄膀，他好久没有尝到豚蹄的风味了，所以特地回来吃午饭的，兴致似乎很好。

凤宝的母亲和凤宝把灶下烧好的菜一样一样地拿出来，最后凤宝托着饭锅出来，放在茶几上，一声儿也不响，盛好了饭移动凳子，和小白坐在一起，一同吃饭。慕白却和他的夫人对面坐着，他一看桌上放着五样菜，中间一大碗是白烧蹄膀，也可以说是主菜。再看旁边四样，一样是炖蛋糕，一样是生雪里蕻拌豆腐干，一样是拌药芹，一样是炖黄鱼，齐齐整整的五样菜，一样也没有用油来烧的。

“怎么？我要吃的冬笋炒肉丝却没有呢？”

慕白张大着眼睛问他的夫人。

“咦！你怎么还不知道家里早已没有了油吗？况且猪油也没有，叫我拿什么来炒呢？”

凤宝的母亲冷冷地回答着。于是慕白也只好不响，他心爱的冬笋炒肉丝也只好不吃了。大家拿着碗子吃饭。

慕白吃了半碗饭，忍不住向他女儿凤宝开口问道：

“你不是自告奋勇地说今天早上去买油吗？究竟有没有去呢？”

凤宝被伊父亲一问，便又噘起了嘴回答道：

“我岂有不去买油之理？虽然我很要争气，想去买油，可是因为轧的人多，所以买油十分困难。我轧了两天，依旧得不到一滴半滴的油。昨天算我出去得迟了一些，跑到店面前已卖完了。

今天总算被我挤在队伍里，好容易轧到了柜台边，却因为没有先领油票，以致仍旧空着油瓶回来。我出生出世没有做过这种事的，真叫人怄气。"

"休说你了，便是我活了大半世，也是第一遭遇见的。要这样轧了下来吃，还是不要吃吧！"

凤宝的母亲插嘴说。慕白听了她们母女的话，叹口气说道：

"怪不得凤宝噘起了嘴，一声儿也不响。买不到油，也就算了吧！"

"买不到油，倒也罢了，但是我却又被人家唤我油瓶小姐。无论如何，像这种名号，我是不愿意接受的。"

凤宝悻悻地说。

"怎么？还有这种节外生枝的事情吗？那些人真会幸灾乐祸的！"

慕白叹了一口气说。于是凤宝一边吃饭，一边把伊买油经过的事情告诉出来。

小弟弟在一旁也插嘴说道：

"都是楼上杨家不好，他们有了两箱生油，借也不肯借，卖也不肯卖，看我们没有油吃。昨天夜里，我瞧见他们的沈妈偷偷地藏着半箱油出去，大约去卖给人家的。"

"真的吗？沈妈真是一只偷油老鼠了。要伊偷，偷得一个精光，我方才快活。"

凤宝说着话，哧的一声笑将出来，脸上也有了一些笑容。

"不错，希望他们的油早些偷完了，大家没有油吃。谁叫他们不肯借、不肯卖，却情愿偷的呢？"

小弟弟再说。慕白自己添了一碗饭坐下，把匙去舀了汤喝。听了他们姊弟的话，便摇摇头道：

"这也不能怪人家的，物少为贵。他们也顾着自己吃油，当然不肯借给人家了。在这个时世，怎有雪中送炭的人呢？不要怪人家，我生不逢辰，命也何如！天步艰难，民亦劳止。"

慕白掉着几句斯文话，叹了一口气。

凤宝的母亲嘴里吐出了一块骨头，对慕白说道：

"也是你不好，在今年春间，朱先生有两箱上好的生油肯卖给我们，那时候油价没有今日的贵，不过二百五六十块钱一箱，况且又是老法币，和今天黑市的价钱所谓的五六百元相去真远了。假使我们买了两箱油，到今天也可以无忧无虑地吃油，不必去轧什么油了。"

"说来说去，总是没有钱的吃亏。你怪我不买油，你想，那时候两箱油也要五百块钱，我是薪水阶级的人，一向量入为出，拿了薪水还要支配各项用途，不能单买油的啊！我又哪里知道今日的情景呢？"

慕白回答他的夫人说。

"那么我们只好没有油吃了。像那种样子的轧油，恐怕总是难轧到的，况且又要给人家取笑。"

凤宝吃完了饭说。

"你们不要发急，现在我有一个机会了。在白克路万康酱园里，我认得一个姓张的伙友，他已经允许我，只要用我的名片差人去买油，他可以想法先写票子给我们的，不过只有半斤油。明天一早，凤宝可以到那边去试试，已经说妥了，大概总可以买到。还有一位姓马的朋友答应分半箱豆油给我，不过还要隔四五天，等他买到了手。听说价钱也要六百块钱一箱，那么半箱油也要出三百元的代价呢！但是能够买得到手，也很不容易了，他肯答应我的缘故，还是我先答应代他写一副四尺的楹联送给他，才肯代我设法呢。"

慕白放下筷子，笑嘻嘻地向凤宝母女说。慕白说毕，大家已吃完了饭。凤宝母女俩听说有油买，顿时高兴起来，大家收拾桌上的碗盏。

"那么明天早上让我再到白克路万康酱园那里去试一趟吧！"凤宝对伊的父亲说。

"很好！明天包你买得到油，只要用我的名片去。"慕白带着安慰的声调向伊女儿说。

晨光熹微中，凤宝捧着油瓶，带了钱和他父亲的名片，鼓足了勇气，急急忙忙地赶到万康酱园去，只见店面前早已黑压压地挤满了许多人头，人家比伊还要早。原来这一批配给的食油是有限制的，为数甚微，预算明天已告罄了，所以大家更要争先恐后地来轧油了。凤宝见此情景，要想走回去了，可是再想想，好容易得到这机会，又走到了这里，如果不能买到，回家去时，不要被父母怪怨吗？于是伊再鼓足了第二回的勇气，向这一堆人丛中挤了进去。

好容易挤到柜台前，伊记得昨夜父亲关照，那姓张的伙友是个又矮又胖的人，剃着和尚头，很容易辨识的。所以伊一眼瞧见了他，很快地将钱和名片递到他手中去，叫一声张先生。那人见了名片，果然马上接了伊的钱去，停会儿，便把一张油票交给伊。

凤宝领到了油票，暗暗欢喜，虽然伊的左面一条发辫已被挤散了，背上也吃了几下拳头。

凤宝已列在买油的一群里了，伊自己想：今天有了油票，稳可以得到油了。虽然西北风吹得伊打嗝也不顾了。

果然，隔了不少时候，挨到了伊，而买着了半斤混浊不清的豆油，欢欢喜喜地挤出来。

此时，在伊旁边，有两个男子拼命地挤上来，伊的足背上被人家踏了一脚，感到一阵彻骨的痛，正要和人家理论，不料臂膊又被人家一推，伊手里一滑，扑的一声，手里的油瓶已跌到水门汀上，油瓶打碎，那半斤油也请土地老爷吃了。旁边人都说：

"可惜！可惜！"

油虽然买到了手，但结果却是油瓶给打碎了。凤宝又气又急，几乎哭出声来，到底只得空着双手回去。当伊回到弄堂里的时候，顽童们见了伊，又喊起"油瓶小姐"来了。

原载《万象》（194?）

337

图书在版编目(CIP)数据

芳菲录／顾明道著. — 北京：中国文史出版社，
2018.5

（民国通俗小说典藏文库·顾明道卷）

ISBN 978 - 7 - 5034 - 9965 - 4

Ⅰ．①芳… Ⅱ．①顾… Ⅲ．①短篇小说 – 小说集 – 中
国 – 现代 Ⅳ．①I246.7

中国版本图书馆 CIP 数据核字（2018）第 009993 号

点　　校：袁　元　　清寒树
责任编辑：薛媛媛

出版发行：中国文史出版社
网　　址：http://www.chinawenshi.net
社　　址：北京市西城区太平桥大街 23 号　邮编：100811
电　　话：010 - 66173572　66168268　66192736（发行部）
传　　真：010 - 66192703
印　　装：廊坊市海涛印刷有限公司
经　　销：全国新华书店
开　　本：720 × 1020　1/16
印　　张：22　　　　　字数：229 千字
版　　次：2018 年 5 月第 1 版
印　　次：2018 年 5 月第 1 次印刷
定　　价：65.80 元